案件调查录 1

安澜悠然
—著—

文匯出版社

图书在版编目(CIP)数据

案件调查录.1 /安澜悠然著.--上海:文汇出版社，2016.3

ISBN 978-7-5496-0862-1

Ⅰ.①案… Ⅱ.①安… Ⅲ.①推理小说—中国—当代 Ⅳ.①I247.5

中国版本图书馆CIP数据核字(2016)第033905号

案件调查录1

作　　者/安澜悠然

责任编辑/熊　勇

装帧设计/百丰设计

出版发行/文匯出版社

上海市威海路755号

(邮政编码200041)

印刷装订/北京天宇万达印刷有限公司

版　　次/2016年4月第1版

印　　次/2016年4月第1次印刷

开　　本/710×1000　1/16

印　　张/18

字　　数/250千

ISBN 978-7-5496-0862-1

定　　价/36.80元

目录

第一季　黑色蝴蝶

01　你为谁而来 / 003
02　羊肉串思考方程式 / 013
03　车祸与自杀 / 017
04　危险由内而外 / 021
05　死神擦肩而去 / 028
06　袭击 / 032
07　夜安静 / 037
08　徐丽 / 041
09　梦见 / 045
10　回放的录像 / 054
11　生死对质 / 058
12　不准追查 / 061
13　曲线救国 / 065
14　苏晓哲的绝地反击 / 070
15　热的血，寸步难行 / 074
16　公之于众的证据 / 078
17　轩然大波 / 082
18　站出来，用真相站出来 / 086

第二季　人头收藏

01　紫檀木盒 / 093
02　对不起，姐姐 / 097
03　脸上有白斑的男人 / 103
04　第三个人 / 107
05　能确定的唯一 / 112
06　暧昧、亲情、友情 / 117
07　心中的对错 / 122
08　吃饭开会 / 128
09　黑猫 / 131
10　墓地朝阳 / 135
11　感情、觉醒 / 140
12　模糊的宣言 / 144
13　犯罪心理分析师 / 148
14　舒适区 / 152
15　莫名好感 / 156
16　前奏曲 / 159
17　比鬼魅更恐怖的 / 163
18　蹲守在家门口的黑猫 / 167
19　清晨的讽刺 / 172
20　信念 / 176
21　狠绝的心 / 180
22　大缯脸青青 / 185
23　模拟试验 / 188
24　指纹 / 193
25　面对的情绪 / 197
26　无声的炫耀 / 203
27　最后的预感 / 208
28　彻骨寒意 / 212
29　我心疼的，是你 / 227

第三季　亲密杀戮

01　大雨中的案 / 237
02　未婚夫 / 241
03　半月凹痕 / 245
04　雨伞与预感 / 249
05　揭穿谎言的时间 / 253
06　对错无谓 / 257

番外　火色日记本

01　土匪气的男人 / 263
02　烧焦的尸体 / 265
03　夜入别墅 / 270
04　火红色的日记本 / 273
05　地下恋人 / 276
06　爱与仇恨的结尾 / 280

第一季

黑色蝴蝶

01　你为谁而来

摇摆的地铁车厢，女人抱着孩子在轻声交谈，老人坐在座位上眯眼休息，几个年轻人在车厢中安静地站着，随着车身微微摇动。

突然站着的一个女子回过身，对另一个男人道：“还给我。”

男人一脸莫名：“什么东西？”

“你从我身上摸走的皮夹子。”

“神经病，谁拿过你的什么……”男人边说边转身想离去，刚跨出去两步，就被突然绊倒，等回过神的时候，已经被狠狠地压在地上，身上是刚才那个女人。当他回过神来想发飙时，猛地发现自已脖子上凉凉的，一把小巧的手术刀被架在脖子上，顺着凛冽的刀光看见的是女人清冷的目光。

车厢里一片寂静，所有人都被吓呆了。

女人无视周围的氛围，骑压在男人的身上，右手上的手术刀紧逼在男人的颈项上，左手在他身上开始搜索。看到男人微微动了一下，她微笑道：“颈动脉放血的话只需要五分钟就会去见上帝，放心，到时我会负责把你送到太平间去。”

男人头上开始冒出冷汗。

车厢里，年轻母亲带着孩子开始悄无声息地往过道移动。老人哆哆嗦嗦，开始摸挂在脖子上的手机，准备报警。

不一会儿，一个又一个颜色各异的皮夹被女人从他身上的暗口袋里掏出来。

“你出门带的皮夹不少啊？”女人温柔笑道。

车厢里传来阵阵窃窃私语。

当女人摸出一只咖啡色的小皮夹时，似乎是满足地笑了笑。对依旧压在身下的男人说："谢谢你替我保管了皮夹十分钟，"一边说一边把手术刀在男人的脖子上轻轻地滑动着，"还有，欢迎你去报警，你可以直接去市刑警大队，报完警还可以来找我玩，我的办公室就在刑警大队四楼最西面，法医科验尸房。"

她微笑着欣赏了一下男人石化的表情，轻轻起身，拍拍衣服上的灰，瞬间恢复了脸上的冷冽："滚吧。"

所有人都愣在那里，地上的男人扫视着车厢里神色各异的人群，脸上一阵青一阵紫。过了几秒，地铁门打开时，男人以狼狈而迅速的姿态冲了出去。

车厢里异常的安静，每个人都在对自己说：什么都没发生，什么都没发生。

突然响起一阵"小邋遢……真呀真邋遢……邋遢大王就是他……"手机铃声，人群壮着胆子随音乐看去，还是那个女子，旁若无人，接起电话。

"……哈啊？知道了，你把那个谁，呃……那个长得很像黑猫警长的刑警队长叫什么名字来着？……啊对就是他，手机号发给我，我打电话通知他这个噩耗。"

市里昨天又开会施压，对最近一系列刑事案件要求限期做出进展来，搞得周大缯几乎一夜没睡，上午半梦半醒爬回队长办公室，刚泡了杯茶准备拉上窗帘玩会儿失踪，口袋里电话就响了。怀揣着玩失踪就要玩得敬业一点的想法任由手机响了三回合后，刑警队长终于放弃了。

"喂，哪位？"接起电话一边开始喝茶。

"恭喜你周队长，你送来的无头女尸昨晚自己爬起来出去玩了。"

噗，大缯一口茶喷了一半……

"你……谁？"

"法医科，浔可然。"

周大缯愣了愣，想起了这个人。据说是退休的老法医唯一真传的徒弟，长着一张娃娃脸的小姑娘，却做着全公安局最没人敢得罪的法医。他脑子飞转：她就来了几个月，老子得罪过她？

“那个……浔……法医，我不太明白。”

“我十五分钟后到解剖室。”

那头的电话已经挂断，这头的周大缯开始头疼。

合上电话，浔可然有点恼，横扫车厢一眼，暗自道，今天这都是什么事儿啊，乱七八糟。居然敢偷刑警大队验尸房里的尸体，哼哼，管你是活的死的，我们走着瞧。

车厢里的人突然都有种冷风阵阵的错觉……

尸体很快就找到，不知是谁在处理书上写的“46号柜的尸体处理完毕，送火化”的字样，结果尸体早上就被勤劳负责的同事送去了殡仪馆，周大缯两个电话截住。看到接回来的尸体又有点恼火，因为很明显，这具女尸有个头。

“浔法医，我记得你电话里和我说的是无头女尸。”大缯跟着浔可然进了验尸房。

“哦，无头小姐在64号柜里，你想她了？”浔可然悠悠道。

大缯有点胸闷：“那这具身体不成形的女尸是哪个案子的？”

“酒后肇事案的。”

“什么？”

“呵呵，是交通局那里托我们帮的忙啦。”法医科的助手晓哲从外面走了进来，“我早上过来准备开始检查她，发现她居然不见了，就给浔姐打了电话，对了，”晓哲示意手中的处理本，“这上面这句‘46号柜的尸体处理完毕，送火化’不是我写的，是浔姐你写的吗？”

浔可然接过处理本，看着皱起了眉：“不是我。”

几个人互相交换了眼色。

大缯微笑：“这下有趣了。”

“什么有趣了啊老大？”一个年轻人从验尸房门口探出头来，问道。

“想知道就滚进来，别在门口鬼鬼祟祟丢我的脸。”大缯吼道。

门口的年轻人磨蹭进来，浔可然看到他眼神一直瞟向天花板，估计是害怕尸体，笑道："原来怕死人的也能当刑警啊？"

"谁说我怕！"

"得了，别逞能了，这里个个都比你胆子大。"大缯摇头，"这小子叫白翎，新来的，叫他小白。"

"老大，我不小了……"白翎嘀咕了一句，把视线从天花板上降下来，一眼就看到了验尸台，呃……转而看地砖的颜色。

浔可然继续看着处理本皱眉。

大缯看向白翎："你查得怎么样？"

白翎一边数着地砖的数量一边说："殡仪馆那里说昨晚就是这间验尸房里的座机号，有个男人打电话通知他们来运走尸体的，保卫科虽然觉得奇怪，但是处理本上写得很清楚，要求送火化，所以就放走了。"

"男人声音？"

"对。"

大缯看向法医助理晓哲。

晓哲忙道："不是我，我昨晚还在郊区的大学城呢，早上乘校车来的市区。"

"法医科还有别的有权处理尸体去向的男人吗？"大缯问。

"处理尸体的事就我和浔姐，还有两位老师，一个去别的省市帮忙复检悬案了，一个去国外开研讨会了，下个月才回来。还有个打扫卫生的老伯也有可能。"晓哲说。

"不是卫生伯，"浔可然抬头，"处理本上的字迹比较有力，不是卫生伯的年纪写的，整句话写得很流畅，字与字中间几乎都连笔，这人有一定的教育基础，卫生伯也六十多岁了，不太可能，最后几个字比前面明显要潦草，说明他越写越急躁，这个人胆子不小，晓哲，你早上碰过桌上的电话没？"

晓哲摇头。

"去采电话上的指纹和唾液，这小子也许会蠢到留下痕迹，就算和罪犯库里的 DNA 对不上，也可以保留，以后抓住他时做对比。"

晓哲恍然大悟，去拿工具。

大缯盯着验尸台上的尸体思考着，说："会不会那人是把 46 号和 64 号柜弄错了，其实他想要毁掉的是那具无头女尸？”

“对哦！”白翎跟着叫道，“毕竟无头女尸是个轰动的案子！上头和媒体都盯得紧呢。”

浔可然合上处理本：“不排除这种可能吧，但是既然尸体没有头，说明罪犯已经把留在尸体上对自己不利的明显证据去掉了，有时间把头砍掉，一般来说，表明他对头以外的并不在意，为什么现在又来做这种容易露马脚的毁尸行为？”浔可然虽然皱眉，但还是一边说着一边把64号无头女尸的抽屉拉出来。

左边，是身份不明，无头，除此以外身上毫无伤痕的64号女尸。

右边，是由于交通肇事，下半身被车轮碾过不成形的46号女尸。

半夜在验尸房里动手脚，小子，你为谁而来？

转身走到大缯他们面前，浔可然一脸天真地问道：“如果有人半夜闯进你办公室，在你的办公桌边撒尿，你会怎么做？”

“揍扁他！”小白不假思索。

大缯赏了他一个爆栗子：“浔法医，不管这事究竟是冲着谁或者什么原因，我保证会将它作为我们队现在的首要事件去清查，同时增加你这里的保安，请你放心。”

浔可然点点头，转过走开，“活的保安就不用了，我这里有死的也能用。”

……只一瞬间，大缯和白翎觉得很冷。

中午时分，刑警队的食堂里纷纷攘攘，晒着阳光的座位上，浔可然一个人安静地喝着东西。刚来刑警队的时候，由于这里男女比例失调，而浔可然是一个二十刚出头一眼看起来很可爱的丫头，每当她中午出现在食堂，总有各个部门的男人以各种奇怪的理由在她身边坐下。浔可然觉得好笑，常常温柔地将食物与尸体解剖联系在一起开玩笑，让周围的人食不下咽，渐渐地，男人们就消失了。得到安静的她很满足，每天中午都赖在食堂的玻璃阳光下，发呆一阵。

对面的位子上压下一个黑乎乎的身影，浔可然抬头，看见周大缯胡子拉碴的脸。

“杂草丛生。”浔可然说。

“什么？”大缯茫然。

“没什么，我说阳光明媚。”浔可然撇撇嘴，“队长大人，现在是午休时间。”

言下之意，滚远一点。

周大缯笑笑，开始摸烟，抬头发现对面的丫头抬手，指着墙上的禁烟标志，愣了愣，把烟收了回去。

浔可然微笑，算你识相。

“什么味道？好香。”大缯瞄上了浔可然面前的一杯可可饮料。

还没等她开口，大缯就伸手把她的杯子拿走，一股香甜的朱古力味飘散开来，在阳光跳跃下闪烁着奇异的温暖。

大缯笑道，“原来是个爱喝可可的小朋友。以后就叫你可可吧！”

可可蹭地站起，将杯子夺回，转身迅速离去。

大缯忍不住笑起来，他看见她有点脸红。

一个人闷笑完才想起，老子是来问无头女尸的尸检报告的。

白翎中午吃了美味的鸡公煲，回到办公室打了个很响的饱嗝，准备开始和侵占地球的恶势力瞌睡虫进行殊死战斗。

大缯刚踏进办公室就看到像斗鸡一样气势昂扬的小白。

大缯微笑招手，温柔道：“小白。去，到浔法医那里催一下无头女尸的验尸报告。”

小白伸懒腰的姿势瞬间石化。

鸡冠耷拉，斗鸡勇士小白向着验尸房磨蹭步伐。

不知哪个开着的旧收音机里在唱京剧：“出师未捷身先死呀……”

走到法医科门口，小白看到个穿着保安服的人一动不动地守在门口：嘿嘿，保安科的人来的还真快。小白这才壮起胆走过去拍了一下那人的肩膀，正想招呼着，突然发觉保安的帽檐下，居然是雪白的骷髅头。

小白和没有眼睛的骷髅对视两秒。

“哇……”

法医科门打开了，可可微笑着靠在门上，看着吓得魂不附体的小白。

“浔……浔……浔……”小白努力回魂中。

“教学用的骨骼标本，警报效果不错，”可可评价，“报告快好了，进来吧。”

小白深度石化中。

白翎带着支离破碎的心跟着浔可然进了验尸房，呼吸，一股香甜的可可味飘散在空气中，顿时让他心情舒缓下来。

“这么喜欢尸体的味道？”可可揶揄。

小白摇头，摇头，摇头。

“来，这个给你。”可可将一份报告书交给小白，“你们老大最喜欢的无头女尸的报告，颈部切痕是死后伤。”

“诶？那她是怎么死的？”

“身上没有其他致命伤，从体内血液呈暗红色半流动状、内脏器官淤血、心肺粘膜下点状出血几方面来看，很可能是窒息死亡。一共有三点，报告里我做了重点注明，第一是颈部的切口，是一种电锯造成的，具体的切口照片分析正在等物证科的资料作对比，如果幸运，会找到电锯的型号和销售网点；第二是尸体体内有一个变形了的女用避孕套，并且有死前性行为的擦伤痕迹，但是体内没有他人精液；第三是尸体表面很干净。”

“干净？”

“对，不管是指甲缝或者是其他细微处，除了可能是抛尸时沾有的灰尘以外，没有任何人的毛发。”

“你的意思是？”

“合上你手里的报告。”可可转过身面对小白。

小白愕然。

“合上你手里的报告，”可可重复道，“法医报告是完全基于事实的描述，合上报告，我告诉你一些不负责任的推测。我看到报告里写尸体被发现的时候是裸身被扔在垃圾堆里，这样抛尸，尸体上有灰尘是很正常的事情，但是像指甲缝这种细微的地方没有任何皮屑或者毛发，却不正常。”

“你觉得尸体被洗过？”小白反应过来。

“有可能。”

“这人很狡猾啊！”小白唏嘘道。

“不仅狡猾，而且冷静得可怕，他很可能用勒死或者闷死的方法，然后把留下证据最多的头部切下来，把身体洗干净，随便扔掉，不论这里面的哪一步，都不是常人能很顺利完成的事。另一个角度来说，没有头部，难以辨认身份，就算运气好身份查出来了，身体上的证据都被洗干净了，也没有什么线索可以追查。”

“……那，那岂不是没戏了？”

“你想放弃？”可可抬头笑看白翎。

“当然不！老子怎么会放弃！”也许是被眼前女人的笑脸给刺激了，白翎叫嚣道。

可可笑着摸摸鼻子，心想你也就趁周大缯不在才敢自称老子。“我还没说完，”她端起桌边的杯子，“尸体里面有一个女用的避孕套，但是已经被挤进身体里面变形扭曲了，你怎么看？”

“怎么看？就是有过性行为啊。”

“身体里没有精液。”

“那……那就是男的也用了套。”

“女方用了，男方为什么还要用？”

“……那，那是，也许男的不知道女的用了。”

“什么样的女人，在还没看见男人之前就自备内置的安全套？”可可问。

小白茫然。

“什么样的女人，和一个男人连起码的沟通都没有就上床？”

小白皱眉，继续思考。

“换个角度来讲，如果你是凶手，你冷静、大胆、策划周密，你想让尸体难以被认出身份，从根本上出发。”

“最好，没人会在意这人是不是失踪了。”小白渐渐明白过来。

可可喝了一口可可奶茶：“有一类女人，自备内置避孕套，和男人做爱前不用多说话，失踪了周围没什么人会在意。”

白翎低头若有所思：“做这类生意的，全市有几千人，还是很难找。”

可可笑道：“女人是很难找，但是电锯不难找。”

白翎猛抬头：“对哦，电锯不是超市买得到的，必须要到专业一点的五金店。你早说呀浔姐！这不就有方向了嘛！”

可可抬头看着他：“我和你说这么多，是为了告诉你，这个人有多危险，聪明、大胆、心狠手辣，而且，”可可指指64号冰柜，“很可能，这只是个开始，如果你们不能及时抓住他……”

白翎沉默。

门“吱呀”一声被推开，助理晓哲走了进来，看到白翎站在浔可然身边，神情严肃，气氛沉默，一脸新仇旧恨的表情。

白翎一声不响，拿起桌上的验尸报告走了出去。

“浔姐，他怎么了？”晓哲很好奇。

可可微笑：“没什么，被尸体吓傻了。哎，那个交通肇事的报告拿来了吗？”可可走到另一侧的验尸桌边，掀开白布。

“恩，”晓哲翻开报告，“10月21号晚21点左右，肇事人在A公路由南向北行驶，路经城南绿地附近，因刹车不及时而撞上死者，将死者撞飞后碾压过下身，并且拖行十五米左右。经检验，肇事人酒精测试超标百分之二十七，属于酒后驾驶。其本人坚持，是死者自己从路边突然冲出来导致的事故发生，说死者是自杀。”

可可观察着尸体：“他们想复查什么？”

“哦，我看看，交通局的字条上说，希望检查死者的致命伤是撞击还是之后的拖行以及碾压，如果可能，有没有什么证据说明死者是否是自杀的，他们在对事情定性上有分歧。”

“恩……”可可在验尸桌绕了个圈观察着，晓哲觉得她好像带着一股观察猪肉摊的神情。他正胡思乱想呢，可可却戴上手套，说：“来吧晓哲，这个就作为你近阶段的一个小测验。”

“嘻嘻，”晓哲一脸谄媚，“浔姐，万一不合格不会记录在成绩上吧？”

“不会，”可可一脸温柔，“不合格就把《法医学概论》第一章到第三章手抄一遍。”

晓哲顿时产生一种想和桌上这位换个位置的冲动。

徐婉莉刚进警队不到半年，平时只做些文字方面的辅助工作，但其实她私底下还有个隐秘的目标：盯住周大缯的人际往来。

“哎，婉莉。”走廊里大缯与她擦肩而过，脸上有着难得的笑意。

“队长，发奖金了？”婉莉本来往东走，不由自主就折返跟在大缯身后。

“没啊，谁说的？”

“那你笑得一脸灿烂？”

大缯摸摸自己的脸，“有吗？嗯……我觉得遇到了个有趣的小东西。”

有趣？小东西？徐婉莉脑子一下子转不过弯来。

“哎，你认识法医科那个小姑娘吗？喜欢喝可可的那个。”大缯的话让徐婉莉脚步一滞。

“你说……谁？”

“女法医，姓浔的那个。”大缯说。

“哦……不是很熟。”婉莉表面带着微笑，心里却在嘀咕，什么来头，居然让队长感兴趣？好像是听谁提到过那个女人，不过……那还是个二十出头的小丫头而已吧？

02　羊肉串思考方程式

拿起录音笔，晓哲开始装模作样地验尸测验。

“死者姓名，徐丽，24 岁，身高约 162 厘米。”晓哲开始观察死者身上的伤痕，“死者头颅有轻微撞击伤痕，双手交叉胸前，手指蜷曲，小腹有撞击伤，腰部以下，膝盖以上碾压变形，腿骨……骨折吧……”晓哲有点不确定，看向可可。

“……浔姐？”

可可一脸出神的样子。

“浔姐？”

“嗯？哦，没什么，我在想，为什么，双手是交叉在胸前的。”

“嗯？”

可可走近女尸的胸口，观察着双手交叉在胸前这个有点奇怪的姿势。

“你怎么看？”可可问。

“木乃伊归来。”晓哲有点郁闷。

可可白了他一眼，揪着眉毛想不通。

“也是哦，”晓哲加入进来，翻开事故现场的照片，“尸体当时是平躺在地上的，按照正常的尸僵，双手应该是滑落到两边。”

“除非是尸体痉挛，晓哲，考你，尸体痉挛的定义？”

“呃，因为死前高度紧张的肌肉，使尸体某些部分僵硬保持死前状态。”

“不能算定义，不过意思差不多。”可可继续皱眉，“就算是死前肌肉紧张造成，这个双手环胸的动作，可不像是面对飞驰而来的汽车的反应。”

晓哲自己双手环胸，想象了一下，“好像，是挺奇怪，如果有辆车向我撞来，车灯在我眼前晃悠，尖锐的急刹车声音，我会怎么反应？双手抱胸？”

浔可然一脸严肃地盯着女尸交叉在胸前的双手，皱眉，开口道：“我想吃羊肉串。”

“啥？”

羊肉串啊羊肉串，法医大人突然想吃羊肉串，于是测验和验尸统统靠边站。可可和晓哲两个人挂着上班卡招招摇摇地从公安大门口晃出去。

保安叔叔说：“哟，浔老师出去啊？”

“嗯嗯，要去拿点背景资料，唉，这年头警察都懒得很，还要我亲自去拿。”

保安笑道：“哈哈，辛苦辛苦。”

晓哲在心中默念，我不是玩忽职守，我不是玩忽职守。

天冷，呼啦呼啦的秋风吹得欢，羊肉串摊前人还不少，排队。可可很默契地和晓哲开始聊尸体解剖的步骤，周围的脸开始变色，聊到挖出心脏来做压力测试的时候，只剩下三两个脸色憋青的小伙子，继续聊，谈到死后大肠被自动挤压出体外的话题时，周围只剩下烤羊肉串的师傅，哭笑不得，看着他俩。

可可很满意。

坐在长椅上，可可一边嚼羊肉，一边吐字不清。“这个案子，有点奇怪，呼！烫啊！”

“哪里奇怪？”晓哲也心甘情愿被羊肉烫了。

“不知道……”可可一脸天真。

晓哲无语。

两人像学生似的，秋风落叶，坐在路边的椅子上，一人十串羊肉，美美地呼啦呼啦吃。

由远及近，一串高跟鞋的声音走来。两人抬头，一个穿着像文职人员的女警站在他们面前。

“你就是浔可然？”女警同志神情凛然，好似捉奸的娘子。

可可摇头，她指指晓哲，“他是浔可然。”

晓哲茫然中，“啥？”

“别装了！我告诉你浔可然，我们队长不是你配得上的，不要打他的主意！”高跟鞋女警气势汹汹。

“你叫什么名字？”可可问。

“徐婉莉！”高跟鞋斗志激昂。

“哦……晓哲，我们刚才验的那具被碾得粉粉碎的女尸叫什么名字？”

“啊？徐丽……吧。”

徐婉莉脸有点绿。

“唉，多好看的姑娘，真可惜，啊哟您还在这儿啊，待会儿过马路时小心点哦，别和你姐妹似的，被车轮轧过来轧过去，多可惜了这双高跟鞋。”可可一脸唏嘘的表情。

徐婉莉狠狠地瞪了她两眼：“不要以为你上班时间溜出来吃东西我不敢上报。”

可可笑了，“行啊行啊你去揭发我呀，等局长撤了我的职，你去帮你姐妹验尸好了。”

哼！徐婉莉脸色由青转红，火焰四射，噔噔噔噔，往公安门口走了回去。

“什……发生了什么？”晓哲还在迷茫中。

可可哭笑不得地摇头，“不清楚，大概是那个刑警队长的哪个爱慕者吧，还真有这种人。”

“啊？”

“走，我们去交警大队骗吃骗喝。”可可呼啦地站了起来。

“啊？？”

“啊什么啊？他们叫我们帮忙验尸，当然要付出点代价。”可可噌噌噌地去找出租车。

“啊？？？”

交通局管肇事处理这一块的夏河源和可可师出同门，但是学法医学了一半就放弃了，改投公安的另一块地盘，因为早工作两年，现在在交警这一片混得还不错，好歹算是半个师兄，可可对夏河源的“帮帮忙”还是收下了。

“哦！浔大人，你来啦？报告出来了？”夏河源对可可还是很相信的。好歹是老爷子唯一真传的弟子，不过这报告还真快啊。

可可双手一摊，没有。

师兄大人立即变脸：“小然，不是师兄说你，一个交通肇事的尸检报告，你要几天才能完成呢，这样对其他部门的工作进度会产生影响，你说对不对？”

可可抬眉，微微笑，看着一口官腔的师兄。

夏河源读懂了那神情里危险的信号：“当然，工作仔细认真是好事情，哈哈，慢慢来，慢慢来。呃……有事儿？”

晓哲对这个人变脸的能力惊讶不已，还没惊讶完就被支开帮忙去了。

可可跟着夏河源走进办公室，毫不客气在他的转椅上坐下：“我要那个交通肇事的详细报告。包括死者当时穿的衣服，肇事人的口录，最好还有现场的录像什么的。”

夏河源有点懵，“为什么？”

“不为什么，我觉得不对劲。”

夏河源皱眉：“小然，你觉得那女人是自杀？”

可可抬头看看天花板，一脸沉思，回过头来和夏河源四目对视。

“不知道。”

夏河源无语。

“还有，”可可继续一脸天真，“晚上我要吃火锅。”

师兄大人努力告诫自己，舍不得孩子套不到狼，舍不得孩子套不到狼。

转椅上的狼打了个饱嗝儿，空气里有点羊肉的味道。

03 车祸与自杀

死者徐丽的衣服被拿来。夏河源来不及阻止，可可就把它摊开在夏河源的办公桌上，沾血的衬衫破破烂烂，摊开看更糟糕，可可一点一点，用手抚平，看上面的伤痕，晓哲在旁边帮忙。不一会儿，两个人就达成了一致，衣服上有些破洞，呈现出类似刀片划伤、撕裂等奇奇怪怪的痕迹，这可不像是被车撞和地面擦伤的破洞。

夏河源还在伤心他那干净的办公桌被血衣所覆盖的事实，没听见可可叫他。

嘭！

可可拍台子，低头看着血衣，手却向师兄伸着："肇事者的笔录！"

晓哲看向可可，她双眉比刚才皱得更紧，手握拳，隐隐地有一股焦虑的神情。

可可翻看笔录。

肇事者说，我是喝了点酒，但是喝的不多，还是很清醒的。撞人之后我还主动报警！

肇事者又说，那姑娘真的是从黑漆漆的树丛里自个儿冲出来的，我就算没喝酒我也来不及刹车啊，没把我给吓死不错了。

肇事者还说，警察同志，虽然我刹车不及，但她真的是自杀，你们要相信我呀，不会判刑什么的吧？

合上笔录本，可可说，"活该。"

活该是活该，但是事实显然开始有分歧，是不是交通事故，或者徐丽自杀，可可眉皱得够厉害。她坐在夏河源的转椅上一动不动，面前是徐丽穿过的血衣，想象着，夜黑风高，一个女孩，双手环胸，从黑暗中突然冲出来，被撞飞，尖锐的刹车声，汽车避让不及，轧过她倒在地上的身体……

哪里不对，……究竟哪里不对。

晓哲低声说："就算自杀，也不用双手抱胸吧。"

可可摇摇头，有点混乱，暂时不去想了。招呼了夏河源，就带着一些详细的报告，和晓哲先离开了，夏河源想说火锅的事情，不过看来，法医大人心有所虑，无心吃饭。

太好了，逃掉一顿是一顿，师兄夏河源摸摸钱包，暗暗高兴。

黄昏。

周大缯和队里的人分头跑了几家五金店，也没有找到很明显的线索，开车打算先回队里。路过城南公路时，周大缯远远看到街边站着一个女子，离车行道很近，蓝色的短风衣被车流带着翻飞不已。大缯看着觉得很危险，犹豫要不要停车劝阻一下，别到时寻了短见。

车速缓缓放慢才惊讶："浔可然？……你在这里做什么？"

"啊？"抬头，正是一脸迷茫的法医可可。

"我说，你在这里做什么？"

"现场勘查。46 号。"言简意赅，低头继续。

"交通肇事的那个？不是都有报告吗？"

"恩，但都是关于交通肇事的报告。"

大缯把车停靠妥当，下了车走过来："什么意思？你怀疑不是交通案？"

"我只是觉得那个女人，不仅仅是因为交通肇事才死的。"

"不仅仅？她要死几回才够本吗？"大缯脸上出现戏谑的表情，被可可狠狠瞪了一眼，才撇撇嘴。

可可看着大曾说："她身上和衣服上有些伤痕很奇怪。肇事那个说徐丽是自己从路边冲出来的，我在想，会不会她在被人追杀啊什么的，慌不择路，才奔出来被车撞到。"

大缯觉得是不是法医都有点多疑？就算他这样一个惯性多想的刑警都觉

得，不就是个交通肇事吗，人都被撞飞了，身上没伤才不正常。但是话没说出口。

路面上还有当时画的现场白色痕迹，可可在那转悠一圈，慢慢地走到了路边，估摸着徐丽冲出来的地点，来回缓缓地走动着。

大增回去把警车横在事故点前面一点儿，防止可可转悠的时候被车流误伤。

突然可可在人行道的一处蹲了下来，大增跟过去瞧，发现几点暗红的痕迹。

“是血迹？”大增有点不确信。

“有可能，”可可从牛仔裤口袋里摸出数码相机，趴在地上拍起照来，拍完就从口袋里取出棉签蘸取样本放进样本盒。大增叼着烟，开始在周围一圈圈寻找类似的痕迹。两人一边找一边拍一边收集，还真又找到了一些，从徐丽冲出车道的地点，反方向断断续续，沿着人行道有一段，然后拐入公园边缘的树丛，因为落叶等原因，树丛里的痕迹十分难找。

天渐渐黑了。

可可起身，一路弯着腰过来，站直的时候听到脊椎发出咔拉嗒的声音，心想完了完了就这样被腰斩死在这里的话真丢人到家。她一边扭扭脖子活动四肢，才发现自己正一个人站在漆黑的绿化带树林里，虽然离马路只有几米远，但因为树林茂密，居然几乎听不见马路上嘈杂的车鸣。

那个刑警队长呢？自己先溜了？可可环顾四周，树叶被风吹动的声音在夜里听来异样鬼魅。黑暗的树林阴影中伸出一只手，慢慢靠近可可，猛然抓住她的肩膀。

“啊——”一声短促的尖叫，可可回头就看到大增的脸。

“怎么，做法医的人胆儿这么小？”大增挑挑眉，惊讶的表情变为嘲讽。

可可冷冷撇嘴，转身就走。

“喂！开个玩笑而已啊。”大增几步追上，嘴角还挂着忍不住的笑。

可可在前面走着，头也不回道：“继续笑，回头嘴扯裂了我帮你缝。”

大增摇摇头，笑着跟可可亦步亦趋地走回马路上。

坐在大缯的警车上，可可看着相机里放大的照片，越来越肯定这是血迹。她暗暗皱眉，如果真是徐丽的，说明当时她已经受伤，但是她身上最明显的还是车撞以及碾压的伤痕，刚才那件血衣对应的上半身也没有明显刀伤，看来还是需要走解剖流程，详细查看血液的流动方向和内脏出血是不是有显著的出血点。

大缯偷偷瞄身边的人几眼，从上车到现在，可可一句话都没说，一个劲对着相机出神，好像那上面会突然长出花来。

肚子咕咕叫，大缯把车停在快餐厅边上，下车去买吃的。等他回到车上，可可还维持着出神的姿势，一直到他把饮料塞在她手里，可可才抬头。

温暖的饮料散发着可可最爱的可可香味，僵硬的手心突然感觉到现实的温度，可可从思绪的迷宫里脱离出来，对着大缯甜甜一笑。

“谢谢。”

大缯愣住。

很多年后才发现，大概就是这一刻可可笑容里的温暖，让他自此万劫不复。

车安静地停在路边，万家灯火，窗外寒风，车内却暖暖的，大缯故意撇过头看窗外，话却是对身旁人说的，“我送你回家吧。”

可可小声地嘀咕不停，大缯费好一会儿工夫才听清她说什么。

“羊肉火锅我的羊肉火锅我的羊肉火锅……”

大缯忍不住笑，这人有时候像小孩子一样，让人忍俊不禁。他也不多说什么，发动车，开向警局边上熟悉的火锅店。食物在眼前，什么情绪，什么不熟统统放到一边，可可难得地话多起来，对着桌对面只见过几次面的刑警队长一顿胡聊。

吃饱的可可特意要店员开了发票，然后嘿嘿嘿阴笑不已。

夏河源师兄在家突然打了个喷嚏。

04 危险由内而外

第二天一大早，可可就出现在法医科，比一向早到的晓哲还要早半小时，晓哲很是惊讶，他进门时，看见可可正蹲在地上对着冰柜发愣。

“浔姐？”晓哲叫道。

可可回头，看到晓哲便说：“来得正好，打电话，叫刑警队长大人过来欣赏一下。”

“什么东西？”晓哲走近冰柜。

“这个东西，”可可指着冰柜上一把银色的锁，“科学地说，这个叫作金属与金属之间的摩擦痕迹，俗称撬痕。”

“有人撬冰柜？！”晓哲脸上写满了难以置信的表情。

“对啊，打电话给周大缯，告诉他，有人相中我们的女尸了。”

晓哲感到恶寒，开始打大缯的手机，当然，没有按照可可的说法，而是直截了当地报告了情况。

三分钟后，周大缯和白翎就小跑了过来。可可和晓哲正在拍照记录撬痕，大缯看到锁上的痕迹，脸都青了，指挥小白去找昨晚值班的保卫处询问情况。小白应声而去。大缯开始观察验尸房里其他地方，并询问可可有没有其他东西丢失等。

“浔姐，这个44号柜子里没有尸体的吧，为什么要锁？”

“我把徐丽换到里面去了。”

“什么？”晓哲和大缯同时叫起来。

可可微笑：“这下就很清楚了不是吗，这个人，是冲着徐丽而不是无头女尸来的。”

晓哲一副领悟的样子。

“你都不锁门的吗？”大缯低吼。

“昨天出去吃羊肉串，后来忘记了。”可可说。

大缯很胸闷，很想像对小白一样在可可头上敲两个爆栗子。也不是不敢，但他就是敲不下去。

可可看着大缯青筋暴起的样子，微微一笑，走到文件桌边，打开一个锁着的抽屉，取出厚厚的文件夹，拿出藏在下面的笔记本，打开，大缯和晓哲凑过去看。笔记本开着，打开隐藏的软件窗口，画面上出现的正是验尸房里的情景。大缯抬头，发现一个隐蔽的摄像头安装在验尸房的顶灯边上，镜头正对着门口，将整个房间尽收眼底。

晓哲惊叹：“浔姐，你昨天出去吃羊肉串是为了诱敌深入？”

“你以为呢？”

我以为你就是想吃羊肉串呢……晓哲在心底嘀咕。

摄像头录下了之前十几个小时内的房间情况。从下午可可与晓哲溜出去吃东西开始，房间一直没有动静，快进到晚上十一点的时候，突然房间门被打开了，外面的光线闪了一下，门迅速被关上。然后，房间里一片黑暗，但是很明显，刚才有人进来了。

三个人像看恐怖片一样，屏住呼吸，盯着屏幕。

几秒钟后，一束手电筒的灯光亮起来，模糊的人脸一闪而过，光线照在验尸房的桌上，仪器设备，最后停留在冰柜上，那张人脸始终躲在光后，从光线的移动可以看出这人慢慢走近冰柜，一个个打开冰柜，对里面有遗体的都仔细看了看，最后停留在那把银色的锁上。

光线停留了一会儿，很可惜的是摄像头大约在冰柜正上方，从顶上的角度，再加上光线昏暗，只能隐约看到这人的轮廓和头顶，别说脸了，连身高也看不清。然后光影之中，隐隐只能看到那人的手臂在一会儿挥动，一会儿旋转，看样子是在撬锁。过了几分钟，那人不动了，画面又是一片昏暗，几秒钟后，验尸房的门被打开，在那人经过房门的一瞬间，可可将画面暂停了。

走廊外的灯光照耀在那人身上，从画面中可以看出，那人穿着保安服。

保安服……

一时间，三人都没出声。

大缯拿出手机："小白，你在哪里，先别问保卫处昨晚的事情，去找保卫科科长老谷，和他说我等会儿请他喝茶。等等，别挂，我想想……这样，你去找王爱国和薛阳，你们三个把手上的无头女尸调查情况都移交给副队长，来法医科找我。迅速！"

大缯挂断电话，可可依旧不说话。晓哲看气氛沉闷，试探地问："这个人，是不是冒充保安溜进来的啊？"

"也许吧。"大缯的心情也好不到哪里去，若是冒充保安这么容易，那保卫科用来干什么的，但如果这人真的就是保安，那这整个公安大楼的面子不说，万一汇报上去或者被媒体发掘出来，还不知道情况会变得有多混乱。最根本的是，这个人如果不抓出来，公安整个大本营的安全都存在隐患。所以他让手下的人把无头女尸的案子推给副队长的小队，自己小队的三个人都调用过来，一定要把这个胆敢在刑警队验尸房里肆无忌惮的家伙给抓出来。

"必须最快时间抓出来，这种由内而外的危险。"

"还补血养颜呢。"可可边说边抬抬头，示意晓哲把徐丽的尸体搬出来，戴上手套，取出解剖工具，消毒。

晓哲知道，可可这架势是认真了。

晓哲泡上可可最爱的可可奶茶，给大缯也泡了一杯。甜甜的可可香味弥漫开来，可可脸上的线条终于柔和了点。

大缯在验尸房里慢慢地踱步，他对徐丽的尸体不甚在意，倒是对可可私藏的隐蔽、高清、无线连接电脑的摄像头很好奇。

"这套监控设备很贵吧？"大缯试探道。

"还好，也就 10 万。"可可一边把徐丽尸体翻个身一边说。

"靠！老子要 10 万块的预算副局长跟我打了半年的太极拳，愣是说经费紧张啊紧张，你怎么从老头子那里骗来的钱？"

可可抬头，微笑："我告诉他，晚上冰柜有打开过的痕迹，我想了解一下是哪具尸体自己出来透气了。"

……大增突然开始同情有心脏病史的副局长。

白翎、王爱国和薛阳都是这两年新进刑警队的后生，充满了新人特有的斗志与活力，周大增一眼就看中了这三个不知天高地厚的小子，换拢到自己小队，准备手把手地带出点样子来。

此刻这三人正排排站在法医科门口，大增将情况给三人说开，然后分别嘱咐。

“薛阳，你去这个死者徐丽的家里，调查她生前的情况和社会关系，还有她死前 24 小时都在做些什么，和什么人联系过。不要让家属太担心，轻描淡写一点，尤其不能透露任何口风。

“王爱国，你和保卫科的人多聊聊，暗中打听下昨晚有没有什么情况，都有谁执勤，最近保卫科有没有什么外人经常来访，记得暗中探口风，别打草惊蛇。

“白翎……”

小白同志一脸期待。

“……小白，你待在法医科。”

“啊？！”

“啊什么啊，法医科现在处于高危状态，那人胆子忒大，三番两次达不到毁尸的目的，谁也保不准会不会放把火烧了整个法医科，现在保卫科的人也不能随便相信，你待在这里看着情况。”

小白很憋屈。

“顺便把你看到尸体就发怵的坏毛病给老子改掉！”大增补充道。

大增说完就带着人离开了，小白郁闷地打开验尸房的门，抬头就看到可可站在徐丽的尸体边，手持解剖刀，幽幽地对他一笑：“欢迎光临，白翎同学。”

小白强忍住转身逃走的冲动，蹭着墙慢慢地移步到角落里，找个座位，手脚并拢坐好，低头，看地板。

可可双手戴上手套，凑近徐丽的身体，尸体僵硬期已经过了，徐丽的身体变得柔软，可可的双手在尸体的头部轻轻按压过去，寻找不易察觉的外伤。

然后移到颈部，拿解剖刀轻轻触碰下颈部的皮肤，可可挑眉，果然……

“晓哲，拿无水酒精来。”

晓哲应声而来，观察着可可的举动。

可可拿酒精轻轻地在徐丽的颈部擦拭。

慢慢地、慢慢地，颈部的皮肤有一些开始变得和周围的肤色不一样，发黑，最后形成一个肉眼可辨的痕迹。

“来欣赏下，传说中的黑蝴蝶。”

小白也忍不住好奇悄悄靠了过来。

晓哲惊讶地盯着颈部这特别的痕迹看，小白则不明所以。

“人死之后，在尸体表面由于水分不断蒸发，会形成局部皮肤异常干燥，显示出类似暗褐色的硬斑，像羊皮纸那样的感觉，俗称羊皮纸样化，这种尸体现象对于生前不久的擦伤尤其明显，无水酒精则起到促进水分蒸发的效果。”可可在旁边解释道。

“这种……”小白忍不住多看了两眼徐丽的脖子，“这种黑蝴蝶？”

“呵呵，不是，黑蝴蝶是一个特定的称呼。小白，你把双手拇指交叉，形成X形，然后手掌摊开看，是不是很像蝴蝶？然后！保持这样的动作，把双手放到尸体的脖子上看看？”

小白当然还是不敢碰徐丽的尸体，但是稍微比划了一下他就明白了。

“徐丽被人掐过脖子？”白翎惊讶。

可可微微点点头。

“那为什么我初步尸检的时候看不出来？”晓哲皱眉。

“因为死的时间不够长，现在离你昨天做表面的尸检过了近20个小时了，皮肤表面的水分蒸发得更厉害，而这个伤也不是徐丽的致命伤，但是她死之前肯定被人掐过。你们仔细看，黑蝴蝶的两侧面积很平均，说明掐的时候两手用力很均等，可能不是站着被掐，而是被压倒在地掐成这样。”可可边说边拿白翎做比划，吓得白翎后退了两步。

她手上还捏着解剖刀呢！

可可笑了一下又冷下了脸：“黑蝴蝶也侧面证实徐丽的死，不只是车祸这么简单。就在她死之前不久，还受过伤，可能间接导致了车祸。”

晓哲忍不住开玩笑："还有什么比她的车祸更糟的吗？"

小白忍下对尸体本能的恶心感，多观察了一下，眼前的徐丽和他刚才看到的资料上的女孩已经完全不同，她的下半身因为车祸的碾压，已经几乎不成形，勉强可以看出两根腿骨翻出，颜色也不再是血色，腰以上还能看出一点儿，双手环胸，身上有各种奇怪的斑点，脸则苍白而僵硬，似乎没有表情，双目浑浊发白，瞪着法医室的天花板。

"那个，浔姐，能不能让她闭上眼睛呢？"小白假装平静地提出这个事儿，从他第一次看到这具尸体开始，她就这样睁着眼，让他本来不安的感觉更深一层。

"不能。"可可头也不抬。

晓哲看了看白翎的脸色："浔姐，也许可以的吧，尸体一般都没有肌肉力量，抚一下就会闭眼。"

可可抬头看看他们俩："白翎，你可以去试试。"

白翎犹豫了，他觉得今天自己没逃避这个验尸的环境已经是一大进步，去碰尸体，他还是……呃……

晓哲看白翎的脸色青了又红，红了又青，有点哭笑不得，伸手打算把徐丽的眼睛闭上。

"让他来！"可可阻止晓哲，声音抬高了几度，看向白翎，"你是一个警察，你要抓的那些人，就是把活人给折腾成这样的浑蛋，他们有胆杀人碎尸，你却连碰尸体的胆子都没有，你凭什么？"

白翎的脸色又变了好几轮，心底却一阵阵翻滚，拳头捏紧了又松开，松开又捏紧，可可和晓哲都寂静地看着他。

他深吸一口气，对自己说，我是一个警察。

警察也会死。

怕死不当警察。

对，我是一个警察。

他走到徐丽头边，伸手轻抚她的眼睑，动作僵硬，但是不再发抖。

可惜徐丽小姐很不给面子，一抚到底，居然还是睁着眼。

咦？这下晓哲也奇怪了，没道理啊！

可可低头继续手上的事："早和你说了不能，如果能，我会放任她这样睁着眼吓唬人吗，我早就试过了。"

两人感到一阵恶寒，白翎用仅存的一点点勇气问："为什么？"

可可轻叹了一口气，停下了手上的动作："我没有什么科学的解释来安抚你们的恐惧，我只能说，老爷子教我的时候，只和我提到过一次，他说对于怎么都不肯闭上眼睛的尸体，要谨慎对待，有时候……怎么说呢，有些事情，我们不能科学理解，至少现在发展出的科学还不能，但是确实存在，比如说死不瞑目，所以说，法医是最后为逝者说话的职业，尤其是一些……"可可看看徐丽的脸，"冤死者。"

小白打了个寒战。

"所以我说，不太对劲啊……"可可叹气，继续在尸体身上一些部位轻轻擦拭无水酒精。

05　死神擦肩而去

大缯穿过刑警队，刚走进自己的办公室，就听得身后一串高跟鞋的声音跟来，转身一看，竟然是徐婉莉。

"队长，你要的保卫科的巡逻记录，我拜托朋友复印出来的，保证谁都不知道。"婉莉对着大缯的愁眉苦脸眨眨眼，接着表情又黯淡些，"队长，那个法医……"

大缯从报告中抬头看她一眼，"怎么？"

"我帮你去问了下，大家都传她是个倒霉星呢，还是……不要离她那么近吧？"

"胡说什么。"大缯低头继续看报告。

"真的，嘴巴又坏，看人眼神冷冷的。还有，听说她小时候就害死了自己的亲人，平时除了尸体都不和活人接触，所以……"

"徐婉莉，"大缯的声音有点冷，让徐婉莉一下子止住了话，"你侦查功夫不错啊，是不是把你调到对外联络部比较好？"

"不不，我就听说而已，因为大缯你总是招惹一些奇怪的家伙……"

"在警局，叫我队长。"大缯低头继续看手里的报告，不再理睬眼前的人。

"……哦。"婉莉想了想，低着头出去了。

叹口气，放下报告，大缯转身面对阳光明媚的窗外，奇怪的人吗……

天黑，天又亮，详细的尸检进行了整整一天，可可连晓哲买来的羊肉串看也不看，一直忙碌在验尸台上。白翎坐在一边，坚持着让自己平静对待面前的环境，看着可可对尸体表面擦拭酒精，然后对各种新出现的痕迹拍照，接着开始用解剖刀，手起刀落，徐丽原本就不怎么美观的表面被剖开，心脏，脾脏等一一被取出，可可观察着尸表下血液的情况，对重要器官称重量，量尺寸，拍照，甚至切开心脏检查……

不过这后面的一些步骤白翎真的忍得很辛苦，他身为警察的骄傲与尊严，和内心对于尸体本能的厌恶不断斗争，很多次，差一点点，就一点点，双脚就自己夺门而出了。

可可没有再说什么刺激他的话，甚至连抬头看他一眼都没有。但他知道自己不能再逃避，且不管别人怎么说，自己本身，对于“身为警察却害怕尸体”这事儿，也觉得挺丢脸。总得去面对，否则自己做警察的理想，永远会成为一个噩梦。

夕阳下山，可可才将尸体的各部分归拢，缝合处理好，放回冰柜锁起来。晓哲在旁边电脑上调出今天所拍的尸体照片。

可可开始喝可可奶茶。

“浔姐，一共是 324 张尸体照片。”晓哲一边从电脑里备份着一边说。

“好啦，你也拷贝一份带回去，明天写一份正式的验尸报告给我，作为小测验吧，我也写一份，然后我们对比一下，看看有什么细节出入没。”

晓哲应声点头。

可可这才回头看看脸色憔悴的白翎。这样完整的现场版验尸解剖过程，对于一向避之不及的人来说，刺激是大了点，不过居然没逃跑。果然，人不逼迫一下自己，是不知道自己的心是有多强大的。

可可拍拍白翎的肩，觉得这个大男孩离成为真正的警察不远了。

根据法医大人的指示，白翎开着小吉普送晓哲回家去，和年龄相近又随和的晓哲在一起，白翎终于放松了一整天都紧张过度的脑袋。

“苏晓哲，你够可以的，居然对着那恶心巴拉的尸体下刀一点都不哆嗦。”白翎开始习惯性地口无遮拦。

“呵哈，你说话小心点，要是让浔姐听到你用恶心之类的词语形容尸体，保不准怎么收拾你。”

“为什么？正常人都会那样觉得吧。”

“浔姐认为，这是对逝者的一种不尊重。上学期她教我们解剖课，第一课，因为一个男生说尸体让人作呕，浔姐就大大地将全班都训了一顿。我还记得她那时候说，死人也是有尊严的，这个身体也有过灵魂，有过记忆，有过爱的人与被爱的人，对一个活着的人说恶心是人身攻击，对逝者这样说，同样也是，只不过死去的人若是生气，哼哼，就拉你去陪他玩了……”晓哲模仿可可的样子阴沉沉地笑着。

小白觉得恶寒啊恶寒，果然是可可的风格。“然后你们都吓傻了？”

“不然呢？吓得脸都白了。但是她并不像其他科目的老师那样一回回地说教，浔姐就说了这么一回，所有人都记住了尊重逝者这句话，之后再也没人敢造次。”

“看不出来她还挺不简单，总觉得她也就比我们大一两岁的样子。”

“比我大两岁。”

“不会吧，她真和我们差不多啊？那她还能当你们大学的老师？”

“她不是正式的老师，是校长利用关系求来的。”

“求来的？”

“对啊，你知道常老师吗？”

“我不认识你们的老师啊。”白翎无奈道。

“呃，常老师是一个称呼，他也没教过我们，你应该听说过的，他在刑警队里当了一辈子的法医。”

“哦！”白翎反应过来了，“你是说常老爷子！我们队长一直提到那个老爷子有多神多神，不过我来之前他就差不多退休了，没怎么见识过。”

“恩，常老师是很神，大家都这么说，不过我也没见过他怎么个神法。倒是关于浔姐，我听说了很多各种各样的传说。”

“哦！我也听说过一点，是不是说她是常老爷子的关门弟子？”

“不止呢，据说浔姐是常老师教的几十个学生里面，唯一一个老爷子对外公布说‘学成出师’的。”

“唯一一个？不会吧。”

“我是从我导师那里听说来的，浔姐她从 18 岁就开始跟着常老师学法医，一直待了6年。你知道前年东郊区那个灭门案吗？省里都惊动了，然后请常老师去做顾问，不久之后常老师交了一份很特别的验尸报告，除了详细的验尸报告以外，还附有一份‘无责任推理意见’，根据尸体上的伤口，勾勒出犯人杀人的先后顺序，然后根据尸体上的不同受伤程度，被砍了几刀，每刀的深度和要害度等等，猜测犯人可能是和家里的女主人有较深的仇恨，并且认识家里的两位老人，另外对凶器的取向做了猜测，总之很多奇怪的想法。然后破案的时候，上面发现这份‘意见’竟有很多是符合事实的，不禁对常老师料事如神赞叹有加，你猜老爷子怎么说？”

“怎么说？”白翎又开始好奇了。

“呵呵，老爷子说，这份报告从头到尾没有一个字是他写的，全是浔可然做的分析。”

白翎唏嘘不已。

“然后外面就都知道老爷子藏着一个徒弟，不是正规学校出身，却技艺了得。呵呵，要不是老爷子说让浔姐继承位子到你们刑警队来，你们才抢不过省厅呢。”晓哲一边说一边笑。

白翎不知道该怎么答话，不过浔可然的确给他不一样的感觉，似乎她和尸体联系在一起，会让这件原本阴寒的事情变得柔和。呃，不过有时候还是很恐怖，不，是更恐怖，尤其是她威胁人的时候……总之……说不清啦。

苏晓哲还想继续谈关于浔可然的传闻种种，白翎身上的电话却响了。他一手开车一手拿起电话，电话那头近乎吼叫的声音传来，让他不由得降低车速。只听他应了几声，挂断电话，猛地掉头，往回朝警局开去。

“怎么了？”晓哲很惊讶。

“出事了，”白翎加大车速，眉头深深地皱了起来，“浔姐被人袭击。”

“啊！”晓哲发出一声惊吼。

06 袭击

可可让白翎送晓哲回去，是担心他不懂事，别在这么诡异的时候出什么岔子。等他们都走了，她一个人在电脑面前坐下，打算趁着大脑里热乎的分析思路写报告。但是静下来可可才发现，好饿啊，好冷啊，于是法医大人又想念火锅了，然后思维跳跃，开始想念老妈的鱼汤。

鱼汤、火锅、羊肉串、棒棒糖……

跳起来，收拾东西决定回家蹭饭，临走前拍拍办公室里那副穿着保安衣服的真人骨架的脸，笑道："乖乖看家。"

可可一个人哼着歌踢踢踏踏走出法医科，在靠近四楼转角的时候，突然听到身后有两下皮鞋声，猛回头，走廊里静悄悄，一个人也没有。原本雀跃的心情瞬间冷凝。

可可悄悄走过转角，摸出随身带的解剖刀，凝息站在那里。

一片寂静。

过了好几分钟，连她都觉得是自己多心了，才离开四楼，经过二楼刑警队的时候，她拐了进去，偌大的办公室里还有零零散散几个人在加班。她问周大缯呢，别人说："周队长已经回去了，你要打电话找他吗？"

"不用不用。"可可转身离开了，甩甩头，自己找他干什么，又没什么事。

但是稍微警惕了些，尽挑些有人加班灯火明亮的地方走，边走边给家里打电话："有没有好吃的留点汤给我啊。出了大楼，冷风一吹，满脑子又都是鱼汤的画面，嘿嘿。"

公安大楼后面有个宽阔的院子做车棚之类用，可可去取小绵阳助动车。草丛不知哪里有小猫的叫声，于是她被吸引住了，悄悄走过去，在昏暗的小草堆里，果然有一只白色的小猫，咪呜咪呜的好似在哭，凄凄可怜的样子。可可想了想，把晓哲白天买的冷掉的羊肉串拿出来放在小猫面前。羊肉的腥味立刻吸引了猫咪的注意，小东西一下子就扑了上去，费力地啃啊啃。可可蹲在一边，看着很有趣。

当她感觉背后有人时，一切都发生在那一秒钟。

她还没来得及站起来，一阵刺骨的疼痛袭遍全身，连叫一声都没来得及，瞬间整个世界就消失了。

……

模糊……视线模糊……睁不开眼睛，所能感觉到的全部就是疼，到处都疼……

……呼吸……谁，谁压在身上……呼吸……拜托，让我呼吸……

我正在被人掐吗？……为什么不能吸气……空气……

我的手……抓到的是谁……谁的手……在我脖子上……

黑暗……一阵阵的昏沉……好想睡觉……就这样……睡着……

一声女人的尖叫划破夜空。

拜托……谁叫得那么刺耳……不能睡……好困……不能……

……空气……给我……空……

哈啊……可可本能地大口吸气，身上的重压已经消失，模糊之中看到有人向自己奔来，高跟鞋声音在耳边越来越清晰，还有女人的声音。

“你没事吧，活着吗活着吗……救命啊……”那个女人尖锐的叫声再次响起，感觉到被人温暖地抱起来，摇来晃去，可可觉得头晕得不行，天啊，醒了也被晃晕了，远处有脚步声纷纷至沓来……

可可努力睁开眼。最后看见的，是一张有点熟悉的脸，带着惊讶而焦虑的神色看着自己。

哦，那个女人，好像叫徐婉莉。

大缯快步踏进医院，皮鞋在地板上发出充满力量的节奏。他身穿黑色休闲西装，领带皮鞋，一身光鲜打扮，和刑警不注重外表的特点完全不符。别怀疑，接到电话的时候，他正在相亲，虽然是老娘严令逼去的，但是他还是很恼火。如果不去相亲，也许，虽然是也许，但是可以送浔可然回家，也不至于让她差点在警局后院里被掐死。

浔可然本来可以去省里更好的地方工作，是常老爷子发话她才在自己的队伍里做支持。这事儿他是明白的，若是她真有什么不测，常老爷子不一刀解决了自己这个队长才怪。

不安、后悔、恼火齐集心头，如果说之前对于这个案子他的态度是些许着急，连对徐丽的死都没打算正式立案调查，那么现在，说不清是出于身为刑警队长的耻辱，还是出于雄性对自己地盘被人攻打的愤怒，总之周大缯现在彻底燃烧了。从急救区走到病房区短短五分钟，就打了几个电话，把自己小队的人都从睡眠中吼了起来，限令十五分钟赶到医院集合。声音之大，令周围的护士频频皱眉，要不是这是公安局旁边的警察医院，早就有病人从床上跳出来骂人了。

一脚踢开病房的门，同一时间挂断手里的电话，他看到的是正在穿外衣的可可，愣住了。

一边的徐婉莉一声轻呼，显然也被吓了一跳。

可可扣衣扣的手不停："拜托你下次看到谢绝打扰的牌子先敲门。"

谢绝打扰？周队长大人根本没看见，被可可这么一说，有点尴尬。本来脱口而出要教训人的那些话，也被噎回去一半。

旁边的女医生扶扶眼镜："身上没什么大碍，腰部被电击过，摔倒时可能造成有轻微的脑震荡，需要多做些检查才能确定程度。"

徐婉莉看到大缯阴沉的脸色，想说几句好话，还没开口，大缯就看向她："到底怎么回事？"

"呃……我下班，去后院取自行车，然后就看到草丛里蹲着一个人，很奇怪，稍微走近两步看，发现他好像在掐地上另一个人，吓我一跳，我就尖叫起来了，然后那人跳起来就转身往反方向逃走了，我身上没有防身的东西，也没敢追，就抱着……她，和听到声音赶来的人把她送医院来了。"徐婉莉对大缯越发变青的脸有点怕，声音越来越小。

大缯几步走到可可面前，低声怒吼："浔可然，你非要给我弄出点事情来是不是？"

可可抬头看他，神情有点迷茫，不作声。大缯瞥到她纤细脖子上红色的掐痕，突然火气仿佛烟消云散，张嘴却再也说不出什么训斥，随之开始习惯性地职业思考。

“有没有看清那人的脸？”大缯问。

徐婉莉摇摇头，可可则继续沉默，也没什么反应。大缯有些怀疑她被掐傻了。

病房里沉默了一会儿，大缯又开始打电话给保卫科长老谷，电击这事儿让他联想到保卫科发给每个保安的电击棒，嫌疑人三番两次和保安这个身份挂钩，让他无法相信是偶然。和老谷把事情的严重性说开，他又走到门口和几个送可可来医院的警察沟通了一下。

这时，小白和晓哲就赶到了门口。

“浔姐！”苏晓哲被可可脖子上红红的掐痕吓得不轻，“你你你，没事吧？”

可可看到晓哲，迷离的眼神终于恢复了一点正常，微微一笑：“没事，就当被狗咬了一口。”

这种时候还开玩笑？晓哲有点哭笑不得。

轻叹一口气，可可正色道：“苏晓哲，你和白翎今晚待在一起，我已经联络过你导师，明早他会从你学校里赶来，把你接回去。”

晓哲愣住了：“为什么？”

“没有为什么，”可可脸上已经看不出半点玩笑的样子，“从现在开始，你的实习无条件暂停，等到……等到我想继续的时候再说。”

晓哲眨眨眼睛，周围的人都不出声，谁都知道，浔可然被袭击，意味着苏晓哲也同样面临危险的处境。

“我不走。”晓哲握紧拳头。

“法医也是警察，身为警察的首要纪律就是服从命令。”可可声音沙哑，却很坚定。

“我不走。”晓哲重复。

“我扣你学分。”可可终于忍不住了，开始习惯性威胁。

“就算罚抄整本《法医学概论》，我也不走。”晓哲拔高了声音。

可可叹气：“我不管你，你们导师会把你拖走。”

“我们导师是教中医的，他如果倔得过我，我就不会在你这法医科里实习！”晓哲一脸革命烈士的表情，浑身散发着“老子说不走就不走谁也别想把我拖走”的气势。

可可刚想发作，身上一阵刺痛传来，皱眉低下头，无力发作。病房里一时又安静了下来。

大缯低头看看可可，再度问道："你知道是谁干的？"

可可摇摇头："不知道，但我知道是同一个人……被电击之后并没有完全昏迷，我听见……他问我……钥匙在哪里。"

无意识中抓住的那双手，正掐在自己脖子上，鼓膜嗡嗡的，却清晰地听见那个男人低哑地质问："快说，钥匙在哪里？放尸体那个柜子的钥匙，在哪里……"

可可深呼一口气，抬头看大缯，"是那个撬冰柜的家伙。"

周大缯的眼神里，一片深郁，转身就走出病房门。

周大缯出门就看到王爱国和薛阳正好赶到。借着人都在的机会，众人分别汇报了下调查情况。

薛阳说："徐丽今年25岁，是一家外企的文职人员，性格内向文静，没有很复杂的社会关系，车祸那天晚上，她打算去大学寝室朋友的生日晚会，她的行程本和父母都确认过，去生日晚宴的路线是从她的公司到地铁的城南站下车，饭店就在城南公园东面过两个路口。交通局认为徐丽是在去饭店的路上发生意外的，复查的原因是肇事司机坚持说徐丽是自己从路边冲出来，属于自杀。另外，那晚在饭店的朋友说，晚会开始是19点，徐丽17点就从公司出发，依她的性格一般不会迟到，预估到达城南地铁站的时间是19点之前，明天我会去地铁站寻找录像看看能不能找到徐丽到达城南站的确切时间，但是交通事故的时间是晚上20点40分左右，这中间有将近一个半小时的时间，这段时间发生了什么，没人清楚，我觉得挺关键。"

王爱国对保安群里的人际状况还没有摸清楚，晚上法医科有人被袭，保卫科巡逻的人员没有重复的，不能确定谁有明显嫌疑，最近也没有外人经常出现在保卫科附近，可以说尚无进展。

周大缯边听边默默地原地踱步，等他们都说完了，大缯才站定，抬头就道："薛阳，王爱国，你们俩一起去找保卫科的老谷，把事情和他说开，我刚才和他打过电话了，明天早上就布局，如果真的是保卫科里的人，我就不信这小子能有天大的本事从我眼皮下飞走。"

几个人点头，领命而去，大缯回头看着病房的门……

07　夜安静

病房里，可可低着头，毫无察觉大缯悄然走近，不知道在想些什么。

看她呆愣的样子，周大缯觉得，等下还是做些详细的检查，别真给掐傻了。

“听说缺氧会变笨。”婉莉也没察觉到大缯走进来，轻声笑道。

可可慢慢抬起头，眼神从未有的清明：“我只是在想，那家伙为什么要用掐的。”

众人觉得这问题，还真是……变态啊。

可可却自顾自地开始嘀咕：“如果电击是为了让我昏迷不会大喊大叫招惹注意，那我昏过去之后，他大可一刀干掉我，无声而有效，然后慢慢搜索我身上有没有带钥匙。更主要的是，不会像现在这样让我给死里逃生，给他造成更多麻烦。”可可停顿了下，“除非……他喜欢掐人……”

“什么？”好像还说到点道理上去了！

“我是说，这家伙喜欢掐人，喜欢感受别人的生命力在他手下慢慢流逝……晓哲，白天的验尸照片你带着吗？”

“我笔记本里有，在白翎的车上，你要？我现在去取。”晓哲说着小跑了出去，白翎正愣着，大缯给了他一个眼神，于是跟着晓哲出去了。

大缯看看可可稍微恢复了点平时的精神，终于安心了点。看看时间不早了，便让一同来的警员送徐婉莉回去，徐婉莉磨磨蹭蹭：“队长，你呢……你……什么时候回去？”

大缯看着手机短信头也不抬：“我回个屁，我今晚非看着这小妮子不可，回头真被弄死了，我哭都来不及。”周大缯的意思是，危险还没解决，还有很多事情要打算好，一天之内，一定要抓住这个在警局里都敢这么乱来的浑蛋!

但是在徐婉莉看来，大缯说不走完全就是为了这个女法医嘛，这让她有点不是滋味，恨恨地想，早知道就不救她了，被掐死算了。当然，只是那么想想而已。

晓哲和白翎带着电脑进来了，可可找到徐丽尸体颈部黑蝴蝶的照片，放大，放大，左手拿起镜子照着自己的脖子，左右对比起来。

其他人在旁边看得目瞪口呆。

“果然……”可可指着自己的脖子，“我脖子左边这里，还有这里，说明这人右手的食指和左手的无名指习惯性用力最大，同样的用力方式，看照片上，黑蝴蝶的左边第一个手指和右边第三个，也是痕迹最深的。掐我的这个人，就是在徐丽死之前掐过她的人。”

“那，那这人看来是被逼急了？”晓哲终于也担心起来。

白翎道：“第一次想毁尸灭迹被我们阻止了，第二次想偷走尸体结果冰柜上了锁，这次干脆袭击法医想抢到钥匙，这货是……疯了吗？”

“在公安局做这种事，得要多大的胆子？”

“但也说明，我们查对了方向，徐丽的死没那么简单。”周大缯摸摸下巴，脑海里对情况大概有了个猜想。

苏晓哲严肃道：“所以，浔姐你更不能把我支开，现在法医科的人，开会的开会出差的出差，没了我你就一个人不是更危险？”

浔可然抬头，冷冷地瞟了他一眼，苏晓哲顿时觉得后背发冷，但脸上倔强的表情却不退缩。

周大缯对白翎做了个眼神，白翎立刻会意，半拖半拉把晓哲带出了病房，徐婉莉也跟着溜了出去。

挂断和保卫科长老谷的电话，周大缯回过头，察觉病房里只剩下浔可然和自己两个人。

安静的夜。

可可坐在床沿，低着头一动不动，周大缯突然觉得这样安静的可可有点让人忍不住觉得有点……楚楚可怜……

可可低着头说："周队长，你回去休息吧，我没事。"

周大缯哼哼，大手大脚坐到沙发上："得了吧你，要不是今天运气好，你家常老爷子非把我劈成几瓣儿不可。"

可可微笑："我师傅从来不杀猪。"

大缯嘴角抽搐了几下……楚楚可怜个头。他忍不住跨前几步，准备赏她个爆栗子。可可笑着抬手挡，就和大缯手碰手上了。

"你手怎么像冰一样！？"大缯发现了新大陆。

可可的脸上笑容消失，手也缩回去，脖子上的勒痕从发丝间露出来，斑斑驳驳。

大缯很想伸手去触碰那些痕迹，温柔地……突然被自己的想法给吓到，暗暗摇头，转身往门口走。

"你去哪儿？"可可抬头看着他。

"去吃饭。"大缯没好气地说，但是他自己也不知道在生什么闷气，"还有事？"

可可开口想说什么，又冻在那里，最后嗫嗫嚅嚅，一个音节都没发出，慢慢的又把头低了下去，安静地摇摇头。

大缯站在门口走也不是，留也不是，一咬牙，转过来走到可可面前蹲下。

"喂！你到底想……"大缯一蹲下看到她的脸，就僵住了……

一贯张牙舞爪的小丫头，居然低着头一颗一颗地在掉泪。

大缯张着嘴，傻瓜一样愣在那里。

"每次……每次清理验尸台的时候我都……在想……什么时候会轮到我躺在上面，原……原来……一点都不……遥远。"可可的声音很轻，很轻，但是颤抖。

大缯把她小小的脑袋按在自己的肩膀上："别哭了，我哪也不去。"

"可是……可……可是我想吃羊肉串……"可可一边抽抽搭搭，一边说。

"闭嘴……"大缯很无语。

"……你身上香水味，好难闻……"可可靠在他肩膀上一边吸鼻涕，一边笑。

大缯深呼吸再深呼吸，老师从小教育我们不要和智障儿童计较，嗯！

可可把大缯相亲专用的香喷喷、闪闪亮的休闲西装蹭了一肩膀的鼻涕。

新的一天。

阳光跳跃地洒进公安大楼保卫科，全体保安人员今早都收到紧急培训的通知，无论休假、生病、即将退休还是刚下班，早上八点全体集合。

保卫科长清清嗓子："昨晚有人袭击了刑警大队的法医，妄图把她按在地上掐死，人民群众闻声后迅速援救，这个小贼逃走了，但是我们物证科已经采集到了这人的指纹，现在为了排除我们内部作案的嫌疑，要现场采集我们所有人的指纹，如果这个人真的出自我们之中，那就是我们保卫科的一大耻辱……"科长大人洋洋洒洒将此等败类与自己部门撇得干干净净，然后大掌一挥，开始提取指纹。

那个人转身想从窗户跳出去的时候大缯就混在人群里，他腿刚碰到窗沿就被大缯给扯了下来。他不死心地还想反抗，刑警队的同志们一想到昨晚睡得正香被队长吼起来的痛苦情形，新仇旧恨一起涌上心头，忍不住一顿狠揍。

所以当嫌疑犯坐在审讯室里的时候，已经脸不成脸。

保卫科长老谷点点头："嗯，这就是和群众作对的下场。"

08　徐丽

晓哲把自己独立完成的徐丽的验尸报告交给可可的时候满心期待，可可却把报告放到一边，抬头对他微笑。

“我记得之前有个小伙伴很豪迈地说，就算抄整本《法医学概论》也坚决不离开岗位，嗯？”

晓哲开始出冷汗。

“这种勇敢而冒失的精神非常伟大，为了嘉奖这位小伙伴，我决定帮他逐字逐句地修正验尸报告，促进实习成绩，但是……”可可笑容温柔，“修改后的报告要用整本《法医学概论》的手抄本来交换。”

手抄本哦……晓哲脸都绿了。

然后整个周末晓哲都痛苦地捧着法医学概论，进行人类学术起步时朴素的行为——抄书。

白翎吃晚饭前到法医科探了个头，“咦？浔姐呢？”

晓哲头也不抬，“浔姐说她精神受创，不让她休息一天她就到局长家门口上吊玩。”

小白瀑布汗，“你忙啥呢？”

晓哲抬头，盯着小白看了三秒，然后阴测测地一笑。

小白出于本能，转身就跑，被抄红了眼的晓哲一把抓住。

“白翎哥哥，帮我个小忙……”晓哲腻歪地抓住白翎的袖子不放。

“你……你有话好好说，先放开……”老子这个星期都没洗衣服，你把这件衬衫袖子扯坏的话我就只能在街上裸奔了，白翎心道。可惜处于水深火

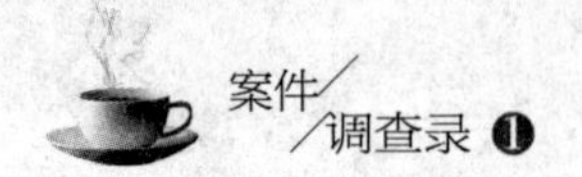

热中的苏晓哲哪还顾得了这些，抓着袖子死不放，脸上带着扭曲的讨好笑容，大有同归于尽的趋势。

白翎那个心寒啊，苏晓哲你可不能再和浔可然混下去了，连阴笑都学得这么地道！

这个“小忙”帮掉白翎两天一夜。

后来晓哲颤颤巍巍地把“手抄本”交了上去，换到手一本有红笔批注的报告。可可对晓哲的手抄本翻看了两下，只评价了一句：“苏晓哲，你连抄书都可以抄出错别字啊！真神人也。”

晓哲咬牙腹诽，白翎你这个没文化的家伙。

好好的一天休息，可可自然没有花在局长大人的家门口。照着资料上的地址，可可找到了一栋普通的居民楼，五层的楼房很自然地让人想到九十年代的感觉，层层阳台上遍布晾衣架，飞扬的衣物在阳光下散发着平静生活的味道，小孩子一边笑闹一边从可可身边奔过。

可可敲响贴着福字的门，一张平凡却疲惫的脸出现在眼前。

“你找哪位？”男人声音沙哑。

“请问是徐丽的家吗？”

男人疑惑地看着可可，身后又走出另一位妇人。可可温和地笑：“您好，我是刑警大队的法医浔可然，这是我的工作证，徐丽的……检查已经差不多了，有些事情我想询问一下，方便吗？”

徐丽的父母给可可倒了杯热水，三人在沙发上坐下，一时无言。

墙上挂着徐丽的一些奖状，还有三口之家的照片。

男人先开了口：“前几天，你们有个小伙子已经来问过……”

可可点点头：“对，是我们队里一个调查人员。不好意思再次打扰了……我想问下，她是个怎样的人？”

母亲笑了一下：“丽丽很懂事，很听话，从小就读书用功，从来没让我们操心过。性格嘛，我嫌她太内向了点，朋友也不多，都没见她提到过男朋友，我上个月还和她说要么去相个亲吧……”母亲絮絮叨叨地对可可说着些过去的事，前一秒还笑着，下一秒表情就突然凝固在那里，然后慢慢崩溃，仿佛整个世界都黑暗了。

越是悲伤，越是控制不住地讲个不停。

母亲说着，另外两个人都一言不发，突然她又站起来：“你看我都傻了，我给你泡个茶吧。”

可可连说不用，母亲却一言不发地走进了厨房。

徐丽的父亲站了起来：“我带你去看看她的房间。”

事情过去也有两周多了，但女孩的房间似乎依旧有人住着，淡淡的粉红色墙壁，书架上放着一摞一摞的英语书和小说，笔记本电脑安静地待在桌上，椅子上斜躺着一只泰迪熊，米色的床套，枕头边落着一本香港旅游指南。时间好像在这间房间里静止了，仿佛到了夜里，徐丽依旧会回到这里，然后爬上床，抱着泰迪熊沉沉睡去……

可可一边想，一边随手拿起床头的香港旅游指南。

“她打算去香港迪斯尼玩……明年春天，她说等开了春，加上今年年底的奖金，她就存够了钱，到时候和好朋友一起去……”父亲回头看了眼寂静的厨房，深吸一口气，“刚出事的时候，那个司机的家人也来过，我们避而不见，我老婆，根本……没法见人。这几天好些了，但那边似乎不承认……车祸的事情。你……是不是也想说，丽丽是自杀？”

“你相信吗？”可可轻抚着香港旅游指南。

“不信！”父亲斩钉截铁地说，“她是很听话很文静，但是她不是那种随随便便自杀的小姑娘，她不是……她……不会……扔下我们……”

母亲不知什么时候走了过来，默默放下一杯茶，可可转头，看到两位年过半百的老人手握手站在门口，一声不响，也不进来，也不离开，只是用目光流连于房间的细枝末节。

可可不忍再看他们，只好盯着手里的书，“如果，徐丽的死另有隐情，但是这事情也许会让她的名誉受损，你们是不是愿意……”

“无论什么隐情，我都相信我们的女儿没有做错什么，我们只想要一个事实，到底，发生了什么……”

徐丽的处女膜有一些擦伤淤痕，可可本来很想问徐丽是不是处女，但是几次话到嘴边，又咽了回去，是不是又如何，这样没有确定的问题除了给他们伤口上撒盐，什么作用也没有。

走出徐丽家，太阳已经斜斜地快下山了，小区里踢球的男孩子和跳橡皮筋的女孩们时不时发出笑闹声。徐丽曾经也在这里吧，和现在的自己一样，嘴角带着不自觉的微笑，在淡淡的阳光下走过小区的路，相信自己会在这个安全的地方长大、嫁人，然后慢慢走完几十年的人生。

临走前，可可要走了徐丽的那本香港旅游介绍。随手翻开书，可可看到了夹在其中的那张纸，上面徐丽的清秀字迹写着“人生的十个梦想”，排在第一的“去香港玩”后面打了个小小的钩。

还未绽放的梦想……

09 梦见

刚走到小区门口，可可一抬头就看到靠在警车边的周大缯，脚下踩灭的烟头显示出他等待的时长。

“你怎么在这儿？”可可皱着眉数了数地上的烟头，啧啧，七个。

“你通知他们说抓到嫌疑人了？”周大缯看起来有些不满。

“你们审讯那家伙认罪了？”

“没。”

“那我告诉他们干什么？再说通知家属不是法医科的活吧？”可可有点疑惑地看到大缯的神情居然缓和了。

“懂事就好。”周大缯转身拉开车门，示意她上车。

“……你是怕我多管闲事来找家属邀功？”这回轮到可可不乐意了。

“不是。”

周大缯否认，也没有打消可可的念头，她坐上副驾驶位置，沉默。

车开出马路，开上高速，呼啸的风声和一排排树木从窗外快速划过，却划不开车内沉默的气氛。直到周大缯不得不又强调一遍。“我不是怕你多事。”大缯说。

越抹越黑。

“少来，不然给我一个理由，让队长大人驱车专程赶到这里，难道就为了换个地方抽烟？”

大缯看似无辜地眨眨眼：“啊没错，换个地方感受一下，人生就要在不同的地方抽烟才精彩嘛。”

浔可然斜睨着看他，仿佛下一秒就要揍人，却一动不动。

大缯看了看她的表情，无奈叹息："可可，你不懂。"

"愿闻其详。"

"怎么说呢……这个事，作为一个法医你卷得有点深了，起先只是一个复查的案子，后来变成了你也受伤，我怕你……"大缯突然停顿了一下，似乎在想措辞，"怕你自己把自己当受害者之一，违反纪律去和家属接触。"

"然后告诉他们不确定的嫌疑人和不确定的真相？"

大缯没有否认，只是等了很久，才用低沉的声音缓缓道，"可可，你也许很懂物证、懂痕迹，但你不懂人。我遇到过不止一次被卷入太深的警察在历经辛苦抓到嫌疑人后，明明还没确认就去通知家属，然后又哭又闹要见嫌疑犯的家属，引来了媒体，最后发现证据不足……"

车里的空气似乎瞬间变得稀薄。如果平心静气想，浔可然会明白周大缯是为了自己好，他担忧自己因为受伤而把情感投射在受害者家属身上，做出违反职业规则的事情。但现在浔可然不理解，也不想去理解，她觉得自己的职业操守遭到了侮辱。

周大缯还在说："人是世界上最复杂的生物，即使最可怜的受害者家属，也可能变成最残忍的加害人。"

"周大缯，你说我不懂人，是因为，你不懂我。"浔可然轻微地咬着嘴唇，"麻烦靠边停车。"

大缯手把着方向盘并没有动，"这里除了公路就是荒野。"

"我知道，我没瞎。"

"可可，别闹脾气。"

浔可然听着越发火大，好像先冤枉人的不是他周大缯一样。她翻翻白眼，就算你活得好好的，世界上也总有人要来惹你生气，好像这些人就没点别的事儿能干一样。与其废话，不如行动。

浔可然坐在时速一百的车里，伸手去开车门。

周大缯觉得心跳顿时停了一拍，一脚大力踩在刹车上，轮胎在地面发出尖锐的刺鸣，尘土飞扬中，车在公路紧急车道上停了下来。

但当可可缓过来，打算开门下车时，发现车门居然被锁死了，扭头就对上愤怒的眼神。

“你这人有毛病是不是？”周大缯本来就是个爆脾气，瞬间像点着了一般，“想死啊？想死直说！就几句话至于要跳车吗？讲不讲理！”

“不讲理。”可可冷淡的声音一如初识时，“有谁跟你介绍浔可然的时候说她是个讲理的人，那他就是瞎了。”

大缯张嘴想骂，脑子里转了一圈，还真没有人说过。老一辈说浔可然是个有才华的年轻人，同辈说她是个看起来很普通的怪人，还真从来没有人用懂事、讲理、听话中的任何一个词描述过她。

“开门。”不讲理有才华很普通的怪人浔可然又说了一遍。

大缯火气也蹭蹭地大了，一言不发地掏出手铐，拉起可可的右手就把她铐在了车顶把手上。

浔可然目瞪口呆地看着发出哗啦啦声响的手铐，然后听到咔嗒一声，车门应声而开。

周大缯带着幸灾乐祸的表情：“门开了，你要下车？”

浔可然赌气憋得脸都红了，扭头一言不发地看着前方。

“不下？不下我关门了哦，要我开门又不下车，女人就是麻烦。”

大缯关好车门，启动继续往前开，嘴角挂着淡淡的冷笑。

臭丫头，老子还收拾不了你了。

内心扬扬自得的快要憋不住笑出声来的刑警队长开着车，开着开着就不笑了。身旁的人捂着肚子，一脸痛苦的扭曲却咬着唇死活不出声的样子，让他感到不对劲。

“喂，没事吧？”大缯问。

可可低着头摇了摇，却隐隐传来了抽泣声。

这可把人吓得不轻，大缯连忙在公路边适合停车的地方再次停了车，解开可可的手铐，不知所措带点儿内疚：“喂，浔可然，你怎么了？哪里不舒服说啊，别老低着头！”

妈的，老子是不是做得太过了？

如果大缯知道此时可可脑子里在想什么，一定捅自己两刀。

浔可然没有抬头，一手捂着嘴，哀哀戚戚的样子开了车门，跑进了公路

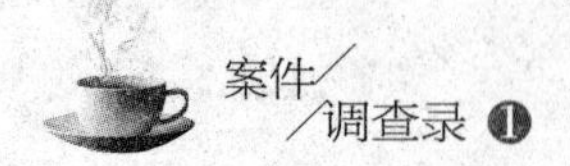

边的草丛。

大缯在原地石化了一会儿，心想大概是刚才她下车其实是要方便，被自己一误会给铐住了，这么一想，内疚立刻如塞住出口的水龙头一样噗噗地越积越多。左等右等不来，大缯跳下车，也不锁门，反正警车谁敢动，就往路边草丛走去几步。他小心翼翼地喊了几声可可的名字，不会出什么事吧？

突然身后发出熟悉的引擎声，大缯回头，发现警车居然开动了起来，他愣了一秒，瞬间反应过来。

被耍了！

死丫头把我引下车然后趁机上车开走……这何止是不讲理啊，什么人呐这是！

周大缯在原地仰天长叹一声，做了这么多年刑警，从未想过有一天还会栽在这里被一个小丫头戏耍。

警车开动，不到百米又停了下来。

大缯觉得之前所有的内疚都从水变成了油，点燃了熊熊怒火，丫的臭丫头，深呼吸深呼吸，不能和小人置气。大缯一边安慰自己，小人难养女人也难养，一边深呼吸往前大迈步，打算追上停着的警车，回局里骂她。

还差不到十米，引擎声再度响起，满腹火气的周大缯眼看着几步远的车子再度开出两百米。

还吃了两口自己警车的尾气。

突然开始理解为什么世界上会有激情杀人这件事存在，有时候，有些人啊，真是不捅两刀不足以平内心愤怒。

周大缯心里默念了好多遍“好男不和女斗”“大人不和小兔崽子斗”，走到警车边，恶狠狠呼出几口气，才敢开门坐回驾驶座，他怕自己一进车里忍不住掐死可可。

可可正在副驾驶位置上，一脸无辜地从窗户里往外扔东西。大缯定睛一看，扔的是自己的烟。

一根、两根、三根……然后回头，一脸淡淡的惊讶，“啊呀，你刚才去哪儿啦，周队长。”

周大缯深呼吸深呼吸，克制自己。

“怎么了周队长？哮喘吗？还是你喜欢闻马路上的土味儿？”——还是一脸淡然的无辜表情。

大缯憋得脸上筋都快抽住了，扭身以迅雷不及掩耳之势——又把可可右手铐在了车顶把手上。

小混账东西。大缯觉得自己出了口恶气，启动车。

浔可然晃了晃自己被铐住的手，看着明晃晃的手铐，突然扑哧一下，笑出了声，好像终于开了道口子，再也忍不住一般，越笑越大声。

大缯鼓着嘴嚷嚷：“再笑！再笑回去把你关看守所里！”

可可还在笑，“你还刑警队长呢，哈哈……玩不过就铐人，真是出息哈哈哈哈……”

“玩你妹啊玩玩玩！刑警队长你也敢玩！”大缯一手把着方向盘，一手忍不住就去捏可可的脸，“丫的还笑还笑！”

“哈哈哈、啊哟捏脸就算性骚扰了啊，哈哈，我要去局长那里告状，你欲求不满丧心病狂对同事下手啊，哈哈哈……”

周大缯都快被气乐了，这是个什么人啊！“浔可然，有没有人说过你是个变态啊！”

可可微微停下笑，歪着脑袋好似思考了一下，“追在警车后面跑的人没资格说我，哈哈哈哈……”

周大缯心里有气，却被旁边没完没了的笑声给感染了，不由自主地想笑，脸上表情一阵一阵的扭曲。

“哎周队长，请我吃饭啊。”

“做梦。”

“否则我把你铐我这事儿到局里大肆宣扬哦，到时候扣奖金算轻的啊。”

“哼，无凭无据。”

“我们刚才经过了一个收费口一个超速检查口哎。”

“那又怎样？”

“把徐丽案子送来的师兄就在交警队哦，监控拍下的截图今天要今天就有哦。”

“……你要吃什么？”

“哈哈哈哈……”

“你够了啊！”

想要毁掉徐丽尸体的人是抓到手了，但是审讯又遇到了新的难题，这个在公安楼保卫科里工作了三年的男人，早就听闻过刑警队的一些惯用审讯技巧，根本不吃这一套，整整两天，就是一句话不说。

大缯把可可招来，请她当面和这个叫汪易峰的男人对质，“那晚掐你的是不是这脸？是不是这手？是不是这男人？”

可可冷笑，“有什么好看的？我那儿还保留了那晚电话机上的指纹，被撬锁上的指纹，还有我脖子上被掐的残留物，拔这厮一根头发做一个DNA对比就可以把他送检察院了。至于徐丽身上的伤痕是不是和他有关，哼哼，把他和徐丽单独关在一个房间里好了，我相信徐丽小姐虽然已经开始腐烂了，但是还是可以和他对质一下的。”

汪易峰哆嗦了一下。

大缯眼尖看见了，心里开始冷笑。

“啊对了，”可可补充道，“那个徐丽啊，到现在眼睛还睁着，不管怎么弄都不肯合上，两眼珠就这样直愣愣地盯着前面看……”悄悄的，可可绕到了汪易峰身后，“冤死的女鬼可是很寂寞的哦……”

汪易峰两手握拳，用力的关节都发青了，但却依旧不说话。想来其实这样吓唬他也不太可能会有突破，胆敢一个人夜闯停尸房的男人，面对这种恐惧，顶多只会到紧握拳头的地步。

可可猛地从背后拔走他一小簇头发。

“嗷！——”审讯室里一声惨叫。

大缯忍不住笑了，可可仰头踢踢踏踏地离开。

大缯追了出去，“可可，嗨！叫你呢混账丫头。”

可可转头看着他：“怎么了周队，还想追着警车锻炼身体？”

大缯应声脸色一沉，偷瞄了一下周围有没有人听见，“哎我警告你啊，不许再提这事儿。我不是请你吃过饭了吗？”

可可调皮地飞速舔了下嘴唇：“谢主隆恩。”

大缯撇出笑："你指纹鉴定最好加速，这小子胆大，审讯恐怕会被耽搁。"

可可微笑："他要是到晚上还不招，你就找个录音机偷偷地播放女人的哭声，要那种压低了声音的哭泣，断断续续，然后假装你们所有人都听不见，只有他能听见。"

大缯冷汗，好阴毒的招："他敢偷尸体，未必有效。"

"我知道。"可可说。

大缯了然，"你就是想吓唬他对吧？好吧……看在你被他掐过的份上。"站着的队长说完话也不走，就这么看着可可……

"还有事吗？"可可问。

大缯沉默了一会，"……人虽然抓住了，你自己还是要小心一点，现在还不能肯定他是不是有同伙。"

"那我能申请一个保镖吗？"可可眨眨眼问。

"保镖？"

"我要小白。"可可继续眨眼。

"为什么是小白？"大缯的脸色有点黑。

"因为小白很好玩，"可可笑得很甜，"尤其是他受惊吓的时候。"

"……不行，队里人手不够，你要有什么状况立即给我打电话。"大缯说完转身就走。

可可看着大缯用力踏地板蹭蹭蹭的样子，摇头笑笑，"小气，借个小帅哥玩玩嘛……"

入夜，美食一条街上霓虹灯闪闪烁烁，夏河源走进一家火锅店，就看见窗边可可一个人趴在桌上出神，笑着走过去。可可慢慢地转过头来，脸上竟是一种迷茫的神色。

"喂，你怎么回事，脸色和死人似的。"夏河源皱眉。

可可搓了搓脸："师兄，徐丽的尸体，恐怕没法还给你了。"

夏河源一愣，"怎么说？"

可可把法医室和自己受到袭击的事情和夏河源简单说了一遍。

"然后呢，你们刑警队打算立案侦查？"夏河源把菜单交还给服务员时说。

“等抓到的那个汪易峰交待清为什么他三番两次想阻止验尸，恐怕就要立案了。”

“嗯……这么说，这个徐丽不仅仅是交通事故，在这之前还发生了其他的事情？”

可可不出声。

火锅开始慢慢沸腾，香味随着锅底的热气飘散开来，烟雾缭绕。

“嗨，小鬼，有什么话就直说。”透过弥漫的雾气，夏河源察觉到对面的人有所犹豫。

“有一天，我做了个梦……”可可盯着面前的纷纷雾气，慢慢地说，“梦里我站在马路边，街灯昏暗，我身上的衣服破碎不堪，几乎不能遮住身体，我双手抱住自己的身体，每走一步……下面都在滴血……”

夏河源愣愣地看着可可。

“眼前的东西都是模糊的，但是心底的感受却很清晰，那种愤怒……”

可可闭着眼睛沉默了，夏河源把羊肉放进火锅，周围熙熙攘攘的笑闹声、敬酒声、碰杯声不绝于耳，这一桌却显得很是清净些。

“然后呢？”夏河源问。

“然后……”可可抬眼看着夏河源，“……然后就被闹钟吵醒了。”

夏河源嘴巴半张着，想说些什么，却什么也说不出。

可可摆了一下手，“我知道你想说什么，你想说我对着徐丽的尸体久了我的猜想影响了我的梦，甚至说是产生幻觉，但是做这个梦的时候，徐丽的尸体刚从你那运到我的检验房，我就看了下你给我的书面情况报告，连尸袋都没有打开就放进冰柜了，打算第二天再做检查。”

可可直直地看着愣神的夏河源说：“做这个梦的时候，我根本，从没见过徐丽！”

夏河源把筷子在火锅里涮动，皱着眉说：“小然，你想说什么？”

“你还记不记得老爷子说过，做法医，有些案子，会让你不由自主地代入自己的想法，给予超出职业范围的关注。”

“我记得，但是老爷子后面那句话说的是：这样的状况，很危险。”

可可低头看着自己的碗。

“小然，很危险，你明白吗？”

“我明白，我并没有失去理智，我也没有被鬼附身什么什么乱七八糟的，我很清醒，读书时你那破自行车上那些个被拔掉的气门芯都在老爷子的鞋盒里。”

夏河源愣了两秒，怒而瞪眼：“果然是你个死丫头干的！你丫的当时还不承认！害老子被骂，你你你……”

可可咯咯地笑，“别生气嘛，好汉不提当年勇嘛。”

夏河源叹了口气，有点哭笑不得。

“我只是想说，我很清醒也很明白自己在做什么。不过想问问你，如果只是因为我的直觉，你会信我吗，师兄？”

夏河源苦笑，“你的，越来越狡猾了……信！老子打五年前认识你的时候就被你给耍来耍去，哪次不信你？这次你又想要什么？说！说完了开吃，吃完了赶快给我滚蛋！”

可可笑得更欢，“师兄你真了解我，把和徐丽有关的所有物证都交出来吧。”

“……那这顿你请客！”

“呜呜……师兄……我没带钱……”可可立马一脸凄切，眼泪汪汪。

夏河源翻白眼，评价道：“妖孽！”

10　回放的录像

妖孽可可吃火锅的时候，刑警队正在上演精彩的一幕。

大缯正对着汪易峰冷笑，门哗的一声被打开，白翎旋风一样冲了进来，一直冲到汪易峰面前，蹦出两个字："畜牲！"

一房间的人都不知道白翎发什么疯，只看他说完这句话之后立马又冲了出去，没一会儿，抱着一台黑色的笔记本电脑重新出现在审讯室里。点击几个按键，画面上跳出一个视频窗口。

"呀！！！！！！！！！！……呜呜！！"

女人的尖叫，支离破碎的哭声。

画面中的女子被几个男人击打，揪着长发一直拖进绿化带深处，男人嬉笑的声音伴随着女孩挣扎，不断挥舞着手脚，被按住的画面……一个男人捂住她的嘴，按住双手，另一个蹲在她身边笑着抽打她的胸部、大腿，第三个人则调整着角度，将女孩挣扎痛苦的样子尽收镜头……

他狠狠抽了女孩两个耳光，被打的女孩儿不动了。

他用木棍戳弄女孩的下身，一边戳一边笑着看女孩哭喊……

他拿着小刀片在女孩胸口滑动、点戳，逼着女孩不断哀鸣着扭动逃避……

他卡住女孩的脖子，逼着她张大嘴挣扎到脸色发紫，松开，然后再掐……

定格画面中女孩的脸和徐丽生前的照片一模一样。

眼泪已经干涸，只留下男人们不断的嬉笑声……

最后的镜头，是男人们拽着她的头发在杂草上拖行，停在人行道不远处，一手扔下，一个男人上去踢了两脚，说了句"还活着"。

在男人们哄笑声中，镜头越来越远，一个人蜷缩在杂草中，衣服几乎成碎片，一动不动，趴在那里……

画面已经停止，审讯室里一片寂静。

大缯面无表情说，“白翎，把汪易峰带走，把他和徐丽的尸体关在一起。”

汪易峰眼神中第一次出现了恐惧，喉咙里发出“咔咔”的声音……

大缯看也不看他，继续说，“他不是想尽办法想和徐丽的尸体在一起吗？让他待着，就铐在停尸桌旁边，有什么没说完的，放他慢慢和徐丽说去。”说完转身就准备离开审讯室。

白翎横眉去抓汪易峰的手，汪易峰一下叫了起来：“我都说！我都说！别……别……”

大缯站在门口，慢慢地回过头来，冷冷一笑，“你想说？老子不想听！有这视频，什么证据都板上钉钉的。”

白翎拖着汪易峰出去，一路拖，汪易峰一路求饶，远远地看见停尸房三个字，汪易峰使上全身的劲赖在地上，鼻涕眼泪满脸都是，一个劲地说要坦白。

要多难看有多难看。

汪易峰说，做这事的一共三个男人，他们是在网上一个SM论坛结识的，三个人平时空闲就一起聊些下载的虐待影片，有天有人提出模仿片子里的情节干一回，共同谋划了一阵，找了一天聚在一起随机抓路边落单的女孩子到草丛里实施虐待和轮奸。

汪易峰说，另外两个人分别叫作曾建明和于涛，提出这事儿和拍摄的人主要都是于涛。一开始汪易峰和曾建明还有点怕回头被发现了出事，汪易峰甚至去网上查过这样的案子应该怎么判刑，但于涛拍着胸脯保证肯定没事。

“放心，我爸很厉害。”

“不管出什么事都会帮我们摆平。”

“大不了就是花点钱。”

“到时候帮我们做个精神鉴定，说我们三个都是间歇性精神分裂。”

“真的，老子去年酒驾撞死个交警都没事儿，你们懂了吧。”

于涛还拿出了酒驾那个案子的文件给两人看，终于人性赶不上对欲望的疯狂追求，加上觉得“不出人命、女人肯定没脸去报警”的侥幸心态，三人终于达成了一致，风风火火地实施起了计划。

于涛，男，26岁，三流大学毕业，某地产公司副经理。

关键在于，于涛的父亲叫作于来和，某国企党委书记、政协委员、大学教授，光名号就不够一张名片排版的。

“于来和？玉皇大帝又怎样。”大缯看着这两人的身份资料，“白翎，你去找于涛。薛阳，你去找曾建明。记住，挑人多的时候抓，做事要规范、要清晰明确地大声说清楚，请他们协助调查一起对妇女实施的虐待轮奸致死恶性案件。”

“是！”

大缯又说：“王爱国，去，把汪易峰扔到重刑犯关押的房间里。”

王爱国眨眨眼，重刑犯的看守房间他见识过，一个个虎背熊腰好似死神一样，仅仅那么几个如死神一样的眼神盯着你什么都不做，就够受的。

但王爱国对汪易峰没有一丝同情。

可可站在窗边，看刑警队的车一辆辆鸣叫着开了出去。

“浔姐……”晓哲奔来，“小白他们去抓另外两个王八蛋了。”

“视频拷贝来了？”可可面无表情。

“呃……拷来了……浔姐，你不开心？”

“你看过这段视频没？”

晓哲缓缓地点点头。

“你觉得我开心得起来？”可可转头又看向窗外，浮云朵朵。

新的一天又一天，但是总有一些人，再也看不见，仅仅只是因为她们在错的时间出现在错的地点。

明明什么都没有做错。

晓哲神情也黯然了。

可可回头看他一脸哭丧的样子，猛拍了下他的肩，微微笑道：“我要出去下，给你新的作业，”可可指着冰柜，“我给你修改过的徐丽验尸报告，里面提到的每一个伤痕，都取样标号保存起来。”

“取样？从徐丽身上？”

“对！从她身上，对她的每一个伤痕对应着当时我们拍的照片，取皮肤样本，伤痕斑点都不要遗漏，我回来和你一起检查。”

晓哲点点头。

可可从外面回来的时候已经是下班时间，听说白翎带队大闹了一场，当着公司很多人的面宣布“请他们的副经理协助调查一起轮奸妇女案”，然后将人强行带走。于涛一路都在骂骂咧咧，一直到审讯室里还拒绝配合，直叫嚣着：“你们这群狗屁警察死定了！死！定！了！”

大缯头疼，于涛的父亲于来和肯定已经听到了消息，用不了多久上面就会开始施压，律师担保人一大堆很快就会出现“救驾”。于涛根本不害怕，他卯足了劲儿大吵大闹，就等着后援团的出现，再哭闹一出“自己受了很多苦，你们警察对我这是虐待”，律师有的是办法打着擦边球让他逃脱。

也不是第一次遇到这样的事儿了。

怎样在最短的时间内让于涛坦白从宽，成了整个刑警队的难题。

可可微微一笑：“对付禽兽就要用禽兽的办法，把他带到法医科来玩玩。”

11　生死对质

于涛被白翎抓到法医科的验尸房，进门一看可可正对着验尸桌上鼓捣什么，手一指，“把禽兽公子爷铐在那边的水管上。”

于涛怒气冲冲，可可看他被铐紧了，慢慢地推着验尸桌到他不远处，掀开白布露出徐丽的脸，于涛的脸色瞬间刷白。

徐丽的尸体安静地躺在验尸桌上。

可可将徐丽的头轻轻扭转过来，面对着于涛，一声不响就和其他人一起离开了。

于是封闭的验尸房出现了这样奇特的一幕，徐丽的尸体，和虐待过她的嫌疑人于涛相隔半米面对面待在一起。

大缯、白翎、可可和晓哲一起蹲守在门外，一同面对着可可的笔记本，屏幕上的画面连接着可可安装在验尸房的隐蔽摄像头，将于涛和徐丽的画面尽收眼底。

从画面上看于涛虽然不吵不闹了，除了脸色刷白以外，几乎没有其他反应。

“贼胆不小。”大缯评价，“可以去做守墓行当。”

话是这么说，不过于涛公子哥再咬咬牙憋着，后援团就要冒出来和刑警队打仗了。

可可歪着头想了想，嘴角开始泛阴笑，从白色外套的口袋里摸出一个小小的东西。

晓哲好奇地看着她，可可拿着这个小小的遥控器一样的东西，抬手，对着验尸房方向按下了白色的按钮。

屏幕上，徐丽原本安静的尸体，突然开始抖动！

在场除了可可以外的所有人都被吓了一大跳，白翎更是倒退好几步，几乎背贴墙。

而房间里则传来于涛的尖叫声，他拼命地想离徐丽远一些，可惜双手都被铐在水管上根本动不了，吓得魂不附体的于涛大声叫喊。

大缯第一个回过神来，瞠目结舌地看向可可，“这是……”

“尸尸尸……变……”小白吓得口齿不清。

可可按钮一按，徐丽又安静了。

于涛大口喘气，脸上毫无血色，却冷汗不止。

“我我告诉你……”于涛声音颤抖地说，“是你自己要、要去死的，不关我的事，跟我、没、没关系！”

可可等了一会儿，看屏幕上于涛似乎平静一点了，抬手换了个按钮按下。徐丽又一阵一阵地抽动起来，因为已经过了尸僵阶段，尸体已经变得柔软，双手随着身体起伏滑落下来，差一点点就碰到于涛的裤管。

于涛带着哭声大叫：“放我出去！！……不是我！！！——我只是拍录像……打你的不是我！！不是！！！”

徐丽安静了。

一片寂静。

于涛偷偷地看向徐丽，那早已浑浊的眼睛正无声地看着自己，刚才一阵抖动使得她的嘴微微张开，好像要说什么，缓缓，一股浊臭的液体从尸体嘴里流出。

于涛吓得连呼吸都忘了，就这样死死地看着徐丽的脸，仿佛一切都静止。

徐丽再次猛烈地震动起来！脸随着抖动变换着扭曲的表情。

“啊……是我是我都是我的错，是我策划这事，是我决定要抓你，是我拍的录像。但是第一个强奸你的不是我，是曾建明啊，是他们打你踢你，是他们拿棍子戳你，你不要找我，不要过来，不要不要……”于涛浑身发着抖，闭着眼抱着头歇斯底里地大叫。

裤子都湿了。

房间外，可可满意地按下按钮，转头对周围的人说：“行了，现在把这家伙带走，好好地把细节问清楚，这段视频我会抹掉，免得惹麻烦。”

你找的麻烦还不够多吗，大缯心想。

众人呈僵化状。“浔……姐……那……那……”晓哲也被吓得不轻。

“不是尸变，”可可微微一笑，“我在徐丽身下放了一个会震动的小东西，无线控制。”可可摇了摇手里的小控制器。

于涛被王爱国几个架着身子抬了出去，他已经连站起来的力气都没有了。

小白根本不敢跨进来，晓哲也在门外缓和受惊的心情，大缯跟了进来，看着可可从徐丽身下拿出两个很小的像球一样的玩具。

“这什么东西？”大缯凑过来。

“不知道，以前读书的时候从师兄那里偷来的，挺有趣，一边开关按了，另一边的小球会一直震动。”可可说。

大缯多看了两眼，突然有所领悟，眼角抽搐几下。“这种东西，浔可然……你真是个人才。”

大缯说完就离开了，可可淡然地露出一丝笑，转身看向徐丽时，又恢复了面无表情。

房间里只剩下可可和徐丽的尸体。

可可将她摆放好，擦去刚才震动中从徐丽身体里流出的不明液体。看着徐丽浑浊发白的双眼，轻轻地说：“放心吧，我不会放过这群禽兽的。”说完抬手轻抚她的眼睑。

徐丽的眼睛闭上了。

12　不准追查

白翎和王爱国几个人抱着不休不眠的精神打算狠狠地审讯这几个作恶多端的男人。

大缯刚从局长办公室里出来，局长大人对案情了解了之后，提出了几个疑问。恰恰这几个疑问，让大缯有点不安，自己也没注意，不知不觉就走到了法医科所在的四楼。

验尸房的灯还亮着，大缯敲敲门。

可可出现在门口，略带疲倦的脸色，眼神却犀利。

两个人一起进了房间，可可放下手中的杯子，暖暖的香味蔓延开来，又是她最喜欢的可可奶茶味儿，大缯忍不住微笑，似乎哪一点让他轻松了下来，靠在休息椅上，整理思绪。

桌上平摊着徐丽事发时穿的血衣，可可一手拿着记录板，将徐丽身上的斑痕具体位置与衣服上的洞痕相对比，测量具体尺寸，然后在记录板上一一标注。三处长两厘米的浅刀伤，五处隐匿掐痕，一些之前被认为是徐丽车祸撞击地面时的擦伤统统被可可重新对比做检查，衣服上多处被可可剪下来，保存在封口袋里，和白天晓哲做的皮肤取样放在一个纸箱里。

“浔可然……如果上法庭，你有几成把握能把他们送进去？”大缯半躺在椅子上，声音沙哑。

可可转过头来看着他，周大缯语气有些奇怪，让她感到一丝不安。

“什么意思？”

大缯轻轻叹口气：“这个问题，也正是局长刚才问我的，之前我想到过，但为了能得到口供……徐丽已经不在世了，不可能当面指证他，当时的录像大部分都是于涛举着 DV 拍的，没有于涛的正面镜头，你这里有没有什么在徐丽身上采集到他的指纹之类的？”

可可摇头说：“很多证据都和车祸的残留物混杂在一起，我再重新检验一些可能和这三个男人能联系起来的东西，但是指纹恐怕很难，徐丽身上有太多痕迹，包括轮胎碾压的，现场心肺复苏抢救的等等。你们有找到那个 DV 吗？能对比上面的指纹……”

“没有，我们彻底搜查过三个人的家，曾建明的口供曾说过，于涛告诉过他，‘机器已经扔掉了，我们玩一次换一个机器，这点小钱不要在乎，玩的就是高兴！’”

大缯的话让可可暗暗皱眉。

“所以我们其实没有实心的证据……而……下午……在你的验尸房里让于涛尖叫着坦白那件事，局长听说了，他觉着这事儿办坏了。于涛如果告诉他那群律师团，肯定会被他们利用、狠狠地驳斥说于涛是受了尸体的巨大惊吓，产生幻觉，精神不稳定，甚至说我们是逼供，利用人对尸体常见的恐惧心理……”

“没脑子的人才会觉得于涛和这事没关。”可可手上的动作不停。

“对！搁着是别人，搁着任何一个有人性的都不会轻易放过于涛……但是浔可然，法律是法律，法律不是社会上所谓的公道，法律不是一百个人八十个说有罪就是有罪，法律要用证据、事实来证明。而且……这人是于涛，他的父亲叫于来和。”

可可回过头走到大缯面前站定，“周队长，别告诉我你想放弃！”

“我当然不想！”大缯的喉咙也响了起来，“但是我们手头根本没有有力的证据！我……只是很担心……”

可可看着大缯灯光下半入黑暗的面孔，突然觉得有点陌生，然后又摇摇头，自己其实根本还没开始了解这个刑警队长，又何来陌生之说。

她不再理会，依旧努力地分析着手里的衣服纤维。脑子里却开始飞速地运转……实心的证据……

再回头的时候，可可发现周大缯居然就这样横躺在椅子上睡着了，在验尸房里睡着的人，他算是第一个了。

可可忍不住扬起嘴角，摇摇头，放轻手脚又泡了一杯可可奶茶。

梦里，大缯闻到甜甜的朱古力香味。

“为什么不能立案？什么叫不许追查！？”

浔可然刚买了点早餐经过二楼，就听到苏晓哲的吼声穿透整个刑警队办公室。

“什么叫证据不足！？”苏晓哲拿着一张有市局办公室盖章的纸愤恨地拍桌子，“就这张纸?！就这一张纸徐丽就白白被那些禽兽糟蹋了？白翎！你还是不是警察！录像里的东西清清楚楚，昨天于涛他们也亲口承认了，为什么……为什么不能继续查下去？”

白翎坐在椅子上垂着头，大缯坐在不远处抽着烟，“不是不能查，是由上面的人接手继续查，让我们把案子交出去。”

“交出去！？你们脑子进水啊！连我都看得出来这帮龟孙子是想帮那个公子哥开脱，等到一切都交上去，真相还有大白的一天吗？白翎！枉我当你是个汉子，你就是个孙子！”

“你当老子不想查啊！”白翎霍地站了起来，“上面说停，谁敢说不？”

苏晓哲咬牙，空气寂静了。办公室里大缯、白翎、王爱国和薛阳等都在，谁都不出声，或看着自己的桌子，或抽着烟眼神飘远。白翎吼完一句，又慢腾腾坐了下来，盯着地砖，不再出声。

苏晓哲看看周围，每个人脸上都是忍耐后的冷漠，再回头看白翎，一时怒向胆边生，猛地一扬，一拳揍在白翎的脸上，白翎愣在原地。

“苏晓哲！”可可站在门口轻轻喊道。

晓哲回过头，看见可可站在门口，拳头还停在半空中，慢慢地，眼前一阵湿雾，“浔姐……他们……他们……”

“别闹了……这些人，”可可冷眼扫了下整个刑警队说，“这些人都有各自的老爹老妈老婆孩子，怎么会为了一个素不相识的女孩和上面对着干，拿自己的职位冒险……走吧。”

大缯皱了皱眉，还是开口说：“浔……法医，那个汪易峰袭击你的事情，你放心，我们会定案交到检察院，还有……局长说最近你辛苦了，晚上一起吃个饭。”

可可冷冷地看着他，大缯把视线移开。

“抱歉，我对着没脊梁骨的刑警倒胃口。”可可清冷地留下这句话，转身就离开，晓哲紧紧地跟了上去。

办公室里一片寂静，大缯拳头捏得死紧，沉默了一会儿，然后狠狠地抽了一口烟，走进自己的办公间关上门。

大家悄悄地松了一口气。

晓哲跟上可可的脚步：“浔姐，骂得好，骂得爽！”

可可一言不发。

晓哲看看可可脸色不善，也不出声了，安静地跟在后面，想想又憋得慌，轻轻地叹口气，上面说撤，刑警队长说撤，区区法医科，还能怎么着，要么把证物都藏起来不交出去？晓哲认真地开始思考这个问题的可行性。

可可说：“晓哲，我们分工，你把前一阶段我们的报告和相应的东西归纳在一起，我把这几天新补充的资料整理在一块儿。”

“浔姐，你想……？”

“哼，想在我地盘上抢走我的东西，没那么容易。”可可仰首横眉，大步流星走回法医科。

13　曲线救国

周大缯烦闷地敲着桌子，一根接着一根地抽烟。桌边摆着小白给他买来的午饭，早就冷掉，还有关于徐丽案子的种种材料。来自上面的阻挠他并不是没有遇到过，麻烦的是，这一次手里还没有可以狠狠敲定于涛有罪的证据，就打草惊蛇了，这一切全怪自己。他有些后悔当初一时意气，指示白翎他们堂而皇之的将于涛抓捕的行为。

闭上眼睛，烟雾缭绕，大缯强迫脑子飞转，一会儿是徐丽的验尸报告，一会儿是浔可然冷冷骂他没脊梁骨的声音，一会儿是局长皱眉的表情，一会儿是录像中那几个禽兽蹂躏徐丽的画面，然后是可可脖子上被汪易峰掐出的伤痕来回浮现。

睁开眼，头更疼。

白翎急匆匆地冲进门，一股令人窒息的烟味扑面而来，没留意被呛到，又急吼吼地说："队长，上面的人来了……"

"来就来了，东西整理一下给他们就是了。"

"不是，他们……他们首先冲到法医科去了，要把尸体带走，浔姐不肯，对阵着呢！"

大缯霍地站起身，急匆匆地冲了出去。

晓哲拦在验尸房门口："凭什么？物证和验尸报告都交给你们了，你们还要徐丽的尸体干什么？"

一脸正义的警察站在晓哲面前，他身后是仓促组织起来的所谓调查团队，除了一直保持着微笑的领头警察，其余人都明显已经带有不耐烦的神情。

“要调查案件情况，怎么能缺少被害人的尸体呢？这物证链会断了。”

苏晓哲本来就带着怒火，说话自然也不客气：“物证我们这里都已经准备和检验好了，你们只要……”

“说了这起案子全面由我们省厅接手，你们管这么多干什么，把尸体交出来不就好了！”终于调查组中不耐烦的几个人也开口说话了，“哟，这不是周大队长吗？”

周大缯带着刑警队的几个人气势汹汹地冲了过来，还没等对方反应，就侧身挤进了苏晓哲和省厅的人中间，于是三方人无形中成了个包围圈，省厅的人在最外面，大缯的人拦在他们面前，苏晓哲则紧贴着法医科的门不让别人靠近。

“周队长，你这是什么意思？”领头警察继续一脸微笑。

“姓齐的，我周大缯听从领导安排，不代表你们可以欺负我的人，你带这么多人冲到只有两个人的法医科门口，你们什么意思？”

“我们人多是准备来搬运资料嘛。”

“放屁，你们就是来找茬的……”白翎忍不住叫出声。

省厅的人也忍不住了：“你们什么态度！”

你来我往，周大缯和姓齐的领头相互瞪眼，身后的其他人你一句我一句也不消停，就这样僵持着。

哐！！！

一声敲击的巨响从法医科门边传来，众人回头看去，可可皱着眉站在那里，手里拿着一把精致的小榔头，刚才的声音就是用这玩意敲击金属窗护栏的结果。

“吵死了。”可可说，“你们要徐丽的尸体干什么？再尸检一次？你们把市局的法医科当幼儿园吗？”

领头齐某人微笑：“不不，浔法医既然已经有尸检报告了，我们还重复这工作干什么，只不过替你们省点力气，把尸体还给家属火化。”

“不劳大驾，我已经通知徐丽的父母了，他们现在正在过来的路上，到这里之后我会直接把尸体还给他们，同时安排火化，你们要是不放心可以全程参观她化成灰的经过。”可可扬眉说道，“如果不怕那什么东西跟着你们回家的话。”

省厅的几个人都一愣，觉得背后微微一冷。

带头的齐队长没想到这个浔可然居然动作这么快，不过倒是好事，反正上面千万交代一定要尽快把尸体烧掉，只要目的达到就行，倒是这冷冷态度的法医还挺配合。

苏晓哲在一边咬牙：“浔姐，你怎么能把她火化了？”

可可转头冷冷地看了看晓哲，后者咬着嘴唇安静了。

“还都杵在这里干什么，省厅的，徐丽案子的资料不光是在法医科，还有刑警队等，你们要监视，留个人下来在这里就行了，好狗不挡道。”可可说，“瞪我干吗？你们接收到的命令是什么你我都一清二楚，别费力气绕弯子。”

你看看我，我看看你，没人动弹。

“都不肯滚，想今晚在我这儿冰柜里过夜吗？点个头，我就给你们空出位子来。”浔可然不知道什么时候又摸出了解剖刀，轻轻地擦起来。

领头警察装模作样地咳嗽：“周队长啊，我们也要好好交接一下啊，来，请请请……”

“客气客气，”大缯黑着脸装官腔，“我们也很不好意思，调查刚展开，却要省里的兄弟们接手这个烂摊子。”

两个人眼眸里不断向对方发射着“去死去死”光线，手上却“你请我请”地磨蹭着离开了法医科。大缯临走前留下了白翎镇守。

可可转身打算进入验尸房，白翎和省厅的某工作人员也想跟进来，可可冷冷地看着他俩，“参观裸体女尸一分钟一百元人民币。”

两人一愣，继而止步。法医科大门轰然关上。白翎和对方只好哼哼唧唧站在门口，互相瞪眼玩。

徐丽的父母一脸平静地带走了女儿的尸体。可可站在警局门口，看着载着徐丽的车开离视线。临走前徐丽的父亲单独找到她，这位年近半百的老人似乎比上次见到时多了更多白发，看着可可的眼神里带着欲言又止的信号，可可没有说话，他沉默又沉默，最后只留下句谢谢，离开了。

可可并没有告诉他们徐丽遭遇了什么，刑警队其他人有没有提到，她并不清楚，但是徐父那欲言又止的神情，让她不知所措。她也不知道决定将徐丽的遗体火化是不是一个正确的选择，她只是觉得如果不这样，省厅的人一旦接手，还会对尸体做些什么她心里很没底，毁尸灭迹？或者拿着尸体要挟她的父母不再追究女儿的死因？也许自己想多了，只是徐丽已经受了太多的苦，让她安息了吧……

可可就这样站在门口发愣，上午还半阴霾的天已经开始飘雨，积水从屋檐上滴落，溅在脖子上。她忍不住缩了缩脑袋，却突然发现周大缯站在身边。

“省厅的人呢？”可可将视线转开问道。

“局长陪着吃喝呢。”大缯从可可身后注视着她，抬头望天的可可脖子上露出了淡淡的掐痕。

“这老狐狸居然肯出面？”

“他说他没空在开会，不过我突然想起来我有半个月的年假一天都没用过，就和他聊了聊这话题，然后他就有空了……”

可可轻笑：“老爷子以前常说，你们刑警队一个个都是人精。”

“哪里哪里，常老爷子教导有方，你年纪轻轻道行也不浅。”已经上升到妖精阶段了，大缯后面这句话咔在喉咙里，没敢说出来，咳嗽两声，努力摆出开会时一脸正气的样子，“但是浔可然，有句话你说错了，我周大缯不是没有脊梁骨的警察。”

可可转过身，仰头直视他：“何以见得？”

“我打算……先把于涛给搁下不查，你先别瞪，听我说完，你有没有想过，于涛昨天才被我们抓住，今天省厅就要接手，这里面无非就是于来和打通的关系，如果没有于来和，于涛的案子已经十拿九稳定罪了。”

可可的眼睛里开始闪烁亮光：“你打算查于来和？”

大缯撇嘴一笑：“聪明。”

可可低头擦着手里的解剖刀：“这可不是刑警的活。”

“那就当顺手帮别的部门解决繁重的工作任务好了。”大缯低头看了眼可可，瞟到她后颈尚未消退的淤痕，“于来和这么快的动作，除了靠关系一定还花了不少钱，乱中出错，如果我查出来他这两天打通关系所用的钱和他的实际收入不符……喂，你别一个劲贼笑行不行，你肯定也没老老实实把证据全部交出去。”

可可眯眼嘿嘿嘿地笑了起来，“周队长，我突然发现你还挺有头脑的。”

大缯抬眉，心里却很受用。

“跑步的姿势也挺帅，尤其是追着警车的时候。”

“滚！再提这事我弄死你。”

“啊哟妈呀这太吓人了！晓哲你快来看，我们队长和你们法医大人站在门口一块儿阴笑，偶的娘诶忒恐怖……”白翎趴在四楼法医科的走廊上拿着望远镜从窗边往外看，“吓人不？你看见了？呃？你咬牙干什么？”

“因为我看见了我们导师。”苏晓哲恨恨道。

苏晓哲来自中医药大学，导师是一位和中药一样慢性子温和的大叔，苏晓哲哭着闹着要到法医科实习的时候，大叔也没怎么阻挠就把他托给了可可，大叔总是微笑地说，年轻人嘛，只要好学，学什么不是学？晓哲正感叹人生啊恩师啊理解万岁啊，大叔接着又说，听说在浔法医那里实习的，十个有九个是抱着零分哭着回来。

苏晓哲第一次出发去公安局找浔可然的时候，大叔送他到车站，一边挥手一边说，加油啊背负着法医科诅咒的少年……

此时此刻，温柔的、脱线的导师大叔正夹着雨，迈着闲散的步伐踏进警局门口。

14　苏晓哲的绝地反击

“我不回去，徐丽的案子根本还没有查完，我不想放手。”苏晓哲面前站着导师和浔可然，委屈地说。

“儿啊，乖，跟妈咪回家吃饭饭。”脱线大叔装老母鸡哄着晓哲。

苏晓哲抬头别扭地瞪了导师一眼，把脸扭到一边。

“苏晓哲，”可可的声音很温柔，脸上却一点笑意也没有，“你在最近阶段的实习中表现出一位实习法医不该有的冲动行为，做事冲动，说话也冲动，对案件本身产生喜怒哀乐情绪我可以理解，但是这种情绪严重影响了你的判断力，你觉得我暂停你的实习没有道理吗？你自己看看，攻击殴打同事，冲击上级领导派来的调查队，你是实习生没人会和你计较，如果你是正式警察，早被局长停职关禁闭了。回学校去写检讨吧，否则今年实习就抱个零分。”

苏晓哲的脸色青了又紫，最后轻轻吐出一句话：“浔姐，我只问最后一句，徐丽的案子，你还有什么打算？”

可可看着眼前这个一腔热血的大学生，又觉得一阵头疼，她当然知道苏晓哲不甘心，是谁都不会甘心，那种能替死者领会的愤怒，然后怀抱着一腔正义的热血，却被打压。但是就算要一拼，也不该是苏晓哲，他现在还太弱小，经不起任何打压。

“晓哲，你还年轻……”

晓哲不可置信地看着浔可然，眼角抽搐两下，最终一句话没说，愤怒地冲出了走廊。

大叔看晓哲跑远了，虎着脸盯可可：“我教出来的娃这么差劲？”

可可被逗笑了："他很勤奋，也很好学，宁可抄整本书，也想知道自己亲手写的报告里有什么疏漏，只是太热血了，做法医会看到很多不公平的生死，他还太冲动……总之，你这个人生导师看紧一点，出了事我不负责收尸。"

大叔温柔地笑道："我听说你是从夏河源那里……接的案子？"

可可点点头，大叔和夏师兄一样，曾一起在常老爷子那里学法医学，但几经波折，大叔去教了中医，夏师兄去了交警大队。世事就是这样，永远出乎你的预估。

大叔默默点头，回头看看有点清冷的法医室，"怎样，这个案子打算放手？"

可可的神情立马变成了阴笑，"我们家老爷子喝醉酒的时候常说，不能替冤魂昭雪的人，当什么狗屁法医。"

导师大叔在开往郊区的校车上循循善诱规劝晓哲乖乖写检讨，可是背负法医科诅咒的少年一点反应也不给。好脾气的大叔也不计较。

苏晓哲回到寝室就把书包一摔，整个人都想不通为什么。如果什么都做不到，如果被人欺负了什么都不能反抗，活着，努力拼搏，到底是为了什么？还有那个自己崇拜的浔姐，为什么也和刑警队那些个家伙一样，只会劝自己忍耐？

手机响了，苏晓哲低头一眼，来电显示为白翎。苏晓哲愤愤地按下了拒听。

想了又想，苏晓哲一脚踹在寝室墙壁上，把舍友们都吓了一跳。

"走！去网吧打通宵！老子请客！"苏晓哲吼道。

晚上导师大叔睡前又往晓哲的寝室里打电话，怕小子倔强私自跑回市区。寝室里的光头小子们都知道大叔仁善，老老实实地说，晓哲和兄弟伙去泡网吧了。大叔点点头，嗯，玩玩放松下情绪也好，年轻人嘛，大不了明天早上再进行教育，今晚就放过他吧。

事实证明，年轻人一肚子活力一脑子坏水，一点都放松不得。

昨晚大缯说上面施压的时候，可可就通宵将一些证据——可能是三个强暴犯留下的痕迹给备份，身上采集的皮肤样本也另外保存了起来，今天省厅的人一到可可就安排将徐丽火化，从某种角度来说也是隐瞒了徐丽身上一些皮肤样本被保留了下来的事情，否则徐丽遗体上缺几块皮肤早就被发现了，还有从交通局夏河源那里拿来的血衣，也被可可“一不小心忘记上交”了。

于是，省厅的人和苏晓哲走之后，可可反锁上法医科的门，将窝藏的证据都摊开，斑痕分类，一个个放在紫外线仪器下检查，其中有四处斑痕发出银白色光芒，外圈呈现出紫蓝色，疑似精液残留后形成的精斑。可可耐着恶心的感觉又仔细看了一遍当时拍下的录像，录像中可以判定的是曾建明很明显有强奸行为，在徐丽下身皮肤采集到的痕迹可以肯定有曾建明的精液。但是录像事发后被剪辑过，所以另外几处疑似精斑不能认定是不是精液的痕迹或者说来自谁的精液，可可取出磷酸苯二钠试验剂，将每个斑痕剪下一小部分放进试剂。磷酸苯二钠试验对精液检测灵敏度极高，精液的浓度越高，颜色越是深红，如果不存在精液则显示为橙黄。过了一会儿，多处试剂中有三个显示出鲜艳的血红。可可翻看记录对比这三处痕迹，第一处来自徐丽腹部的皮肤上，另外两处则来自徐丽当时所穿的血衣的裙摆和胸口，在斑斑驳驳徐丽的血迹之下，黯淡的黄色斑痕，僵硬在棉织物上。

可可冷冷一笑，心里道，居然还真期待呢，这三处精斑，会不会将那些浑蛋带进地狱。

但是怎样才能避过耳目，找个合适的理由检验这三处精斑的DNA呢……浔可然抬头，寂静的办公室里，只有穿着保安服的真人骨架陪伴，空洞的眼窝默默与她对视着……

当可可在法医科里彻夜不眠地工作时，周大缯也同样做着违背工作守则的“多余事”。他从自己熟识的线人与暗报等关系中撒出追查命令，凌晨未到，就接到了可靠的报告，并且像惊喜一样，甚至得到了确切的照片作为证据。

“要我说真是你小子好运，我告诉你，这个老于也不是个好东西，上头想把他拉下来的人也不少，否则我也不会这么快就能帮你弄到证据。”隐藏在黑暗中的线人，对大缯说。

是谁故意透露的，刑警队长才不在乎，反正他要的是证据，射人先射马，擒贼先擒王。

手机短信的叮咚声吵醒了趴在办公桌上睡了半宿的可可，她迷糊地揉着眼睛，看了眼短信，是条网络热点新闻的广告短信，但标题却让她瞬间彻底清醒了："有图有视频有真相！虐奸逼死无辜少女还拍下录像取乐，富二代禽兽逃脱法律制裁。"

可可瞪着眼睛，转身立马动了下鼠标，用电脑搜索了下这个标题，跳出的帖子内容让她不由地一身冷汗。

帖子的内容有整个徐丽案情的简介，于涛的背景，还有现场徐丽被虐待殴打录像的部分截图，最后精彩的是于涛面对徐丽尸体时崩溃的尖叫和认罪，被精简成简短的视频放在上面。发帖时间大约是昨天凌晨，可可猛然想起搜索了一下这个标题，结果显示几大论坛都已经转帖了。

手机铃响，可可看了眼大缯打过来的电话："是我……嗯，我已经看到了。我知道，我会让他这阵子不要出现……"

挂断电话，可可面对着电脑揉太阳穴，苏晓哲啊苏晓哲……

15 热的血，寸步难行

局长大人猛力拍桌子!

“你们两个都有嫌疑！更别说你们下面那些臭小子！一晚上都不给我消停，居然捅到网上！早上我还没睁眼副厅长就打电话来问我怎么回事！你们看看！自己看看！这破帖子里居然还写，‘市公安局在接到上级命令之后就将所有物证上交，放弃调查。’这什么话！这不是摆明了找骂吗？就算你们要爆，也把我们写得好看一点会死吗？!”

可可歪了歪脑袋，嗯？局长的意思是如果把我们写成好人把省厅写成坏人他就会比较高兴？

“还有媒体！”又是一下猛拍桌，“早上媒体联络处的电话都忙疯掉了，各大电视台报社都来问这件事情是不是网上说的那样，我们市公安局的面子丢光不说，还被群众指着脊梁骨骂祖宗十八代，光是上面的处分，就够你们一个个受的!”

局长歇一歇，喝一口茶，喘着粗气。

周大缯站在办公室窗边看向外面，不出声。

浔可然靠着沙发看茶几上的花，不出声。

“现在都歇菜了？不说话了？”局长的手机今天第三十回响了，看了看，掐掉，关机，抬头继续说，“周大缯，你去，把这个发帖子的人找出来。”

“为什么？”大缯语气很平静，“帖子上没有一句话说的是假的，是谁发的就算找到又怎样？”

局长瞪眼，“哟呵，造反了你。”

可可冷冷地笑，“局长，也未必是我们的人捅出去的啊，昨天上午不是已经把资料上交给省厅的调查队伍了嘛，晚上出现的帖子，也许是他们的某个告密者呢。”

局长幽幽地看向可可，“我当初怎么就没看出来，你个丫头比你师傅还麻烦，大麻烦！早晓得当初就不该和省里抢，哼哼……”

可可眼睛因为没怎么休息而红红的，但目光犀利，她唰地起身，走到局长桌前，“老爷子劝我放弃省厅的工作时说，那里的警察都是普通人，有好也有坏，有正义的也就难免有败类。”

可可看着局长，对方也瞪着她。

“但是！他说，至少市里的局长我了解，这个人和狐狸一样精，但和省厅某些人不一样……”可可顿了顿，直视着局长的眼睛，“老爷子说，至少你的血是热的。”

局长愣在那里，可可沉默地站了一会儿，转身离开了办公室。

大缯看看局长没有反应，也不知该坐下来继续挨骂，还是追着可可出去。

局长摆摆手，“去吧去吧。”

看到大缯追了出去，局长靠在大背椅上，深深地叹了口气。这帮不消停的臭小子！我还有不到五年就退休了，为什么不给我消停点呢……唉，一大把岁数了还要帮你们收拾烂摊子。

实际上局长大人生气不是没有道理，从骂完大缯和可可开始四十多个小时，可怜的局长完全没合过眼，上面领导怒气冲冲，大家心里都和明镜一样。省厅的调查队是“上面指示”组成的，怎么可能会是在网上检举揭发徐丽案情的人，所以这件事情，十有八九是市局里某个了解情况，接触过视频证据的人，副厅长秘书一天打二十多个电话“请局长来开会”，媒体一天拨打局长工作电话不下百次，虽然他一律不接受采访，但是也什么都不说。这两天的时间，社会各界已经对案情猜测产生稀奇古怪各种版本，甚至产生了专门诅咒于涛等人的网页，以供众人下诅咒，匪夷所思。对于年过半百的老狐狸局长来说，这也是少数的，他被逼到了非常被动的一个境地，却依旧得死守着一些界限，宁可自己挨骂，也要保护住下面这群小子。

对徐丽的同情，对于涛等人的怨恨，对官方包瞒的指责，对权力黑暗的恐惧，对案情不公开的臆测，从网上到街头巷尾，几乎成了这两天来最受欢迎的饭后谈资，潮水般的评论几乎将市局淹没。

就是这个时候，潮水中心有两个人，像没事儿人一样闲散。

一个是周大缯，他趁着局长被省厅抓走开会，偷偷地休起了年假。当然年假也不是白休的，貌似在街上乱窜的刑警队长实际上手里慢慢掌握了很多东西，所有的材料都和于涛和徐丽案件无关。他悄无声息地，积攒了于来和的各种资料，慢慢等候着时机。

另一个人就是浔可然，此时艳阳高照，浔法医从父母家吃饱喝足慢慢地溜达出来，没有人知道她将要做的事情，会改变整个情况。

可可走到路边，嘴里吃着珍宝珠，一辆私家车停在她面前。

“浔可然小姐？”

“你找错了。”可可微笑，一脸纯真，啃珍宝珠。

“我叫李笑，这是我的身份证，一个小时以前你打电话找我，我想我没有认错人。”

可可看了看李笑亮出的身份证，眼神里带着狡诈的光芒，“我要直播的。”

李笑点头，“好，直播前我们要对一下内容，上车吧。”

“直击社会热点，还原事实真相！大家好，这里是新闻冲击节目，我是主持人李笑。又到了一周一次的节目时间，今天我们的话题是三天来街头巷尾议论纷纷的一件离奇案件。”

“三天前的夜里，一个名为‘虐奸逼死无辜少女还拍下录像取乐，富二代禽兽逃脱法律制裁’的帖子出现在各大社会论坛上，帖子里用视频和照片介绍了一个令人毛骨悚然的事件，一位徐姓女子在下班途中被三个男子拖进绿化带里殴打、虐待、轮奸，最后扔在公路边不远处。行暴者不仅以此取乐，还拍摄下当时的录像作为收藏，约一个小时后，这位女子就因为交通事故被撞死在路边，现在观众朋友您看到的就是网上的一些截图，究竟是自杀还是车祸，法医的尸检却慢慢揭开了徐姓女子所遭受的非人蹂躏。就当刑警队抓到这三个丧心病狂的行暴者时，却发现其中一位嫌疑人身份显赫、家底殷实，刑警队第二天就收到上级命令停止了调查。而之后出现的这个带有视频和截图的帖子就立刻引起了轩然大波，所有人都在渴望着官方给予一个正面回复，很可惜的是我们至今都没有联系上市局的相关领导。”

电视画面的镜头切换到了市公安局正门口，保安戒备。

“但是！今天我们请到了一位特殊的嘉宾，浔小姐，请你自我介绍一下好吗？浔小姐是做什么职业的？”

“我是一名法医，具体一点说，那位徐姓女子，就是经由我尸检的。”

“这么说，你很清楚这个帖子上说的事情是否属实咯？”

浔可然点点头：“基本上，是。”

“你是什么时候知道这则帖子的？”

“帖子刚发出来的时候就知道了，”可可沉吟一会儿说，“因为帖子就是我发的。”

16　公之于众的证据

李笑愣住了，然后立马又微笑了起来：“浔法医，你这样说真让我吃惊，你的职业，不，从你的立场来看，你在我们节目现场这样说，不怕给自己的职业……带来什么麻烦？”

可可想了想：“我仔细想了想，好像我正在休假中，所以我现在的所作所为不受什么约束。”

李笑一脸忍着笑的表情问道：“您这是一种代表官方的声明吗？”

“不是，这仅仅是我的个人表达，与官方无关。但有一点我想大家都是共同的，我们，都在追寻真相。”

浔可然的表情很认真，让李笑愣了下，转而看向手里的预备问题稿件，耳机里传来导播的吼声，“加油轰炸问题！我们的收视率在飙升！”

显然，很多人正闻风打开电视机关注这档节目。

“浔法医，可不可以向我们介绍下你是怎么发现这件事情的？”

可可停顿着想了一下，“这件事最初交到我这里时只是想对徐某做一个简单的尸检，但是我发现女孩身上有一些和交通事故不相符的伤痕，同时，有不明嫌疑人几次三番在半夜想要带走或者毁掉徐丽的尸体，甚至在我下班的路上袭击我。”

“袭击你？”

可可侧头微微露出脖子上的痕迹，“他在我下班路上用电击棒将我击晕，然后企图掐死我，这个人就是我们后来抓到的三位嫌疑人中的第一个。经他坦白，我们才抓到了另外两位嫌疑人。在他们的电脑上发现了……那段录像。”

“你看过这段录像吗？”

可可脸色阴郁地轻轻点头。

“浔法医，这段录像对你来说，意味着什么呢？”

可可低头看着桌面，“从工作角度讲，意味着女孩遗体上很多不明所以的斑痕都可以准确地根据录像上的内容进行对比确认，同时让我更加肯定造成徐某死亡的交通事故，很可能是她本身受到极大伤害刺激后的自杀行为……另一方面，从感性上讲，我觉得我见到的……是魔鬼。我的工作决定了我必定会接触很多阴暗的一面，但从未如这次这样强烈地觉得……希望不会再有更残忍的事出现。”

李笑再一次愣住了，可可皱着眉的样子，使他决定换个话题。

“浔法医，我想我和电视机前的观众都很好奇，在公安部门，也就是你的上级领导都回避社会各界的询问的时候，你却公然站了出来，向我们揭露你所知道的整个案情，是什么给你这样的勇气？是对徐某的同情？还是对传言中某些高层领导包庇隐瞒其中一些罪行的愤怒？”

可可深吸一口气，直视摄像镜头：“我是一名法医，我的工作不是为领导说话，也不是为老百姓说话，我的职业是为死去的人说话。她们再也说不出口的怨恨，她们所遭受的伤害，她们再也没机会告诉亲人的抱歉，这才是我的职业。”可可低头想了想，“普通的遗体死后会自然而然闭上眼睛，但是这个女孩的遗体一直到死后七天，无论你怎么做，她都不肯闭上。”

可可顿了一顿：“所谓死不瞑目。”

演播室里安静了一下，可可叹了一口气，接着说：“一个 24 岁的女孩，最喜欢的东西是泰迪熊和漫画书，最大的愿望是凭自己的努力工作攒够钱去香港迪斯尼乐园，然而在一个下班的路上，被三个大男人拖到草丛里殴打到没有力气反抗，用皮带抽打胸部，掐她的脖子，踢她的身体，用地上捡来的树枝插其下身，一边虐待她一边笑着用 DV 拍下全过程，完后将她像垃圾一样扔在草丛中，直接导致了她最后选择自己撞上飞速行驶的汽车。如果……”可可的声音突然有点颤抖，她放慢呼吸，“如果我们的公检法、我们的社会不能还给这个被一群魔鬼虐待的女孩一个公正的交代，那么以后，我们还能相信什么？以后还有谁，敢让自己的妻子、女儿或者妹妹一个人走在下班的

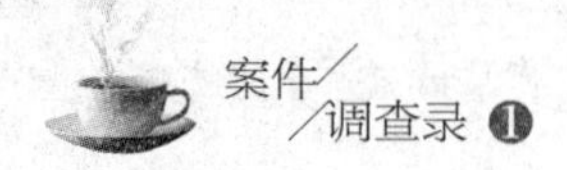

路上？至少我是不敢的……”可可做了个你懂得的无奈表情，耸了耸肩。

演播室里一片寂静，连李笑的脸上也失去了一贯保持的微笑。

耳机里传来导播一连串的指示，李笑回过神来：“各位观众，本来我们现在应该插播一段广告，可是导播刚才决定我们继续直播状态。如果您刚切换到我们的节目，容我向您简单介绍一下，我们正在讨论的是这几天在网上闹得沸沸扬扬的‘富二代虐奸逼死无辜少女还拍下录像取乐’事件，坐在我身边的嘉宾，就是事件中那位无辜少女的验尸法医浔小姐，现在我们的导播链接到了网上，我们可以看到在几大社会论坛上纷纷置顶正在转播我们的节目，也有无数网友对我们的节目提出各种评论和疑问。浔法医你看，有网友问道：帖子是三天前发出的，为什么今天你才出面公开对事件说明？这其中的四十多个小时是不是又发生了什么事？”

可可脸上浮现了一种微妙的笑容：“嗯，我需要解释一下。三天前上级领导认为徐某的案件证据不足不予立案，是有一定的原因的，尤其是针对拍摄视频、家底殷实的某嫌疑人。第一，录像中没有该人的正面影像，因为他就是主要拍摄者也是他剪辑的录像；第二，网上流传他在尸体面前坦白的画面，可以认定为是在他精神状态不正常的情况下拍摄到，不足以作为口供证据；第三，尸体本身上并未采集到他的确切指纹。从这些上说，我还蛮佩服此人用心细腻、手段英明，他怎么不考虑去开个侦探事务所……总之这位家底殷实的嫌疑人仅仅是受到另外两位的同谋指控，连他们相互联系策划暴行时使用的QQ，都声称几个月前就已经账号被盗，不是他参与的策划。基于以上几点，认为他是否和这起案件有直接关系，没有充足证据。我个人认为，这种判断也是有点道理的——从证据上来讲。”

手边的笔记本上，各种骂人的留言开始冒出来，李笑一边扫视屏幕一边心里打嘀咕，浔可然在节目之前并没有和他说过这些，他有点疑惑她想说什么，隐隐地觉得，这个女孩在为一个重要的话做铺垫，李笑温柔地开口：“浔法医，我有必要提醒一下，我们的节目是正在直播的。”

可可温柔地笑道：“我知道，这也是我坐在这里的原因，请听我说完。”

李笑做了个“有请”的姿势。

“刚才有网友问，为什么三天后才出现在公众媒体上。事实上，是因为我今天早上八点得到一份文件，”可可拿出两张像报告一样的纸，“这两张纸，是一份来自于北京某权威机构的检验报告，报告的主要内容是证明了两份物证中的DNA属于同一个人，这两份物证是我几天前提交给他们的，一个提取自徐姓女孩死亡时所穿的血衣，上面遗留的一块精液斑痕……”

可可抬眼面对镜头，温柔地阴笑。

“另一份，来自那位家底殷实的帅哥，抽过的烟蒂。”

……

“那个女孩死亡时穿的衣服血迹斑斑之下，是他的精斑。”

所有人都愣住了，人们开始意识到，浔可然手里举着的两张纸，是将于涛送上法庭的死证。她居然挑这样一个时刻，利用直播的电视节目，将其放到了所有人的面前。

一阵寂静。

网上的留言突然疯一样的跳窜，各大论坛的留言一时间都爆发，李笑手边的笔记本电脑不停地发出收到信息的闪烁。

可可将手中的纸折叠放进怀里，“当然，不仅是他的DNA，还有从女孩皮肤上证实的精斑有属于另外两位。”可可对着愣掉的李笑微微点头示意，“我很抱歉我之前没有告诉任何人这份报告，我怕你为难也怕更多人为难，也许很快我就会为我的正义感付出代价，也许现在警车已经在电视台门口等着找我谈话，但我只想要那个已经死去的女孩知道……”可可深吸了一口气，“就算她已经不在人世，也会有人站出来替她说话。”

摄像机还在运转，网上留言还在不停闪烁，可可起身独自离开了演播室。

与此同时，一封举报信出现在纪委办公室，信封的右下角著有遒劲有力的落款——周大缯。

拼一世，不过看谁比谁狠，你敢做泯灭人性的魔鬼，就别怕被疯狂的猎人追杀。

正义有时迟到，但绝不会消失。

17 轩然大波

轩然大波。

浔可然在中午直播的节目中证实了街头巷尾的流传，证实了富二代被包庇的猜测，并将可以扭转整个案情的证据就这样堂而皇之地公布出来，立刻使所有与徐丽案件有关的人都被推到了舆论的风口浪尖上，可是暴风虽然在网上、在餐桌上，在各个相关单位的办公室里刮得如火如荼，它的制造者却关上手机，消失在人海中。

没有人知道可可在哪里。

秋日下午的阳光总是特别的短暂。可可坐在石碑旁边，双手抱膝，看地上小小的蚂蚁爬来爬去，四周布满了大大小小的石碑。公墓中的空气总是微微泛着寒，阳光退去后身上的热量正在一点点的消失。她却一动不动，微风吹着额头上的几根发丝，轻蹭可可微困的眼睛。她眯起眼，初秋的墓园寂凉无比，“我大概是唯一一个在此时此刻会打瞌睡的人了吧。”可可想。

说不定世界上真的有幽灵，会不会就在附近看着我？这么想来，也许不寂寞吧。她自嘲地笑笑。

头顶的光线被遮住，可可抬头看见周大缯杵在面前，面色阴沉。

一时无言。

可可慢慢微笑：“来抓我归案吗？”

大缯本来还在犹豫不知该说什么，眼前人微笑却冷淡的语气让他腾一下火就上来了。伸手就敲了可可一个爆栗子！

“啊哟！”可可抱住头，疼得眼泪汪汪。

“浔可然，你无法无天了你！你以为自己是谁，什么事情都往自己身上揽！你……你！这么大的事情，你为什么不和我商量？”

可可抬头看看大缯怒气冲天的样子，撇撇嘴：“是谁告诉你我躲在墓地的啊？”

“你管谁呢！”大缯继续怒吼，“你知不知道你闯了多大的祸？这才几个小时，外面就已经吵翻天了，你可以啊！当自己是英雄是不是？”

“舍我其谁……”可可小声嘀咕。

“你再说一次！”大缯扬手又要来敲。可可反射性地抱着头，却没等到想象中的的栗子，眼睛悄悄睁开一点缝，只看到周大缯突然放大的脸！

可可刚想惊叫，嘴就被堵住。

一个深吻。

历经尸检无数的法医大人，非常丢脸地，差点因自己忘记呼吸而憋死。

……

可可一把推开周大缯，大口吸气：“流……流……流流流流……流氓！”

然后蹭地站起身来，右转奔出去。

“嘿！还跑！”大缯反应过来，起身就追。

结果可想而知，成天泡在书堆和检验室的法医怎么跑得过全市散打冠军长跑亚军的刑警队长。

没几步就抓个正着。

大缯揪着可可的后领往门口的吉普车上拖。

可可生气，一口咬在他脖子上。

“嗷！！浔可然！你属狗的啊？松口！叫你松口听见没？再不松老子强暴你！”

“你敢！”可可怒视着比她高一个头的刑警队长。

大缯看着她眼泪汪汪还要装出生气彪悍的样子，忍不住笑了。

可可的脸“唰”的通红。

“别闹，可可乖。”大缯轻轻地说。

可可连耳朵也红了，脖子以上部分就像熟螃蟹一样冒着热气。

“周大缯你你你个流氓……”可可眼泪汪汪。

大缯开着车，从郊区的公墓往市局赶。可可坐在副驾驶上安分了一会，忍不住又问："谁告诉你我躲在墓地的？"

“常老爷子。”

可可咬牙："叛徒。"

大缯嘴角上扬，可可瞪他，他立马装出一脸沉痛："你师父担心你啊，怕你捅这么大娄子被人给和谐掉，所以派我前来当保镖。"

可可继续咬牙："没眼光的叛徒。"

大缯再也忍不住笑意，浮现流氓的表情，“不过我刚才观察了一下，公墓真是好地方，环境优美，人烟稀少，很适合做运动。”

可可装耳聋，耳朵根却开始发烫，转头看车窗外。

大缯套她话，“我要是不来，你打算怎么回去？难不成在公墓过夜？”

“又不是没过过。”

“你在公墓过夜？”大缯半开玩笑地问，“感觉如何啊？”

可可回过头来露出习惯性阴笑，“呵呵……很热闹哦。”

大缯突然觉得有点寒，加足马力往市区开。

一路上手机不停地响，他一个电话都不接，手机震动啊震动，终于没电。

“你一直关机，别人会担心你。”大缯提醒可可。

可可低头看着暗着的手机屏幕，沉默几秒。

“节目出来，我就接到一个电话，是徐丽的父亲打来的……”

可可突然说不下去了，大缯追问："他说什么？"

一直等了很久，可可才又开口："他什么都没说……他只是、一直哭……"

那一刻，浔可然永远也不会忘记。自己站在演播室外的走廊上，周围人来人往仿佛是另一个世界的声音。一个人站在那里，听电话那一头，一个五十几岁的大叔，像个孩子一样号啕大哭。

徐丽的笑容，那粉红色的房间，安静的泰迪熊，那还夹着书签的旅行计划，和停尸房里慢慢闭上的眼睛，在可可眼前像放慢镜头一样，伴随着父亲放肆的哭声……

大缯将车慢慢停靠在路边，把可可的脑袋拨过来，按在自己的肩上。

“他什么都没说……他只是……哭……”

可可无声地流着眼泪。

“我不会后悔，再选择一次，我还是会站出来，为她说话，哪怕她已经死去，哪怕……再也听不见……”

大缯将可可抱紧。

安静的车厢里，只剩下压抑的呜咽。

车外灯火阑珊，黄昏后的街飘散出饭菜的香味，月圆月缺，又有谁会在意谁家的晚饭桌上，永远少了一双筷子。

18　站出来,用真相站出来

车快开到公安局的时候，大缯突然停火跳下车，过一会儿又跳了上来，把一杯暖暖的可可奶茶塞进可可手里，哭红的兔子眼睛弯了起来。

所以等“世界级大麻烦”浔可然出现在刑警队办公室的时候，一大群人都看见可可像个没事儿人一样，捧着可可奶茶慢悠悠地踱着步走进来。

所有人都目瞪口呆。

门被“嘭”地踢开，闻风而至的局长大人如金刚一般伫立在门口。目光如炬，对可可和大缯开炮。

可可说，“局长我错了，没向您汇报。”

大缯说，“局长我疏忽了，没看好她。”

局长深呼吸，深呼吸，深呼吸，还是忍不住开口骂人 :“浔可然你你你比你们家老爷子麻烦一百倍不不一千倍，我上辈子欠你不成你给我这样折腾？还有你周大缯你别以为我什么都不知道，于来和要被纪委双规也不会这么巧！”

“你们！……你们！！”局长眼看血压又高了，徐婉莉突然冒出来端着一杯水 :“局长您先喝茶，坐下来慢慢骂，别着急，他们是不好，咱慢慢骂哈。”转身调皮地对可可眨眨眼。

“浔可然，你打算怎么办吧？”

可可低头想了想 :“我会主动辞职，一定不再给您添麻烦。”

局长哼哼。

大缯皱眉，“局长，浔可然说的都是我叫她说的，要撤你先撤我好了……”

“你小子给我闭嘴！”局长又来劲了，“你不经过我同意居然敢休年假?！我关你禁闭！”

“行啊，能不能关女厕所里？”大缯笑。

“有道理，女厕所里女鬼多，可以让队长大人慢慢体验。”可可抬眉道。

旁边人都闷笑。

局长胡子都气歪了。

局长还想继续骂，不知什么时候门口站着一个女子，拎着一个纸袋，畏畏缩缩的样子。

“你找谁？”局长一声吼。女子往后退两步，差点夺路而逃。

“别怕别怕，你找哪位？”专门负责接待的徐婉莉上前温柔地安抚道。

女子看向可可，“我找……她。能……和你谈谈吗？”

可可向她走去，被大缯一把抓住，“你有什么事就在这儿直说。”又偷偷在可可耳边道，“记得我现在是你的保镖！”

可可咬牙。

女子神态扭捏了一会，抬眼看着可可的眼睛里有一种说不清的东西，低下头思考了一会儿，仿佛狠狠的做了一个决定，才开口。

“那个姓徐的女……不是，第一个。”

她将手中的纸袋子缓缓举起。

大家都愣住了。

可可震惊地看着她，慢慢地走过去接过纸袋，里面是血迹斑斑的衣物。

可可直视着女子的眼睛，女子坚定地回看她，“是一个半月前的事情，不同的是他们那时并没有录像什么的……还有……还有……我活下来了。”

“没有去自杀……我……活下来了。”她重复道。

可可看着眼前颤抖的女人。

“我……也许不配……但是我……我想……我要活下去……活着……才能看到那些畜生落得怎样的下场……浔法医，是你说的，应该站出来……我请你，不，我求你，让他们下地狱吧……”

女子的眼泪大滴大滴地落在地板上。

可可轻拍着她的背，闭上眼睛，手中将纸袋捏得变形。

这位女子姓张，一个半月前的夜里，也是在一个人的下班路上，遭受了和徐丽一样的事，但是她选择了更痛苦的一条路，活下来，保留了当时所穿的衣物，还有当时的验伤报告，只为等有朝一日能够看见这些人得到应有的报应。

不敢出门，辞了工作，开始的几天只为了活下去而勉强自己吃东西，哪怕吃完就克制不住吐出来，哭着打扫自己的呕吐物。夜夜在噩梦中惊叫着醒来，抱着自己蜷缩着哭到再度昏睡。拆掉浴室的镜子，就连洗澡都不敢看自己的身体。约了心理医生，鼓起所有的勇气出门、下楼，经过熟悉的马路，看到路边非常普通的花坛绿化，昏倒，被人送医院……经历过太多连说都说不出的痛苦，剥离血块的伤口，一步步结疤，终于，活了下来。

三天前网上出现关于徐丽案件的帖子时，她看得浑身颤抖，丝毫不能入睡，直到浔可然出现在电视节目前说"就算她已经不在人世，也会有人站出来替她说话"，瞬间屏幕前的她泪流满面，回家抓起藏在柜子底下的血衣，就跳上了出租车。

她说："浔法医，我只信你，我也许没看清他们每个人的脸，但是我还记得他们当中有一个人小腹有一块胎记，我还记得其中一个很多次掐我脖子，然后盯着我的脸看我的反应，我还记得，我都记得，我愿意出庭，我愿意作证，我不在乎什么名声什么别人的眼光，除了生死，我什么都不在乎了，不管有多难，再难也不会有比我现在的生活，更难……"

可可握住她冰冷的左手，回头看向大缯。

"周队长，请帮她立案。"

接下来的几周，这起轰动的案子以一种奇异的姿态完全发生了改变，不知道是因为于来和突然被双规，还是因为民声怨沸，上级领导积极肯定了市刑警队的工作，并内部决定将案件完全交回市局处理。

一帮老妖怪！烫手山芋就推回来给我们！——老狐狸局长如是评价上级领导。

不过正合了刑警队的意，三天之后，局长带着周大缯向媒体开了一个通告会，简单、明确地介绍了案情的调查状况，基本上肯定了徐丽案件的结论一如之前网上所说。

通告会上最尴尬的就是可可，她一直躲在后台不肯出现，这几天每当她跨出市局的大门就有好几辆媒体的车一直跟着她，搞得可可每天都打扮得好像特务出身，局长居然还命令她参加媒体通告会，可可一想到闪光灯就哆嗦。要不是被罚工作量翻了一番，她早就逃到国外躲起来了。

“接下来关于这起案件有一些最新的进展我们请浔法医来介绍。”局长对着扩音器说。

可可在门后又哆嗦了一下。

局长咳嗽一声。

可可老老实实地出来了，一时间闪光灯铺天盖地。

可可僵硬地在讲台上站定，拿起手中的稿纸：“关于……这起案件的最新进展……”皱了皱眉，沉默一会儿，可可把稿纸放下，单这个动作又引来闪光灯噼里啪啦。

“那天节目之后，”可可面向媒体以自己的语言说道，“有另一位女士找到刑警队来，她告诉我，徐丽并不是第一个，当时整个刑警队的人都在，她的出现也证实了我们以前有过的猜测，这样残忍的作案手段，丝毫不像是生手。”可可停顿下深呼吸，“很庆幸的是，她不仅是控诉他们罪行的最有力的人证，而且她带来了当时保留下来现场物证，这就是最新的进展。同时也为了让可能存在的其他受害人知道，这不是你一个人的噩梦。”可可说完转身要离开，跨出两步却停住了，站在离讲台不远的地方回过头来，“谢谢……”

可可对着媒体鞠了个躬，转身离开。

开庭的时候可可躲在法院的走廊里，趴在窗边看浮云朵朵，她不在乎那些人最后会判几年，她觉得自己该做的和能做的她都做到了，于心无愧。

看着天上飘来一朵好似米老鼠脑袋一样的浮云。

大缯的皮鞋声出现在身后：“怎么躲这里来了，那些媒体发现你不见了，四处在探。”

可可不出声。

大缯摸了摸她的脑袋：“在想什么？”

可可甩开他的手：“我想去香港的迪斯尼。”

大缯皱眉：“那不是儿童乐园吗？”

可可点头。

队长大人不满意：“不许去。”

可可抬了抬眉毛，好似在说，关你什么事。

队长大人非常不满意，打算好好教育一下小朋友。手机却响了。

大缯挂断电话的时候神情又沉重了起来，“副队长来报告说，新的无头女尸又出现了。”

可可回头继续看窗外。

阳光很闪耀，但总有一些照不到的角落。

第二季

人头收藏

01 紫檀木盒

华隆殡仪馆建立于三十年前，几十年来一如既往地处于这座城市的西南，担当着生死界限的角色。因为法医工作的需要，浔可然之前和华隆打过一些交道，但是今天却和往常不一样，奉师傅常老爷子的命令，来找一个人。

在殡仪馆里找一个人。

拐好几个弯才在树丛后面的角落里找到一个不起眼的小屋。

浔可然觉得很冤枉，师傅常老爷子连事因也没说，就是一个简单命令，偏要她大周末到殡仪馆报到。

小屋的外观看起来就像电视剧里那种木质小楼，门口挂着长长的木牌——奠。

卖纸钱的地方？现在居然还有这么古老的标志？

“有人吗？”浔可然问了一声，寂静。

跨进屋子，光线黯淡下来，环顾四周，中间一个八仙桌，墙边巨大的书架，书架上遍布大大小小的相框，昏暗的光线让人一时看不清相框里的照片，太师椅头顶贴着流苏的画扇。

这哪儿是卖纸钱的地方，也太像茶馆了，可可暗自想。

暗处门帘被拉起，一个穿着红色长裙的女子静静地站在那里，看着浔可然。

汗颜，她往周围看看，怎么感觉自己误闯了哪个古装剧的拍摄现场？

被女人盯得有点发毛，浔可然先开口：“我找巍薇，我师父常丰让我来的。”

女人抬了抬眉，“你是浔可然？……常丰这个懒鬼，我叫他自己来，还推脱。”

“老爷子现在退休了，你就是巍薇？……找我过来有什么事？”

巍薇不说话，走近她，一身红色的长衣居然轻飘飘地晃动着，让人有一种鬼魅的错觉，浔可然暗暗皱眉。巍薇盯住可可的脸，眯着眼不动，于是浔可然也屏息不动。

“小丫头，做事挺干净啊。”巍薇说。

啥？浔可然很迷茫，这女人诡异又飘忽，怎么看都好像是个神婆。

巍薇拿起茶壶开始在火炉上煮水，“就你和你师父这种职业的，身上多少都会沾点不干净的东西，不过你倒是挺好，要么你根本就不是做法医的，要么……”

可可悄悄地往门口移动。

“要么……就是你做事深得鬼心嘞！”巍薇咧嘴笑了。

浔可然感到一阵寒冷，“如果您没事儿，我先走了……”说着就往门口移动，经过书架的时候突然停住，她看到一张照片，页边已经有点发黄，左边站着年轻的常老爷子，穿着一身解放前人人一件的军装绿，右边是一位红衣的女子，形似巍薇。

照片上的常老爷子，看上去大约只有二十出头，照片上的巍薇，和可可现在看到的似乎没有什么大区别。

浔可然觉得自己的脖子僵住了。

咔咔咔，慢慢地转过头，巍薇正站在自己的身后，浔可然觉得自己正身处一个恐怖片的现场。

“你是……什么……人…”可可咽了口水问。

嘻嘻……巍薇的笑声传来，“你觉得呢？浔法医……”

三个字说得可可脊梁骨一冷。

可可深呼吸，站直了身体：“大不了是鬼嘛，又不是没见过。”其实真没见过。

巍薇转身提起烧开的茶壶，在八仙桌上摆好青瓷的小茶杯，缓缓地说：“我不是鬼。……嗯，我这样和你解释吧，我是人，只是和寻常人不太一样而已，世界之大，有几个意外很正常。如果你能猜出我有什么不寻常……”

如果我能猜出，你就不吃我吗……浔可然心底一阵嘀咕，“你是不是不会变老？或者衰老速度比普通人慢很多很多？”

巍薇直视着她，眼神里有一种跳跃的光芒，“不错啊小丫头，你还挺有脑子，不像你那个笨蛋师傅。”

时代不同了，科幻美剧不是白看的！可可在心中叫嚣道。不过脸上还是淡漠的，“我师父也很聪明。”

“有吗！”巍薇一边倒茶一边笑了，“你师父第一次发现我不同于常人时，你猜他什么反应？……他抓起一把扫帚指着我大喊‘何方妖孽！’”

浔可然嘴角抽搐了两下，“这个事例告诉我们，西游记不能多看。”

巍薇一愣，继而大笑，花枝乱坠。

先前诡异的气氛一扫而空，浔可然认真地打量起巍薇，瓜子脸，细细的眼眉，素颜朝天，却像是画里才有的那种安静的气息。

暗暗摇头，不管寻不寻常，都和自己无关。浔可然抬头看着巍薇，“究竟是什么事情叫我来？”

巍薇把视线从茶杯里抬了起来，吐出一个字：“头。”

啥？

巍薇脸色严肃起来，转身从门帘后拿出一个紫檀木盒子，方方正正的盒子外表上刻着稀奇古怪的花纹，散发出一股神秘的味道。

巍薇示意浔可然自己打开。

她拨开精致的拇指扣，打开盒盖，立刻愣住了。

一个人头静静地待在盒子里。

“城南有个很大的废品回收站，”巍薇在一旁解释道，“昨天他们慌慌张张地找到殡仪馆，说有个很奇怪的东西，殡仪馆的人去回收了，觉得事有蹊跷，所以就送到我这里来了。”

“怎么个蹊跷法？”浔可然从包里摸出消毒手套带上，小心翼翼将人头从盒子里搬出来。

“这个人头出现在一堆好几天的垃圾里，周围的东西都变质了，偏偏她看起来一点也没有腐烂。回收站的人觉得很诡异，殡仪馆的人也是，所以他们就将诡异的东西都送到我这里‘清理’。”

浔可然看了一眼巍薇，看样子她不像在说笑，不腐烂的人头大概是比较让人浮想联翩，不过巍薇小姐也正常不到哪里去。

低下身子，浔可然靠近那个人头。拨开枯杂的头发，她看到一张女性的面孔，皮肤因为水分的蒸发已经干枯失去弹性，五官有些变形，年龄约在二十到三十，依稀看着生前的样貌还不赖。

嗨，头小姐，你从哪儿来？浔可然在心中嘀咕。

“回收站的人为什么不报警？”她问。

“我不知道，”巍薇耸耸肩，“也许害怕警察会清查他们的地方影响他们的回收生意吧。不过他们把人头送来之后我注意到她的脖子横截面，带着像是锯子割过的齿痕，也许和谋杀分尸有关，我打电话给常丰也是这个原因，我问常丰最近有没有发现过一具没有头的尸体。”

浔可然脑海里闪过一幅画面……没有头的尸体，并不止一具。

隐约看到下巴处有点奇怪的创痕，于是再靠近一点观察，浔可然突然皱起了眉头，起身回过头看巍薇，“也许我可以告诉你为什么她不会腐烂，”指着桌上摆放的人头，她说，“她有一股福尔马林的味道。”

巍薇挑了下眉毛。

02 对不起，姐姐

周大缯在抽烟，无头女尸已经出现了第二具，办公桌上摊开着一排照片，验尸的对比还没出来，物证的调查也还在进行中，没有嫌疑人，没有固定的抛尸地点和作案范围，最糟糕的是，没有头！

两具尸体的头颅都没有找到，至今只能判定两人都是二十多岁的女性，有可能是做性行业的女人，死前有过性行为，验尸报告上说两者身上都被清洗过，然后被干净的塑料纸包裹起来扔在外面。可以留作对比证据的残留物几乎没有。周大缯背对着一桌的报告资料继续抽烟，烟雾在封闭的办公室里缥缈，没有方向地在空气中漫步，好像眼前的案子一样，在迷宫里寻找出路。

有人敲门，大缯还没回头，白翎就冲了进来。

“队长，城南交通局报案，说发现一个带着人头的可疑人员！”

烟头落在办公室漆亮的地板上，周大缯抓起大衣就冲出门。

“老老老大我还没说完啊！”白翎在走廊里追着喊。

大缯皱眉地回过头。

白翎脸色有点扭曲，好像不知道怎么继续开口，直到周大缯两眼不耐烦地开始冒火，才深吸一口气道：“他们说，那人名叫浔可然。”

周大缯愣住了。

浔可然坐在交通局的板凳上吃珍宝珠，一脸无谓的样子。

“真的是误会啊误会交警哥哥。”可可怀里抱着一个紫檀木的漆盒。

“你这个盒子里的东西，哪里来的？”三个穿着交警衣服的人站在她面前严肃地说。

可可调皮地眨眨眼：“殡仪馆的姐姐送给我的。”

“把盒子交给我们。”

浔可然抱紧盒子，眼神开始冷峻，“我已经说过了，我是刑警大队的法医，证件都给你看过了，盒子里是刑事案件的证据，除了市刑警队的队长我谁也不给，你们要抢，先杀了我好了！革命斗士是不会害怕强夺豪取之辈的！”

大义凛然的语气，秀逗的回答。

交警同志觉得自己好像是在刑讯逼供地下党员似的，他们也不敢动手，证件不像是假的，也许真的是刑警队的人。但是你瞧瞧，一个年纪轻轻的女孩子，圆圆红扑扑的脸，大眼睛扑闪扑闪，一个人在街上开助动车，车上夹着一个看起来很古典的盒子也就算了，盒子里还装着一个人头？这……这什么事儿啊你说？

浔可然将盒子举到眉前，一脸严肃地说：“人头小姐，我不会让他们把你抢走的！”

站在中间的交警队长开始头晕，觉得自己是不是打错电话了，应该打精神病院而不是刑警队……还想着，门就被推开了，一个高大的男人冲了进来，后面跟着两位身穿警服的男子。

浔可然咬着珍宝珠，在板凳上微笑起来，继而迅速板起脸，摆出哀怨的表情。

大缯第一眼就看到了可可，她眼泪汪汪，抱着一个紫色的盒子，他快步走过去，可可抬起头来，眉间尽是楚楚可怜的神情。

“他们……他们打我……”可可吸着鼻涕。

“他们打你？！”大缯吼道，看看旁边站着目瞪口呆的几个交警。

“我们打你？！”交警也震惊了。

“……棒棒糖的主意。”可可神情瞬间变化。

众人无语，交警队长突然很同情地拍拍大缯的肩。两人走到一边去开始抽烟嘀嘀咕咕谈情况。

白翎挤啊挤啊坐到可可旁边的板凳：“浔姐，你这到底怎么回事？”

可可继续一脸无辜 ：“交通事故呗，我开着小绵羊，擦到了一个停在路边的小奥拓，然后车主就跑出来和我吵架，吵啊吵啊交警叔叔就出来罚钱，然后奥拓不让我走，乱七八糟热热闹闹的一群人围观，有人开始注意到我带着的紫檀木盒子，我不许他们碰，那交警还非要看不可，然后我就打开给他们看了啊。”

“盒子……这里面，不会是……人……人……”

“人头。我帮你说好了，省得你继续哆嗦。”

小白还是哆嗦了一下，“……然，然后呢？”

可可把吃完的珍宝珠扔在一边的垃圾桶里，“然后交警叔叔就昏过去了呗，大家都好热情啊，尖叫啊，报警啊，救护车啊，奥拓转身就头也不回地跑了……”

白翎愣了许久，摸着额头说 ：“苏晓哲说，和浔姐在一起总有种仰天长叹一句话的冲动。”

“哪句话？”可可很好奇。

白翎仰头 ：“……苍天啊……”

大缯和交警队长抽着烟哥俩好完了，把一起来的薛阳和白翎派出去调查收到人头的情况，然后把可可丢进警车往队里开，可可坐在副驾驶的位子依旧紧抱着那个紫檀木的盒子不放。大缯一句话也不说，气氛有点诡异。

红灯过了一个又一个，大缯把车缓缓停在路边。

打开窗，大缯点起烟，一口缭绕的烟雾吐出静静飘忽。

“有什么要说的吗？”大缯摆出审讯室里的语气。

“报告长官，我讨厌吸二手烟。”

大缯横过来一眼，可可缩脖子。

“我都说了嘛，是老爷子叫我去找那个巍薇，然后我才拿到这个人头的。”

大缯慢悠悠地喷一口烟 ：“还有什么。”

可可歪着脑袋想了想 ：“有一只猫……嗯……很奇怪，全身墨黑的，尾巴上有两圈白毛，离开巍薇的木屋时我在草丛里看见它，然后我开着小绵羊经过那个十字路口时突然在围墙上又看见它，我很不明白，一只猫是怎么从殡仪馆一直跟着我而且比我的助动车跑得还快……”

大缯打断她的话：“浔可然，你知道我说的不是这些事情。”

可可停下手舞足蹈的动作，安静了下来，车窗外吹来的风将她前刘海吹飘起来，沉默。

半个月前可可擅自上了电视新闻节目，将徐丽案件的委屈与黑幕都揭发了出来，舆论瞬间沸腾，然后她一个人却避开世事躲在公墓地里，被周大缯逮个正着，愤怒急切之中也不知道是哪一种情绪影响了大脑判断，总之，周大缯当时狠狠地吻了她。

从那天起，可可就一直躲着大缯。

吃火锅？我要加班。

看电影？我要学习。

去拜访常老爷子？我昨天去过了。

电话里大缯的每一个理由都被可可一一驳回，除了工作上必要的交接，大缯根本找不到她人，直到今天，两个月来，两人第一次单独相处。

哦不对，还有个“头小姐”，算不上独处。

大缯吐掉最后一口烟，“浔可然，你讨厌我？”

一阵寂静，过了好一会儿可可喃喃：“你骗人。”

“骗人？我骗谁了？”

“……你骗人，你明明就有在相亲。”

大缯瞪眼：“那是吻……总之那是之前的事情！”

“那上个月十二号晚上你在哪里？”

大缯想了一会儿，突然脸一红，转而变青，“你跟踪我？”

“猪才跟踪你，那家骨头王火锅是我和师兄每次聚会都去的地方。”

两人大眼瞪小眼，大缯突然眉毛弯了：“可可，你在吃醋……”

可可恼羞成怒，一爪子拍在刑警队长头上：“开车！你不开我现在就下去打车！”

大缯嘿嘿一笑，转身把烟头扔出窗外，关上车窗，从驾驶座锁上所有车门，然后迅速地把车熄火，把车钥匙拔下来塞进裤兜。

可可愣住了。

大缯转过身看着可可 :“不急，说清楚了再开，回警局你还是老样子三逃四避原则，老子找也找不到你，除非……”

可可气得腮帮子鼓起来，“除非什么？”

刑警队长一脸淫笑 :“除非你再让我亲一口，咱们的事儿就算定下来了。”

流氓，这就是赤裸裸的调戏、光天白日下的犯罪行为啊同志们。

可可撇嘴，“祖国尚未统一，坚决不谈恋爱。”

大缯怒，掐她的小脸蛋，可可嗷嗷直叫，抱着紫檀木盒又没空手去还击，又羞又恼，张嘴就咬。

闹了一会儿，车厢里又安静下来。

大缯轻轻地叹气，摩挲着手里的烟盒，好像突然想到了什么，“可可，你姐姐的事情……”

可可的身体猛然一震，继而僵硬，眼睛盯着面前的车载空调，双手捏得死紧。

“浔云洁，比你大四岁，从小就是三好学生，一直到十八岁那年她决定和男友一起北上去读书去打拚，出发前几天遇到交通事故……”

“闭……嘴……”可可咬着牙吐出两个字。

大缯看也不看她，“常老爷子和我说，你在他那儿学法医时常常住在他家，晚上有时他听见你在梦里哭，嘴里嘀嘀咕咕说，对不起姐姐。可可，我是想告诉你，我不是在开玩笑，关于你的事情我去了解了很多，所以……”

“对不起，姐姐……”

可可突然扑向大缯的身边，伸手把他旁边的车锁开关打开，大缯猝不及防，她打开车门就跳了出去。

她不想听，不想听这种事情从别人的嘴里说出来，姐姐两个字是她自己都不想去触及的记忆，为什么会有其他人用案件描述一样的冷漠语气说出口……

大缯迅速跟出去，可可抱着紫檀木的盒子腾腾腾往前走，没多远就被他抓住，转过身来时，大缯看见她咬着牙，一点声音也没有，但眼泪大滴大滴地往下掉。

有些事情是一个毒瘤，藏在心的某一处，一直伴随着生活的每步，如果你要治好它，就必须先戳破它让毒脓都流出来，第一刀就痛彻心扉，于是你心软，不再下狠心把它彻底割掉，毒脓流掉一些，然后结块，继续存在，伴随着生活的每一步，增加每一步的沉重……

大缯把紫檀木盒在后座放好，可可在副驾驶的位子上安静地坐着，没有声音也没有反应，只有断断续续无声的哭泣。

大缯皱着眉，轻轻摸着她的头发。“对不起，我不是想让你难过。可可，不是你的错……”

可可再也没说话。

03　脸上有白斑的男人

冷空气过境，刚刚开始的初冬猛然降温，街边一地的黄叶，整个城市好像开足了一个巨大的冷空调。白翎和薛阳从发现人头的废品回收站里归队，发现周大缯的车居然还比他们晚回来了。

白翎不识相，好奇地凑过去：“队长，浔姐，你们怎么比我们还慢啊？”

可可脸色苍白，抱着紫檀木的盒子一声不响地往四楼的法医科走去。大缯也没有拦着她，给一点时间让她消化一下吧，他想。

“浔姐怎么脸色不好呢？”白翎继续不识相地问大缯。

刑警队长咳嗽一声：“薛阳，你们在废品回收站有什么收获？”

薛阳打开手里的小笔记本：“人头是两天前，也就是 11 月 13 日被废品回收站老板的小儿子发现的，几个小孩在一堆废纸品里游戏时挖出来的，当天下午，回收站老板把人头用塑料袋装着直接送到了殡仪馆。”

白翎补充道：“那堆废纸是四五天前从一个商务楼里送出来的，老板的大儿子说那时候纸堆里绝对没有人头这种东西，怀疑是之后的某一天被其他人藏在里面的。我们询问了这几天有没有什么可疑人员在回收站附近出现过，老板说他见到过一个不认识的男人，身材高大，提着一个菜场里常用装水产品的那种黑色塑料袋，在 12 号黄昏的时候在回收站附近晃过两圈。”

“有没有看清脸？”

“老板说黄昏天暗看得不是很清，但是这男人耳朵下方有一大块白斑，像是有皮肤病的那种，看起来非常显眼，所以他就记住了这个陌生人。”

脸上有白斑的男人。

浔可然深呼吸，把脑海里一些灰色的记忆重新锁起来，然后放下手中的杯子，打算着手开始处理“头小姐”。

可可奶茶的香味悄悄飘散开来。

她带上消毒手套，将人头从紫檀木盒子里搬到验尸台上，拿出相机，对准脖子处的断横面连拍好几张高清的照片。她将人头小心地抬起来，果然在左边下巴处有几块连接在一起的损伤，可可将镜头对准伤口，一边拍照一边思索在哪里见过这种类型的创伤，好像很熟悉……

桌上的电话响了。

“法医科浔可然，哪位？”

话筒对面没有人说话……

可可冷笑，本来心情就不怎么好居然还有上门送死的：“哪个窝囊废有胆打电话没胆说话？”

“……浔姐……我苏晓哲……我，我……我来认错。”

可可一愣，脸上浮现微笑，苏晓哲对徐丽案件心抱不平，将事情鲁莽地捅到网络上。说实话，他做的事情可可也没觉得有什么不对，反正他还不是正式法医，不用背负什么职业道德的问题，但是这事儿做得太犯险。可可必须装出反对的姿态，不能助长他冲动却容易惹祸上身的一腔热血。

可可冷冷哼一声，“哟，这位同学你犯什么错了呀？”

晓哲的语气里颤颤巍巍：“浔姐……我我我错了，我不该随便把案件的证据放在网上传播，我不该把事件的人名都写出来让网民人肉搜索……”

人名……

可可耳朵贴着话筒，眼神却飘向了验尸台上，“头小姐”叫什么名字呢？之前发现的两具无头女尸，哪一具才是你的身体呢？这时人头正对着可可的方向竖立着，可可突然发现它有点倾斜，仔细一看，脖子的切面似乎不是水平的……

一种不祥的预感。

话筒里苏晓哲还在念检讨词，“我对不起导师的谆谆教导，我对不起浔姐悉心的栽培，我对不起党和群众……”

啊哼！可可用力咳嗽一声。

苏晓哲不出声了。

“一万字的检讨书。”可可说。

“浔姐……”晓哲的声音里带着哭腔，“打折好不好？”

“好啊，那你的实习分数也打折吧。”

“不不不，我写我写。”晓哲颤抖。

可可嘴角微微上扬：“苏晓哲，无头女尸的案子又出新状况了，我这里正缺人手，你要是能在24小时内赶过来，并且和你导师请到半个月的实习假，检讨书的字数我就不关心了。听明白没？”

话筒里传来兴奋的吼声：“好的大王，没问题大王！”

挂了电话，可可转身打开桌边放着的前两具无头女尸的验尸报告，里面夹着几张尸体的照片，两具尸体的颈部被切开，从照片上看，颈部切开的伤口处于几乎水平的状态，可可抬起头，摆放在验尸台上的人“头小姐”微微倾斜着……

盯着“人头小姐”看了一会儿，可可皱了皱眉，开始从柜子里找血液分析仪器。

“队长——”徐婉莉小跑着从走廊那头奔来。

“什么事？”大缯止步问。

“那个，听说你刚才和浔可然一起回来的？”

“怎么了？”

“哎，你真的喜欢她啊？她是个法医啊？成天和些恶心巴拉的……”

“小徐，你很空闲是不是？”

徐婉莉跺了跺脚，看了看旁边没人，道：“周大缯！别以为我乐意的，要不是你之前那回被女人骗了钱骗了人还被一脚踹了，我才懒得管你！”

“是是是……”大缯一脸无所谓，“去把人都叫来，我们开会。”说完就走，视线都没离开过手上的材料。

徐婉莉嘟着嘴，愤愤地想：哼，叫你跟我打太极，我自己去问那个法医去！

大缯召集小队的人开会，警队有个小会议室，放着一张巨大的圆桌，大家把至今为止能搜集到的材料都放在桌上，然后在一边的黑板上列举案件的方向。

一、被害人的身份，至今发现了两具无头女尸，还有浔可然今天从殡仪

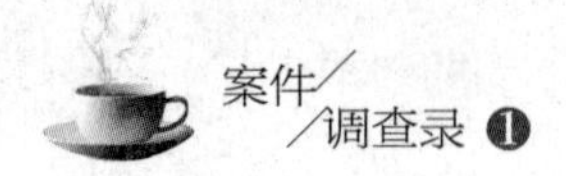

馆带回的一个人头。有了人头和身体的匹配，和失踪人口的照片对比一下，幸运的话很快就可以确定被害人的身份，最起码，可以确定其中之一。一旦确定身份，可以通过线人或排查了解受害人身边情况，知道她失踪确切时间和地点。

二、分尸的手段，关于凶手为什么要将尸体的头与身体分开，刑警队里有几种观点，王爱国他们认为是为了方便清理和丢弃，但是这样一来为什么不分尸得更彻底一点？按照解剖学的观点，颈部带着非常坚韧的颈椎骨，是很难分尸的一部分，既然连头颈也可以切分，为什么不将其余部分也分开，岂不更易于方便抛尸？而另一种观点就来自于浔可然前一阵的一种猜测，她觉得单独把头和身体分离不是为了抛尸，也不全是为了阻挠案件调查。虽然颈部的横切面血管出血量较少，说明被害人是在死后才被分尸，但是这一步骤对凶手也许有更深一层的意义，切下头颅是为了隐藏一些特殊的证据，或者是对凶手有特别的象征意义，但是她也还没有什么具体的想法。

三、凶手的身份，周大缯同样觉得脸上有着白斑的那个男人很可疑，决定由白翎和薛阳两人专门追查这个男人的身份，从 12 号中午到晚上，调查废品回收站周围的目击者，来确定这个男人的身份。

四、谋杀的预谋，按照以往的经验，谋杀这类案子，尤其是系列杀人犯，都不是天生就具有杀人的能力，很可能在这几具分尸之前，凶手曾经预谋过类似却较轻微的犯罪。大缯安排徐婉莉对近半年来未侦破的案件进行筛选，尤其留意年轻女子被绑架，谋杀未遂，或者和头部攻击有关的案件。

大缯看着黑板上密密麻麻的重点，皱了皱眉，回头对王爱国说："去请重案三组的组长，看能不能调点人手过来，他们组最近好像刚破了一个贩毒案，正闲着。"

王爱国点头，起身打算离开会议室，刚走到门口，门就从外面被推开了，浔可然皱着眉走进来，把一份文件扔在大圆桌上，大家都看着她。

"九月发现的第一具无头女尸血型为 A 型，上月发现的第二具为 AB 型，"可可叹了口气，看向大缯，"'人头小姐'为 O 型血。"

一桌的人都愣了。

那个头，根本不是那两具无头女尸的。

04 第三个人

可可说，九月发现的第一具无头女尸血型为 A 型，上月发现的第二具为 AB 型，“人头小姐”为 O 型血。这代表着还有一具无头的尸身没有被发现。

重案二组的人正在忙一个连环爆炸案，自顾不暇，周大缯只能立刻调集了三组的人手，和自己的一组暂时合并，对前几具尸体的发现地点排查，希望能在引起恐慌之前找到尸身。

事与愿违。

“无头小姐”的身体和前两具都不同，被抛弃在森林公园的一角，一群烧烤聚餐的大学生闻到腐臭味继而发现了她。当重案组的人首先赶到时，郁闷地看到已经有记者出现，原来学生们不仅报了警，还给电视台打了电话。

黄色警戒线将媒体拦截在现场外，可可蹲在已经腐烂了一半的尸体面前，用套着消毒手套的双手拨弄尸体的颈部，观察横截面。和之前两具尸身一样，女尸身上寸缕不着，身体由于内部器官产生的腐败气体而发胀变大，从小腹向周围延伸的尸绿已经很明显，在尸体颈部的创口有许多幼小的蛆虫正在活动。

薛阳走到可可身边，被尸体的糟糕样子给恶心到了，眼神看着远方问道：“浔姐，这个，你别告诉我，不是那个头的身体啊。那可就是第四个了。”

可可手上的动作不停，摆正尸体颈部观察了一会儿，才开口回答：“应该是那个头的身体，你看这里头颈的横切面自左往右有一定倾斜，和头的横切面相符合，但是还必须回去验血和 DNA 再下定论。”

薛阳的眼神还是向着天上瞟，嘴里哼哼答应着。

远处白翎等人还在对那群大学生录口供，大缯收起手机走了过来，“媒体都闻风而动了，看到尸体一个个都兴奋得和什么似的。我刚和局长通完电话，要开个媒体的通气会，暂时不能让他们乱写。可可，你这里有什么发现？”

可可站起身子，缓缓地脱下手套，“女，二十来岁，有可能是‘头小姐’的身体，从蛆虫的生长状态来看死亡时间不超过一星期，尸体腐烂中期，颈部为死后切开，具体死因要等进一步尸检后才知道。”

大缯皱了皱眉，“可能是‘头小姐’的？可可，我看过你那个‘人头小姐’，她的腐烂程度和这个可差远了，几乎没怎么地啊。”

“人头上有福尔马林的残留，可能泡过。”

“福尔马林？什么东西？”白翎靠了过来。

“一种防腐烂的液体，用来保存尸体的，对吧浔姐？”薛阳跟着说道。

浔可然愣在那里。

“可可……？”

浔可然脑海里有什么东西一闪而过，福尔马林，福尔马林怎么了……

如果这是“头小姐”的身体，那么“头小姐”被杀了之后，凶手把她的身首分离，把身体抛弃在森林公园，任其腐烂，然后把头泡在福尔马林里……

保存尸体！

可可脑海里一下子产生了一条清晰的线路，抬眼盯住大缯：“头！他将身首分开不是为了抛尸方便，头才是关键！他把头泡在福尔马林里！”

“哦！这家伙收藏这些人头！”大缯有点兴奋地接下话茬。

其他人都愣了一下，薛阳反应过来，歪着脑袋有点疑惑：“如果凶手收藏人头，那‘头小姐’怎么会出现在废品回收站里？”

大缯低头思索着：“可可，那个人头完整吗？”

“下巴处有局部创伤，我还没检查出来具体是什么东西造成的伤口，但是肯定也是死后伤。”

“那么这家伙收藏人头也不是没有可能，前两具尸体的头也许都被他保存了起来，但是回收站那个因为一些原因不完整，可能是在分尸或之后意外损坏了，不满足他心目中收藏的标准，于是就被抛弃在回收站。”大缯微微点头说道。

一番推测似乎让大家心中对凶手有了更进一步的了解，但是却又感到一阵心寒，如果真如猜测的那样，案件的恐怖程度恐怕又要升级，从谋杀到系列杀人藏尸的变态犯罪行为。

白翎低声咒骂了一句。

薛阳摇摇头：“这个世界到底怎么了？”

运尸车到达，工作人员用暗蓝色的尸袋将没有头颅的身体包裹起来装上车，物证科在周围地块上搜寻有没有残留的证据。

一地的落叶包裹着苍黄色的大地，自然界有着属于它独特的规则，小到微生物，大到猫狗鸟虫，从尸体落地开始，都可能以各种奇特的方式在其上留下属于大自然生物圈的痕迹，很大程度上这也掩埋了属于凶手的那些线索。

大缯和可可走到大学生群中，大缯开口问：“你们当中有没有人曾经碰触过尸体或者现场的任何东西？最好现在说一声，到时候查出你们的指纹的话就不好解释了。”

学生们摇摇头，可可转身打算离去，一只手抓住了她白大褂的一角。

那是一个坐在石凳上的女生，脸色苍白，嘴唇还带着点颤抖，“警察，那个……真的是……人的身体吗？”

可可抬头看着这群学生，大概还是刚进大学的新生吧，脸上带着些许倔强的天真，他们不相信这世界上会有人做出这种事情，不相信世界会有如此黑暗的一面存在，他们一直处于父母和学校的保护之中却不自知，这般幸福的日子……

“她曾经是人，和你们一样二十来岁，”可可低头从口袋里摸出保暖手套，然后看着面前有点吓愣了的学生们，“现在，只是一堆有机物而已……”

后排一个女生突然转身开始呕吐，有些人也轻轻开始哭泣。

可可深吐一口气：“活着，从来都是一种幸运。”

离开现场时天色已经渐渐晚了，十一月的天气说冷还不是最冷，路边的法国梧桐都已经落掉了大部分的叶子，光秃秃的树枝显得格外冷清。

可可皱着眉往法医科走去，刚踏上长廊就看到了门口站着的那个人。

徐婉莉站在门口正犹豫，该怎么开口问……

“嗨。”可可的声音从背后冒出来，徐婉莉吓了一跳。

“……啊，你……你好。”

“有事？”

“也没，呃……你……你上次的伤……”

“没事了，谢谢。”想起那天差点被人压在警局后院掐死的事情，可可还心有余悸。

走进办公室，徐婉莉嗅了嗅，露出一副好奇的表情。

“队长叫你可可，原来是因为这个。”徐婉莉看着柜子上成排的可可奶茶包装，笑道。

“要喝吗？”

虽然徐婉莉第一次出现在面前的时候就一脸严肃地警告自己不要打周大缯的主意，但在她救过自己之后，可可怎么也无法对她凶起来。

“怎么，还要来警告我别靠近你的周队长？”热水冲入，温暖的甜味弥漫开来。

徐婉莉笑着说：“我不是故意的，其实……其实周大缯嘛，是我一个亲戚，在队里我不能提。上次我对你那么凶，对不起，我只是怕他和以前一样被坏女人骗。”

可可温柔地笑，心底已被勾起了几分好奇，“他以前被骗过？骗财还是骗色？”

“前几年的事情了，谈过一个很漂亮也很厉害的女朋友，都快结婚了，结果……这女人骗他帮忙去了美国，就失踪了……”

可可喝奶茶的动作停住了，原本只是调侃，居然真有其事。

徐婉莉继续说：“人无缘无故失踪了当然着急，大哥，哦不，队长找了很长时间，后来经过了很多波折才打听到，这女人本来就是利用他，出国进修读书去了，现在不知道什么情况。”

可可挑眉，虽然看起来五大三粗，衣领都脱线了皮鞋边角都是泥也没发觉，周大缯居然还真有这么一段貌似浪漫而伤心的往事啊。

“哦，我和你说的这些不能说出去哦，大家都不知道的。”

可可点头微笑，有这么个好玩的消息何必对外说，私底下狠狠捅几刀好呢，队长大人。叫你提我姐姐。

徐婉莉喝饱了奶茶，聊够了八卦回到办公室时总觉得哪里不对，自己是想问什么事儿才去找浔可然的呢？

05　能确定的唯一

写完报告，发了邮件，送走单纯的八卦妹子小徐，可可抬头就看到门口有个人影晃了下又缩了回去。她撇嘴一笑，走到门口一把逮住苏晓哲。

“勇士，来送死了吗？”

“大大大王，臣的检讨书……”苏晓哲刚把几张报告纸双手捧递给可可，就听到门就被轰然撞开。

周大缯瞟两眼面前的两人，“吃饭去不去？”

“去！”晓哲。

“不去！”可可。

可可冷冷地瞟一眼苏晓哲。

“不不不去……”晓哲呜咽着说。

“人是铁饭是钢。”周大缯一边胡诌一边拽住可可就往外拖。

跑到两条街外的小饭店，闻风周大缯给饭吃，白翎等人一个都不肯落下。

服务员拿来菜单，大缯拍桌子瞪眼：“老子请的是可可，人家小姑娘家今晚还要熬夜验尸，你们这些臭小子挤过来干什么？”

白翎摆出委屈的样子，“队长，毛主席说男女是平等的。”

薛阳和王爱国一脸认真，点头点头。

大缯咆哮：“平等你个头，你们几个人的钱自己付！”

大伙一愣，然后转头看看可可，眼神里冒出八卦的光芒。

哦哦哦……原来是这么回事。

可可指着菜单上第一页的推荐菜肴，看都不看就对服务员说，“从这儿，到这里，统统都来一份。”然后合上菜单，从口袋里摸出一个珍宝珠放进嘴里，淡定地说：“你们不用看我，其实我是个男人……”

大缯一口茶喷掉一半。

苏晓哲扶了扶眼镜，很疑惑地问：“大王，您上次不是说您是山上的妖精吗？下山来体验生活的。”

可可含着珍宝珠一脸深沉地说：“对啊，为师下山是为了找一妙龄女子回去做压寨夫人的。周队长你有兴趣报名吗？”

大家又转头看向大缯。压寨夫人哎，大家打量着大缯一身的肌肉……嗯……好壮的压寨夫人……

大缯咬牙，心里念叨，可可你个小丫头片子，给老子等着。

可可微笑，嚼着珍宝珠，周大缯你居然敢硬扯着我出来，就别想消停。

菜上齐了，一帮人大吃大喝毫不客气，期间大缯断断续续和晓哲谈了案情的进展，然后可可不顾大家的哀怨眼神，又和晓哲聊了聊今晚通宵要验尸的步骤。

“我觉得关键应该在那个头上，”白翎举着筷子插话进来，“浔姐不是说前两具身体都好像被清理过了，比较干净，说明凶手毫不担心会在身体上留下什么有威胁性的证据，今天这个也是，但是人头像是一个意外，一个不在凶手计划内的事情。”

晓哲也点头：“我也觉得，他花那么大功夫把头切下来，就这么扔掉了有点不合情理啊。那个人头真的是我们发现的尸体上的吗？”

可可看着面前的一锅鲜汤眼神突然迷离起来。

“现在还不确定，要等他们晚上验尸结果出来，可可……”大缯试探地叫她。

嗯？可可回过神来了，发现大家都在注视着她，刚才突然想到什么，就像是那种电影里经常有的一瞬间脑海里闪过一种念头，但是却没有抓住的感觉。

“没事没事，”可可摆摆手，“晓哲，总之今晚我们要做的事情很多，首先要确认头和身体是否匹配，然后先检验身体上的伤痕，不过我不抱什么希望，身体已经中度腐烂，能查出死因就不错了，最重要的是人头，检查它上面的福尔马林物质，还有没有其他奇怪的物质，有没有特征性的伤口，最好还要根据人头现在的情况模拟出一张生前脸部画像，回头大缯他们可以用来对比失踪人口或者悬赏知情人。”

晓哲把脸从碗里抬起：“浔姐……好多事情啊，今晚通宵我们也不一定能做完。”又要和尸体们一起过夜了。

可可想了想，眼神飘向白翎小同志。

白翎立刻把脸埋进眼前的汤碗里，低头猛喝。等他差点淹死在自己的汤碗里，不得不抬起头来，可可才悠悠道：“小白同志，你对尸体的恐惧心理完全解除没有？上次的解剖课有没有长进啊？”

“有！很有长进啊！我我我现在都不怕尸体了！真的！”所以姐姐你不要抓我半夜陪你们验尸啊……白翎在内心哀号。

可可一脸凄然：“你不想帮我们我也不勉强你，唉……我这几天都不睡觉地加班加点就是了，我身体吃不消没关系的……反正我早就看透生啊死啊什么的……”说完还吸了下鼻涕。

大缯拍台子：“白翎！你今晚协助法医科验尸！”然后回过头一脸温柔地转向可可，“可可你放心，我今晚也陪着你，你们有什么最新的发现我可以帮帮忙分析下……”

白翎石化中。

可可撇撇嘴，微笑：“周队长你不必了。”

“没关系。”

“我的意思是，你真的、不、必、了！”可可脸带微笑，心里骂娘，反正你来只会添堵。

一桌的人都低头闷笑。

验尸到一半大缯说去隔壁办公室抽根烟，抽着抽着，可可他们就听见隔壁传来打呼噜的声音。

白翎戴着消毒手套捧着人头，两眼翻向天花板，一边恨恨地骂大缯：“军阀统治！”

晓哲忍不住揶揄他：“那你反抗呀！”

白翎哼哼两声。

可可从血液检测仪旁边走来，手里拿着一张报告纸，“五十步笑百步。”

“浔姐，血液匹配吗？”苏晓哲问。

浔可然点点头：“都是O型血，血液分析基本上可以确定是同一个人，回头拿去物证科再做一份DNA匹配测试，这样在法庭上比较有力。你们这边的拍照工作好了没？”

晓哲挥舞着手里的相机：“快了快了，诶！浔姐你看这脖子这里怎么缺掉一块？”

可可走近观察，头颅接近脖子的地方有好几个创伤，用放大镜仔细看着，“类似某种啃咬的痕迹。”

“啃咬？！”白翎一脸崩溃的样子，“他不会吃人头吧？”

可可摇头：“不会，他如果吃人头就不会泡福尔马林，防腐剂不能吃是常识，如果是要食用尸体，应该会将尸体冰冻冷藏，从前几具尸检中看，身体并没有被冰冻过的痕迹。”

“我怎么看着这些好像是老鼠咬的，”晓哲继续盯着脖子上的创伤。

“哦！这么说就像周队猜测的，因为老鼠的咬痕破坏了这个人头作为收藏品的价值，所以凶手就把她扔弃在废品回收站。”

浔可然没有搭话，而是埋首在人头的脖子部分，然后回头问晓哲要镊子。

“浔姐，脖子上有什么东西啊？”晓哲很好奇。

“这里，左边没有被咬坏的脖子皮肤表面可以看到掐痕。”可可转身又拿起前两具尸体的检验报告，“如果我没记错，前两具身体就有窒息死亡的迹象，心肺淤血，心外膜下点状出血。看，这里尸检报告都有记录，就是那时候身上完全找不到窒息死亡的直接证据，这个头正好弥补了前两具尸体的不完整性。”

一旁站着的白翎突然举起左手：“提问！浔姐，我们说到现在，除了都是头被切下来的尸体以外，究竟有没有什么确切的证据说明我们遇到的是一个系列杀人犯啊？”

晓哲白了他一眼：“你以为这里是好莱坞啊，哪有那么多杀人还切下头的凶手同时生出来？”

白翎耸了耸肩："周队长语录第一条，搞刑侦的一定要靠确切证据办案，严禁臆测。"

可可微笑着翻看手中的报告："有一个细节可以确定我们在说的是不是同一个犯人，晓哲，告诉我'头小姐'的切点在哪里？"

"切点？哦，你是说她是从哪里被切开的啊？我看看哦……在第二节……脊椎骨和第三节之间。"

可可点头："那就对了，你们看，这里，锯子锯开的地方恰恰正处于两节脊椎骨中间处，相对于硬度较高的骨头，从肌肉这个地方切开要省力得多，这说明这个犯人很有可能有医学相关的背景，而且白翎你可以去看我之前的报告，每一具尸体都是在第二和第三节脊椎骨中间被切开，你来算算，我们市也就这大点，要在同一时期出现连切断骨头的位置都一样的分尸杀人犯会有几个？"

白翎点了点头，一个已经是天灾人祸了。

06　暧昧、亲情、友情

清晨的阳光从玻璃窗里洒进来的时候，工作椅上的周大缯悠悠地打了一个哈欠，才发现自己在法医科的办公室里睡了一夜。

门被推开，可可依旧穿着白色的工作大褂，脸色苍白，手里捏着一份十几页纸的报告往周大缯面前的桌上一推。

“初步尸检报告，直接死因为被人扼死，喉部机械性窒息死亡，死后被分尸，很幸运，在脖子上取到半个指纹，很可能是嫌疑人掐死她时候留下的，已经交到物证科和犯罪记录库里的做对比。人头被防腐剂浸泡过，脖子左侧有鼠类啃咬过的痕迹，身体中度腐烂，无法确认有没有死前性行为，但是取到了死者的指纹，也交给物证了。基本上没有什么特别的疑点，接下来的时间我会尽快对人头扫描做人像复原，还有微粒的分……”

可可的话说了一半突然停住了，周大缯抬起头来看她，发现她脸色惨白，扶着桌沿的身体在摇晃。

“可可！”周大缯冲过去一把扶住她，将她轻轻地带到沙发上坐下。

“没事……”可可垂坐在沙发上，双手扶着脑袋轻轻摇摆，好像要把脑子里的积水摇出来似的，“低血糖而已，吃过早饭就好了。”

“你整夜都没睡！？”大缯声音开始拔高，“那两个小子呢？”

“……半夜里我就让白翎送晓哲回去了……他今天不是还要去调查那个回收站的目击证人吗？”可可低着头。

大缯扶着可可，看着面前垂头坐在沙发上的人，突然一阵心虚：“可可，我突然想到一个不合时宜的事情，我知道上次我说的时机不对，但是我不能让你一直误会下去。”

可可抬头疑惑地看着他。

“……关于上次谈到你姐姐……”

可可伸手制止他：“不合时宜……等我有力气掐你的时候再说吧。我饿了……”

“那走，我们先去吃早饭，然后我送你回家去休息下。”

可可从口袋里摸出一个珍宝珠塞进嘴里：“不回去，等下就在办公室里睡一会儿，我下午还要去参加个研讨会。”

“什么东西？研讨会？你会参加这种无聊的东西？”

可可深吸一口气慢慢地站了起来：“师母要我去，你说我敢不去？回头她和老爷子发脾气，老爷子统统都会赖在我身上，我冤啊大人。”

常老爷子的夫人，也就是可可的师母，是市里实力派的外科医生，最近退休在家无聊，加入了一个民间医学研讨组织，组织上第一次开研讨会议。师母大人一纸令下，要所有老爷子从医的学生统统去凑人头。可可很委屈，觉得自己根本不是医生嘛，老爷子瞪着眼：“谁说法医不是医生？那个谁，小吴不是也去了嘛，小浔你有什么意见？回头老太婆不高兴了，你给我烧晚饭不成？”

“小吴是谁？”大缯一手半搂着可可，怕她再一晕给摔了，问道。

“小吴是以前也在老爷子手里学过解剖课的学生，现职业为兽医。”

大缯一听就乐了。

“你嘴可以再咧大一点试试，我怕失手把你给解剖了。”可可赏他两个白眼，同时悄悄离开了他的臂弯。

白翎和薛阳在废品回收站附近转悠了一上午，从周围的小商小贩那里收集来了几十份说辞。

“你说我小时候怎么就相信了书里说的，警察是一份又帅又狠的职业，锁定犯人！神速出击！那种调调……”白翎看着脚下又蹭坏了的皮鞋，哭笑不得地说。

薛阳是个永远一脸正经的汉子，看着手里的地图，一边快步走去下一家，头也不回地道："说的没错啊，制服又帅，去食堂抢饭的时候又狠。"

白翎撇撇嘴："为什么刑警不能随时随地配枪，一点气势都没有……"

薛阳敲着民居的门："请问有人吗？"

一家又一家，用体力换取一点点可能的信息。

跑了一整天，两人才排查完附近所有居民。在小餐馆里点了两份盖浇饭，薛阳看着手里的小记事本，白翎正试图把自己跑断了的腿给掰直。

"去掉那些乱七八糟的东西，有用的我看就两份，一个是回收站东面杂货店老板说下午五点有一个脸上有白斑的男人来买过一包烟，另一个是回收站附近一个拾荒的老头，杂货店老板说那男人手里没什么东西，穿着一件紫色滑雪衫，胡子拉碴，说话带有本地口音……"

薛阳突然插进话来："但是你看，拾荒的老头看到男人的时候他手里有一个黑色塑料袋，我们来推算一下时间，先是在回收站西面的垃圾桶附近，拾荒老头看见这个男人手里拿着个黑色塑料袋走过，然后是回收站老板在黄昏时看见他在附近晃悠，接着是杂货店老板卖给他一包烟，这时候黑色塑料袋已经不在他手里了。"

"嗯！"白翎点点头，"这条时间线已经很清楚了，三个目击人都看到过一个脸上有白斑的男人，黑色塑料袋的消失时间和人头出现的时间相符合，看来八成就是他丢了一个人头在回收站里。"

白翎的话还没说完，口袋里的手机开始震动起来。

"喂？哦……我们在回收站附近，嗯……嗯……行我知道了。"

挂了电话，服务员正好将盖浇饭送上桌。

"周队的电话？"薛阳问。

"不是，小徐打来的，浔姐找到的那个人头不是没怎么腐烂嘛，还有点人样，徐婉莉根据照片在失踪人口报告里找到了一个相似的女人，可能是被害人，下午王爱国和三组的人一起去调查。"

哦，薛阳就应了一声，也没说什么，低头猛扒饭。白翎一脸坏笑。

"嗨！小薛子，别以为老哥我不知道你在想什么啊！你是不是在纳闷小徐为啥不打电话给你说反而和我说嘞？直说吧，你是不是看上徐婉莉？嗯？"

薛阳愣了愣，摇摇头，然后看看白翎的脸色："你怎么知道？"

白翎嘿嘿嘿地笑："就你那傻样，你以为只要成天板着个冰砖一样的冷脸兄弟我就看不出来你那点小心思？每次只有小徐给办公室的人倒水顺便带到你的时候，你那张冰砖脸上才会有笑。"

薛阳拿筷子不停戳着面前的大米饭："小徐她，眼里只有周队。"

白翎愣了愣，然后凑近说："你傻啊你，你不知道周队是小徐的表哥吗？"

薛阳猛一抬头："真的？那，那……"

"那什么那，回头别说是我漏出来的啊！小徐那个啥，对周队热情是很正常的嘛。看你高兴的那样，没有前途……"白翎撇撇嘴评价道。

"那，那你是怎么知道的？"薛阳内心很激动，面上又恢复了严肃纯汉子的表情。

"啊哼，那啥，那不是墙壁薄嘛，我的位子离周队办公室近……"

"你偷听来的？"薛阳瞪大了眼睛。

白翎拿筷子在薛阳脑袋上敲了两把："老子光明正大搜集来的情报，什么叫偷听！"

"没道德……"薛阳嘀咕。

"你说啥？"

薛阳低头一阵猛吃，嘴角却止不住地上扬起来。

表哥，嘿嘿，表哥……

吃晚饭的时间，大缯走到法医科门前的走廊，就看到白翎探头探脑地在门口晃悠。

"来干吗？特地跑到法医科门前的走廊上抽烟？"

白翎掐灭嘴里的烟："队长！我怕带着烟浔姐说我，有正事，队长你还记得曾建明吗？"

"谁？"

白翎瞟一眼关闭的法医科门，稍微压低点声音："就是上次徐丽案子的三个作案人之一，除了我们首先抓住的汪易峰和那个二世祖于涛，第三个人，曾建明。"

大缯也点上烟，"他怎么了？"

“听说是因为先天身体有点慢性病，他自己也承认因为之前几个女人看不起自己于是心怀报复，不过这次认罪态度好，而且是从犯，不久前被保外就医了，但是最令人想不到的是，我们很快又要见到他了。”

大缯又对着窗外喷出一口烟，“又犯事儿了？”

法医大门猛然被打开，浔可然露出一脸的厌恶：“劳驾你们滚回刑警办公室去喷毒好吗？”

“浔姐这是正事儿。”

“不就是个浑蛋又犯事儿了嘛！那就滚回你们审讯室去喷毒，总之别在我门口……”

“不是，曾建明等下会到你这儿来。”

“啊？”可可和大缯同时一愣。

“他被谋杀了，尸体没了心脏。”

07　心中的对错

可可挂断手机，走进久违的医科大学副楼大堂。曾建明的尸体在几小时前就到了法医科，安排好之后可可还是按照计划来参加师母要求的研讨会。会议过程如预测的一样枯燥无聊，让人忍不住就把思绪飘向了其他地方。

根据白翎他们所说，曾建明被允许保外就医之后看起来很老实，安安静静地在医院里治病，排除他对徐丽做的那些事儿来说，他就是个看起来再普通不过的年轻人。父母已渐渐年迈，一辈子老实本分，和警察打过交道的次数没超过三五回。从小学到大学成绩居中，没生过大病，没去过远方，不曾离经叛道，也不曾做过什么义举。不管从什么角度看，都是个普通到不行的男人。但如果你深入了解，就会发现一些痕迹，曾建明交过三任女友，都不过几个月就散了，在家一旦父母提到相亲，他就会一言不发拿起一个碗砸在地上，任其粉身碎骨，然后一天不说话。于是父母也就不再提这些事，只是之后有几个月，发现儿子常常会突然很高兴，也偶尔更沉默。

直到徐丽的案子发生之后警察找上门来，两位老人才瞠目结舌地了解到，自己儿子做了些什么。

可可在签收曾建明尸体的时候，听到苏晓哲在旁边说："报应。"

她没有反驳，但周大缯发话了："不管他做过些什么，也不应该以这种方式死在这里。"

"有什么区别？他做过那种事情。就该想到会有类似的报应。"徐丽那段悲惨的录像，在苏晓哲脑海里留下了深深的烙印。

"胡说什么？"周大缯有点恼火，这个小子怎么还是这种念头，"就算他是罪犯，他也有年纪大了的父母。只要不是法律判他死刑并按照正规流程来执行，没有任何人有权就这样随便地把他杀掉。”

苏晓哲不说话了，好像求助一样看向可可，可可只是低着头，匆匆地把字签完。

“苏晓哲，”大缯明显没打算放过他，“不要以为上次的事情有别人帮你搪塞过去，你就可以继续这样为所欲为地胡思乱想。你是法医，不是法律。”

苏晓哲看向大缯的眼神里还带着一丝倔强，已经办完转移手续的可可推了他一把，“站着发愣没事儿干啊？去，把尸体推进冰库里，在工作安排表上给他登记好时间准备好明天尸检，还有，前天我问你要的之前那具尸体分尸处的骨质微粒分析报告，去请分析老师加快一下进度。”

晓哲“哦”了一声，推着沉重的尸体车走开了。

“不要护短。”周大增看着晓哲离开的背影说。

可可斜睨他一眼：“你不护短？那上次是谁帮我四处找人想办法，解决掉了那个内部的处分？”

不说这个还好，说到这个大缯就一肚子气，“那个处分还不是因为你自己帮晓哲顶罪？他到网上发的帖子，你却在节目里承认是自己干的，要不是运气好你现在还能继续当法医？这些事情有跟他说过吗？你有让他知道他自己一时意气做的事情，有什么后果吗？”

可可的确没有说过，她只是觉得年轻人意气用事很常见，任何人都有可能会做这样的事情，包括自己年轻的时候。换句话来说，苏晓哲做的事情，也是可可现在成熟了之后，想做却不再敢做的事。

“可可，这句话也同样是为了提醒你，就算做过任何天理不容的事情，私刑也是错的。”大缯的眼神很认真，让可可不敢直视，她只是带着淡淡的怒意回答他：“如果我不懂这个，现在还能继续当法医？”

话虽说得理直气壮，但可可真有点迷茫。

日本曾有一部电影，讲一个富翁爷爷悬赏十亿，让全国的人追杀那个虐杀他孙女的嫌疑犯，警察出动，拼尽全力保护了犯人到达警局总部，为了这个人渣，无数警察死在了转移他的途中，最后在法庭上，嫌疑人只说了一句话：“早知道会判死刑的话，当时多杀几个人就好了。”之前为保护他而死的警察们，全都成了一道笑话。

到底值不值得，可可站在医学院会议楼的窗边，发觉自己也不太明白。窗外除了花花草草就剩下小情人一对对，连风好像都吹着世事闲散的味道，刚挂断的电话让可可心里更是一番说不清道不明的滋味，一时之间她不想回到那个满是演讲词与鼓掌声的会议厅里。

周大缯刚才打来的电话告诉她最后一个被害人的身份好像找到了，一周前一个女孩报案说她姐姐失踪，她提供的照片和浔可然从殡仪馆拿到的人头很相似，年龄、身高、血型、失踪时间都很符合，接下来只要找被害人生前的医疗记录和遗骨做对比，或者和她生前用过的一些东西做DNA匹配就能确定是不是同一个人。

这些都不是关键，让可可不知道该带有什么情绪来看待这件事情的是另一个消息，如果这位姐姐真的就是验尸台上的"人头小姐"的话。

"职业，坐台小姐。"周大缯在电话里这样说。

"什么？"可可怀疑自己听错了。

"可可，你知道的，就是性工作者。"

大缯语气里带着一种轻蔑，可可也知道，原本她就曾根据第一具尸体的死前性交情况猜测过可能是做这一行的女人，但是当事实真摆在面前的时候，又让人不禁唏嘘。

从另一个角度来看，这也不是什么好消息。从事性工作的女人在每座城市都有不少，她们流动性大，为了一点钱就可以将自己置身危险的陌生环境中。可可突然想到前两具身体的手腕有轻微的擦伤，原本她觉得是这些死者的防卫伤，比如和对方撕扯或者被对方绑起来，现在回想，如果她们是做这行，也很可能是自愿被凶手绑起来，然后等她发现不对劲的时候，已经完全失去了逃生的能力。

可可摇摇头，最麻烦的是如果凶手认定了以她们为目标，几乎不可能阻止他继续挑选目标，只要给的钱高一点点，就一点点，就会有很多女人愿意放弃生命安全。

除非抓到他。

“唉……”可可趴在窗台上叹气。

身后传来轻微的声音，她警觉地回头，看到一个大学教授打扮的男子站在不远处对自己微笑。这人穿着休闲外套，一副棕色边框眼镜后面藏着精明的眼神，脸上带着温和的笑容，却让可可产生一种深藏不露的感觉。

可可没有出声。

男人悠哉地走到可可身边，站在窗沿旁，从口袋里摸出一包烟。

可可抬起左手，男人嘴里叼着烟顺着可可手指的方向看去，一个醒目的标志贴在他背后墙上。

禁止吸烟！

他脸上浮现出一种像孩子有糖不能吃一样可怜的表情，和他一副仪表堂堂的穿着反差很大，让可可忍俊不禁。耸耸肩，可可不表示什么了。

男人把烟叼着却不点火，脸上挂着自嘲般的笑容：“算了，能遇到一个和我一样受不了里面长篇大论的朋友，不抽烟就不抽吧。”

“研讨会大多都是这样的。”可可低头看着自己的帆布鞋。

“我不是来参加研讨会的，我来找一位专业人士，可惜他今天好像没来，那一大堆医学术语可把我给听得稀里糊涂的。”

可可抬头看着他：“你不是医生？”

男人笑着把烟收了起来：“不是，我是考古所的，咦……名片到哪里去了，呵呵，抱歉，口袋太多……”他一边说着一边在身上摸来摸去，终于找到了一个古色古香的名片盒，双手递出自己的名片给可可。

纸上淡淡地印着：市考古研究院顾问，李一骥。

可可歪着脑袋想不通一个考古的为什么要来参加医学研讨会，不过这和自己也没关系。她还有点沉溺在对被害人职业的复杂情绪中。

“你是法医？”李一骥问道。

可可猛地抬头看向他，大概是眼神里的警惕反应被他察觉了，李一骥温和地笑道：“别紧张，我没什么别的意思，职业毛病，我鼻子比较灵一点，我闻到你身上有点腐尸的味道。”

可可想起上午安排将被害人尸体送到医大进行处理的事，那时候的确打开过尸袋确认过里面腐烂的尸体，连这样的味道都能闻到？

可可抬了抬眉毛：“就算我身上有尸体的味道，医生多多少少都会和尸体打交道……”

“但是没有多少医生会对腐烂的尸体接触很多。”李一骥很自信地微笑着。

可可不予置否，“你能闻到我身上腐尸的味道？骗人的吧？”

“不止，很有趣，你身上不止有消毒水的味道，还带着甜甜的巧克力味。”

可可挑眉看着眼前的人，这如果不是提前了解过自己，就真的是有点惊人的敏锐嗅觉了。

李一骥好像有点不好意思，低下头看窗外的小情人们走来走去：“其实我觉得你身上还有一种烦恼的味道。”看到可可一声不发，接着又解释起来，“多管闲事也是我的职业毛病，你别介意，我并没有恶意。”

可可从口袋里摸出一个珍宝珠，糖果的甜味淡淡地在口中弥漫开来，冲淡了一种复杂的苦涩，她回头看着眼前陌生的男人：“李先生，你做考古，会对那些古人的一生是非做对错的评价吗？”话问出口，可可又觉得自己很傻，考古研究，不就是为了知道那些消逝的生命曾做过些什么，又怎会没有对错。

“没有对错。”李一骥回答。

可可再次惊讶地看着他，这个人刚才还表情像个孩子，现在却让人感觉深不见底。

李一骥转头看窗外，从他脸上看不到半点玩笑之意，“考古还原的是历史，是事情的真相，谁对谁错，根本没有关系。”他顿了一顿，“你知道武则天墓前的无字碑吗？”

可可点头。

“墓前为自己立一个光辉灿烂的纪传常常是很多想要名垂千史的人的愿望，但是武则天就留下了一块无字碑。很多人说是因为，她想让后世来评价她的功过是非，我倒觉得恰恰相反，是她觉得无需给后世什么交代。她开创了一个前无古人后无来者的时代，她花一生的时间做了她认为了不起的事情，然后死去，后人会说什么，对她来说又有何意义？每个人都在做自以为是对的事情，重要的不是别人认为的是非，而是你心中认定的目标。你说呢？”

可可愣在和李一骥对视的目光里，脑海里闪过无头女尸的画面，腐烂发臭的人体，脖子上爬满蛆幼虫的切口，还有曾建明胸口那个残忍的窟窿，她们是谁，他们做过些什么，其实都不是她浔可然应该关心的。重要的是他们被杀了，被人用各种方法，出于各种理由给杀了，抓住做这种事情的浑蛋，查清真相，才是她法医浔可然应该做的事。

李一骥将车开出地下停车库，抬头从车玻璃看到浔可然依旧站在刚才和他聊天时的窗边，歪着脑袋似乎在思考什么。想到那个人描绘她时用的词语，他忍不住笑了。

带上蓝牙耳机，将车缓缓开出医科大学，一边接通了手机上的快捷拨号。

“喂？是我……我见到她了，呵呵……没错，你说的很准……真不可思议，衣服上还带有腐尸的味道，身体里却散发着糖果的甜味，那双眼睛真干净得够可以。啊，那件事啊，那件事不急，不过……”李一骥脸上浮现了温和却深邃的笑容。“浔可然的确是个有趣的选项。”他对着耳机说道。

08　吃饭开会

开完研讨会浔可然和几个同门师兄弟被师母一同抓回家去庆祝研讨会的成功召开。天晓得可可多么想逃走，但是看到师母开心得和过年似的，离开的话一点也说不出来，于是浑浑噩噩也被抓去常老爷子家吃晚饭。

“哎！小浔啊，听刑警队长说你现在带个实习生啊？”常老爷子抱着暖酒乐呵呵地问道。可可看看面前一桌的饭菜，师母还在厨房里兴致勃勃地烧炒，有点被拉回到现实的感觉。

“恩，一个实习生，中医大学的，叫苏晓哲，你想见他？”

“好啊，反正老太婆还在烧菜，你叫他来一起吃饭嘛！”

可可笑着答应了，转身给苏晓哲打电话：“你师父的师父想见你，来报个到吧！”

苏晓哲很兴奋地答应了，让可可没想到的是，兴奋的苏晓哲叫上了好奇的小白，好奇的小白溜走的时候被周大缯看见了，于是当可可打开常老爷子家的门时，三个大男人一块儿站在门口。

“常老爷子好！我是苏晓哲！您可亲可爱的徒弟的徒弟！”苏晓哲鞠躬道。

“常老师傅好！我是刑警队的白翎，您热情的仰慕者！”白翎敬礼说。

老爷子抱着暖酒乐呵呵地招呼说：“你们快进来呀快进来，家里暖和来来坐坐坐。”

“常师傅，好香哦，有饭吃啊？”大缯大大咧咧地跟了进来。

可可傻眼了，一把拉住最后进门的大缯：“你来干吗呀？”

“等会当免费司机送你回家咯！”大缯眨眨眼。

可可张嘴结舌地站在门口，大缯迅速地溜进门在餐桌上坐定。

吃完饭很自然而然地，一圈人开始谈到手头的案子，大缯将现在调查的进展给常老爷子汇报了一下，老爷子一边抽着烟，一边眯着眼说：“清洗尸体这事儿，不是什么人都做得来的。”

“所以我说，这人一定有医学方面的背景。”可可接话。

“嗯……”老爷子点点头，“清洗尸体，泡福尔马林这两件事，很像是一些医学研究用尸体之前会做的准备工作，这人可能有点这方面的工作经验，你们可以从市里几大医学研究院查查看。”

大缯点点头：“好，明天我就安排人从这些工作地方查查看有没有脸上有白斑的男人。”

“白斑？”常老爷子还不了解这个嫌疑人的情况，白翎在旁补充了下怎样在回收站发现这人的出现。

老爷子听着听着站起身来，在沙发边转悠起来：“这事儿做的，有点蠢啊，明知道自己脸上有明显标记，还在有人看得到的地方转悠抛尸？”

可可感觉脑海中有个熟悉的光点一闪，她猛地想到之前哪一次吃饭的时候，好像谁也说过类似的话。白翎刚想开口，可可突然抬起手示意安静。

一个光点！

一个突破口似乎就在嘴边，大家安静地看着她，可可似乎自言自语地说道：“清理尸体，是一件很细致的事情，需要仔细、耐心、大胆和经验，抛尸之前清理尸体，除了出于习惯就是出于谨慎，但是……明知自己脸上有标记还冒着可能被看见的危险去抛尸，大胆但是很不理智……这里面，很矛盾……”

老爷子长吐一口烟说：“对，有矛盾……小浔，合着尸检的情况，你来还原下他杀人的过程。”

可可闭上眼睛说：“首先，他挑选受害人，花钱雇她们跟自己回家，或者去某个他事先准备好的地方，进行性交易，在床上他将女人双手绑起来，一边做一边掐对方的脖子，应该是为了从中获取快感，根据尸体窒息死亡的表象明显可以说明他多次掐对方的脖子，直至掐死。事后他将尸体从脖子切开，清洗尸身，确定没有留下任何能与自己联系上的证据，然后将头颅浸泡在福尔马林里，收藏起来，将尸身找无人的地方随意抛弃……”

白翎轻轻地搓着手：“我明白了，浔姐你是想说，这个人有两种明显矛盾的特点，一方面他很大胆，甚至在丢人头的时候显得有点蠢，另一方面他清理尸体时很细致抛尸很谨慎，对吧？”

可可低着头沉默着，刚才分析作案过程的时候，一种分裂的感觉一直盘旋在脑海里。

晓哲说：“或许这人真的有两种人格？不是经常有一些侦探剧里的犯人就是这样的嘛？精神分裂，或者多重人格什么的。”

常老爷子摆摆手说：“这人是不是精神分裂不需要多加关注，你们刑警队长应该教过的，抓犯人要的是线索、证据。”他看看白翎，“你刚才说的那个脸上有白斑的男人，还有什么目击证词？”

白翎摇摇头：“除了脸上有白斑，嫌疑人的身高啊体貌等都很普通，没有什么特征。”

“难道不能在媒体上发通缉令吗？”晓哲看向大缯，“就白斑这个特点。”

一直闷声抽烟的大缯把烟灰抖落掉，皱着眉淡淡地说：“还不行。这事儿我和局长谈过，现在发布媒体通告还太早，我们手里根本没有很有力道的证据，也没有嫌疑人画像，一怕打草惊蛇，二怕引起群众恐慌。再说，你要怎么公布，难道说有一个专门挑坐台小姐杀害的连环杀手出没？一旦发布这样的消息，大家都放心了会认为自己还是安全的，然而万一凶手改变受害人类型，对其他落单的女孩下手或者怎样，到时候被群众口水淹死前，你先会被自己的悔恨给拖垮。”

说完大缯还瞟了一眼晓哲，鉴于他前一阵的案子里将案情捅到网上的做法，大缯这一眼里多了点威胁的成分。

晓哲举起双手，表示自己会老老实实待着，心里嘀咕，老子的检讨还没写呢。

09 黑猫

“那曾建明呢？”白翎突然想到，“一个是没有头，一个是没有心脏，这两个案子会不会是同一个人做的？”

大缯摇摇头，可可脸上也写着不赞同。

“不一样。”大缯吐出一口烟，很有把握地说。

“但有相似的地方啊，都是随意抛尸，都是缺少了身体的一部分，比起普通的谋杀都多了点步骤。”白翎疑惑。

“基础有些相似，但进一步从处理尸体上说，没有任何细节明显一致，砍头和挖取内脏，其实差别还挺大的，就好像豹子吃肉和鳄鱼捕食一样，看起来都对人有危险，但它们是两个物种，咯……”可可边说边打了个饱嗝。

大缯转头看了她一眼，失笑。可可恶狠狠瞪了他。

而这一来一去，都被师傅常丰看在了眼里。

老爷子又点起一支烟，坐回沙发上：“凡事没有一定，我刚才就说了，你们先不要主观肯定什么，主观臆断最危险……哎呀不说这些工作上的事情了，小浔我还没找你算账哩！上次帮你安排的相亲你干吗不去？！嗯？你到底谈对象没有啊，你也不小了，你看看你一个姑娘家家的，你怎么一点都不着急的啦，上次你爸爸还给我打电话说这事……”

可可“唰”一下站起身来，脸对着厨房声音响亮地喊了一句，“哎呀师傅你少抽点烟呀，万一被师母发现怎么办啦。”

老爷子一愣，然后迅速把手里的烟往身边的白翎手里塞，还没来得及把身上烟灰给弹掉，老太太就手持扫帚冲进了书房，探照灯一样的眼睛刷刷刷地照过来，常老爷子双手放两侧，站直，微笑，三代良民。

老太太上前三步，拿着扫帚把指着他的肚子：“你抽烟了？死老头子？嗯？”

老爷子纯真地微笑，摇头。

老太太戳戳他的肚子：“张嘴！”

老爷子保持天真的笑容，继续摇头。

老太太发飙：“叫你张嘴！别和我装傻，你肯定抽了，张嘴我闻闻，听见没有！”

老爷子捂着嘴巴踉踉跄跄往沙发上逃，老太太依依不舍地追过来，老爷子忙不迭躲到刑警队长身后。大缯只好左挡右挡，一边劝老太太放下扫帚，一边帮着解释：“老爷子没抽烟没抽烟，真的真的，烟味都是我们几个抽的。”

可可微笑地从书房侧门溜走，背后老爷子投来怨念的目光，反正他现在是没胆量张嘴骂人的。

常老爷子家坐落于医学院不远处的一老式小区，三层楼的小洋房是老爷子家祖传的地产。书房侧门出去就是一个小院落，种着一大棵桂花树，秋天的时候在树下坐一会儿，头上会撒满掉落的小桂花。可可在小院的台阶上坐下来，夜凉如水，桂花早已消尽，这座城市的冬天总是带着水蒙蒙的寒冷。摸摸口袋，可可才发现珍宝珠吃完了，刚才在饭桌上也没吃什么，又开始想念妈妈烧的鱼。

身后的门吱呀一声被打开，大缯走到台阶边挨着可可坐了下来。

“这么凉，坐在外面干什么？”大缯笑着问。

可可撇撇嘴：“喂蚊子。”

大缯嘴角抽搐两下，大冬天的喂蚊子……“你太不厚道了可可，这么欺负老头。”身后房间里还传来师母嘀嘀咕咕的训斥声。

可可不作声。

两年前浔可然开始接替法医工作的时候，也是常老爷子正式宣布退休的日子。打那以后，除了偶尔给可可指点一下以外，老爷子几乎不过问原来的工作，用他自己的话讲就是“日子闲得长出草来”。去年一次偶然的机会老爷子牵线搭桥帮警局一个小伙介绍对象成功以后，像是突然发掘出了生活的新乐趣，成天拿着俊男美女的照片四处给人当红娘，哦不，红郎。可可就是首当其冲的受害人之一（常老爷子：是受益人，受益人！），总之，可可对于每次拜见老爷子时，都要附加欣赏一大堆来自警局、医院第一战线精英男人的照片甚感厌烦。

于是就有了刚才一幕。

低迷的夜，院落里杂草随着风起发出唰唰的声音。

“可可……”大缯的声音低沉得有点模糊，“我一直认为你是很有胆量的女人。”

可可转头与大缯四目相对，等着下文。

“为什么在感情的事儿上你只会一个劲地逃避？”

可可的表情僵住了，她知道自己为什么逃避，知道自己有一个结，但是所谓心结，就是谁也不想去打开的东西，不想去面对，不想去经历揭开的痛。

她转过头，盯着眼前的杂草丛沉默。

大缯狠狠地叹一口气：“浔可然小姐，我大缯从来没和人说过这种话，你甭老是用冷处理来打击我行不？你让我觉得我整个一傻帽儿，你到底怎么想的你横竖说出来啊……你……”哪怕狠狠拒绝我，也比现在什么都不说，问了就要逃的好，大缯想。

“我是不是眼花……”可可突然喃喃地说。

“什么？什么眼花？”大缯莫名地问。

可可手往前面草丛一指，大缯顺着看去，借着屋里发出的灯光看到不远处的草丛里立着一只猫，一身漆黑的毛色，轻轻摆动的尾巴上有两圈显眼的白色毛。

“不就是一只猫嘛。”大缯不屑，你想转移话题也不找个好点的理由。

可可的视线紧紧地盯住眼前的猫：“大缯，你还记不记得从交通局离开的时候，我和你说过在殡仪馆我看到一只猫，后来开着助动车在某个路口我又看到它，浑身都是黑色的，只有尾巴上有两圈白色的毛……”

大缯皱起了眉，可可说的话他还依稀记得，本以为是她为了逃避话题胡说的，没想到竟然真有这样的事情。

不对，如果眼前这只猫就是可可在殡仪馆看到的那只，三番两次在不同的地方遇见，未免太过蹊跷，简直可以说是被一只猫跟踪了！

“是它……”可可眼神盯着黑猫像是出神一般，“是同一只猫……”

大缯看向黑猫，它浑身的黑毛在昏暗的月色下发亮，两只碧绿的眼睛一动不动地盯着可可，如果这不是一只猫，大缯真的觉得这俩正在四目对视地进行无声的交流。

黑猫慢慢地一步一步，缓慢而无声地向可可走来。

大缯觉得脊梁骨上一阵阵发凉，这只猫的动作完全不像是一只猫的样子，他分明感觉到可可的身体也僵直了起来。

无声地，一步一步在靠近……

“队长！”身后的门突然被推开，撞到了大缯的后背。两人回头一看，发现白翎正半推着门站在那里，“常老爷子嚷嚷找你们呢……嗯？出什么事了吗？”

两人再转过头时，眼前只有院落里点点杂草在舞动……

10　墓地朝阳

牧雪静静地站在那里，周围是一座座冰冷的石碑，凌晨的阴冷气息在墓园里弥漫。据说凌晨三点是阴阳两界轮替的时刻，阳光渐起，代替阴冷的黑夜，抬手看看腕上的夜光表，三点已过了些许，但是天色还完全没有要亮的样子，如果有所谓黎明前最黑暗的时刻，恐怕就是现在了。

墓园位于很偏僻的郊区，在它旁边建有几栋小别墅，因为地理位置的关系价格非常便宜。牧雪用假名租下了其中一栋，作为自己最后的落脚处。几天前她开始住了进来，十五年来的计划终于即将进行到最后一步，心底却没有任何的激动，这几天住在小别墅里，她一如既往地失眠，今天更是如何也睡不着，放弃在床上的挣扎，她起身漫步到了墓地里。

这片墓园大约已经有二十几年的历史了吧，墓地真是一个奇妙的地方，这里安置着无数故事的结局，有些石碑常常被人打扫，有些则永远沉寂着，白天她从别墅里看到偶尔来祭拜亡灵的人们，就觉得一阵恍然。

有些人不想去回忆，而她拒绝去忘记。

走下台阶，牧雪的眼角突然扫到一片白色，转头看去，一个白色衣服的女孩安静地坐在上层台阶上。

乍一眼牧雪被吓了一大跳，扑通扑通的心底满是疑惑，这种时候除了自己，难道还会有人来扫墓？

不会是……鬼吧？

“白衣”抬起了头，显然也被惊吓到了。

多年来的历练让牧雪学会了最大程度的处变不惊，她凝视着几步外的白衣女子，慢慢发现她有点眼熟，“我见过她。”牧雪心底说。

“你……也是来扫墓的？”牧雪先开口道。

白衣女子瞪着牧雪看了好一会儿，“你……是人？”

牧雪点点头：“我好像见过你，前几天你有一次大清早来扫墓，骑着一辆粉红色的助动车，对吗？”

白衣女子愣了好一会才反应过来，“我还以为你是鬼呢，大半夜的……”突然想到自己也是大半夜的在墓地里待着，不好意思地笑了笑。

牧雪也笑了，有一个人和自己一样，在冬天漆黑的夜里来扫墓，恐怕也是件很有趣的事情了。她缓缓地走到白衣女子的身边，在她身边的台阶上坐了下来。

“我叫牧雪，你呢？”

“浔可然。”白衣女子轻轻地说，“你大半夜的来找谁？”

牧雪沉默了一会儿，才道：“我父亲，十五年前，他被埋在这里。”她抬手指了指刚才站过的地方。

原来已经过了这么多年了，牧雪突然觉得时间好沉重：“你愿意听听我为什么在这里的原因吗？”

浔可然转头看着她，这个叫牧雪的女子有着一双安静的眼睛，擦肩的黑发轻轻地浮动着。

牧雪将视线转向远方，自顾自地说了起来，“我对父亲的记忆，很短暂。所有人都以为，父亲是跳下铁轨自杀死亡的，那个时候，我就站在他身边，我们正要乘火车去外婆家，父亲对我说的最后一句话是，‘小雪，不要回头。’我没有听话，我回头了，我看到有一只手推了我父亲一把。”牧雪顿了顿，“那年，我十岁……没有人相信一个十岁孩子的话，所以我选择沉默……直到长大我才明白，那句不要回头的意思，他知道……他知道那个人动了杀机，他还知道，如果自己反抗或者逃脱了这一回，下一个目标，就是他的孩子，也就是我……火车往后退，我慢慢看见他的身体……被车轮碾成碎片，一块一块的…那时我手里还拽着他刚给我买的棉花糖，站在他的鲜血里……然后有很多人和我说话，我什么都记不清，只记得天上好像下了雪，好像妈妈一直在叫我……很多年后我才知道，我整整一年都没有开口说过话，一整年后的冬天，下了第一场雪，我说，‘妈妈，下雪了’，我还记得她用看死而复生的人一样的眼神看着我，然后紧紧地抱着我，哭了一整夜……”

“直到父亲被安置在这里，我还是觉得，他依旧是一块一块的，沾着鲜血，躺在轨道上。”牧雪轻轻地笑了，这笑声在浔可然的耳朵里听来却好难受，她明白那种感觉，很多年前，她也看着自己的姐姐，躺在遍地鲜艳的血红之中。

她忍不住还是开口问：“你看见那个人了？”

牧雪深吸一口气，点了点头：“我认得他，父亲去世之前，他常到我家来做客，这十五年来，他一步一步，做到了一个很有势力的黑帮龙头地位，现在……”

浔可然竖起了耳朵：“现在怎样？难道已经死了？”

牧雪又笑了，她的笑容总是很安静，说出的话却又总让人很震惊，“现在……我手里捏着可以将他打入监狱的证据，这十五年来他亲手杀死人的名单，他走私的记录，还有……父亲被他推下火车站台时穿的那件衣服……”

一阵冷漠的风带起地上的落叶飞起，叶子无奈地打着转儿。

牧雪摊开自己的手掌，然后又握紧：“十五年前他怎样将我父亲推下站台，今天我就要怎样将他一手推下地狱。”

浔可然目瞪口呆。

只那一瞬间，似乎冬夜里墓地阴冷的风也不能吹灭的火光，在牧雪眼睛里跳跃着。

浔可然用了好久才回过神来，牧雪的眼神让她不知该怎样开口说批判的话，大义凛然的职责根本就是一种虚伪，但是以牙还牙就该加以赞赏吗？她看着地面低声地问：“复仇……是有代价的吧？”

牧雪安静地又笑了：“这个问题有人也问过我，很小的时候我在书上看到过一句话，‘如果你想要报复一个人，先要准备好两副棺材，一个给他，一个留给自己。’”她轻快的语气，好似在谈论天气，“你呢，浔可然？你又是为了谁，坐在黑暗的墓园里？”

浔可然愣住了，她没想到会有人问她这样的问题，像是一时之间面对上了一堵墙，要不要推倒它把心结说出来，又是一道选择题。

天色开始变亮了。

浔可然沉默着。

牧雪的嘴角总是带着淡淡的笑意，在微微明亮起来的夜色中，有种朦胧的安静。她说："知道我为什么肯把这些话和你说吗？"

可可摇头。

"因为心底不干净的人，是绝不敢半夜在墓地里待着的。"牧雪的笑在淡淡月光下很温柔。

浔可然想了想，然后在口袋里掏来掏去，摸出两个珍宝珠来，分给牧雪一个，嘴里的甜味一下弥漫出一种温暖的心情："我有个姐姐，她比我大好几岁，她的志愿是当一名医生，从小她就是尖子生，什么都优秀，我常常嫉妒又忍不住喜欢跟着她，"好像是想起了什么好笑的往事，可可嘴角忍不住上扬着，"她18岁那年，决定和男友一起北上去念书，害怕我吵闹，一直到临上路前两天才告诉我，那时我14岁，听到这个消息一下子就懵了，转身就冲出家门……"浔可然把棒棒糖捏在手里转悠着。

"我冲过小花园，冲出弄堂，冲过马路，姐姐一直追在后面叫我的名字……突然之间她就不叫了，"浔可然深吸一口气，"我噘着嘴回头，看到她从半空中重重地落下，躺在地上……一辆大卡车发出很尖锐的声音从她身边冲出去，逃走了……我一直到现在都还记得，姐姐躺在地上，手还向我伸来，然后地上蔓延出很多红色……"

叶子被冷风吹起，扑打在冰冷的石碑上，缓缓地落下了地。

"你恨自己吗？"牧雪突然问。

浔可然半张着嘴，思考了很久才发说出话来："不恨……但是我很后悔，我后悔自己的任性，后悔没有看见那辆车的牌照，后悔的事情太多，所以……现在都不知道该怎么办以后才不会再后悔。"

牧雪嘴角的笑容扩大了："你爱上谁了？"

浔可然惊讶地看着她。

"不用这么惊讶，我看得到你在害怕，有什么可以让一个半夜胆敢在墓地里吹风的小姑娘害怕的呢？……除了感情。"牧雪轻轻拨弄着手里的珍宝珠说，"我明白，因为我也害怕……我觉得自己是没有资格去爱的人，但是强忍着的感情还是会冒出来。以前为了达到我要的目的，我背叛了最爱我的爸爸……那时签下自己名字的时候，一想到他会恨自己一辈子，我就想哭……我以为，十五年前我就不知道哭是什么情绪了……”

“我们两个还真像……”浔可然喃喃地说。

“是啊！”牧雪拆开了糖纸，把珍宝珠放进嘴里，一阵布丁的甜味自心底蔓延开来，看了看身边的这个女孩，眼睛闪烁着微弱的光芒，却好像嘴里的糖一样，有种甜甜的美好而干净的灵魂。

牧雪伸出手，浔可然看了她一眼，微微笑着。

“浔可然，我们做一个约定吧？”

“嗯？”

“等太阳出来了，就下一个决心，不再逃避。”

浔可然沉默了一会儿，然后点了点头：“不逃了，等手头的案子结了，我就把心情说出来。”

“我也是，但是要等这件事办完。”

“你可不能耍赖哦，要当着你爸爸的面发誓才行！”

“你也是，待会太阳出来了，要对你姐姐发誓说你会更勇敢地生活下去，否则这辈子都嫁不出去！”

两人很默契地相视一笑。

也许只有这样与世隔绝的时刻，素不相识的人才会如此尽情地把心底的秘密抖出来，换一个干净的早晨，吃着甜甜的糖，并肩坐在满是墓碑的地方，等着天慢慢亮起来。

天边的云彩开始泛起红晕。

11　感情、觉醒

叮咚叮咚叮咚叮咚叮咚叮咚叮咚叮咚……

可可郁闷地一把掀开被子，早上她才回到公寓，刚向局里请了一天病假，打算好好睡一觉恢复一下疲惫状态，偏偏谁这么不识相，用不断的门铃声打搅她和温暖的被窝亲密接触。

最好这人很耐打，可可咬牙地想。

大缯把手指从门铃上挪开，考虑要不要用万能钥匙直接开门呢？

私闯民宅这种词汇根本不存在于刑警队长的脑海里。

门“唰”地被打开了，空调的暖气扑面而来，大缯抬眼看到头发凌乱，穿着小背心的浔可然怒视着自己。

呃……难不成还在睡觉？现在都快中午了。

可可一言不发，转身就往房间里走，被丢下的大缯愣了一下，继而追了过去。

“可可……喂！”大缯一把抓住她的手臂，“你请了病假？哪里不舒服？”

可可斜着眼瞟向他，法医大人现在浑身都不舒服，本来想开了门就揍人的，不过看看眼前这位，横竖是打也打不过，骂又骂不出口。

怒。

怒向胆边生。可可一把甩开大缯，向卧室里走去。

大缯不明就里，自己一大早到警局就听说可可请了病假，匆匆和队里交代下任务就赶了过来，一心只想着小丫头不知道是哪里不舒服，结果上来满怀关切却贴上可可的冷眼。

周大缯本来就不是温柔的男人，可可甩开的动作一下子激怒了他，他再次冲上前打算抓住可可好好把话问清楚，没想到手还没碰到她，只见眼前可可的身体摇晃了一下，斜斜地倒了下去！

大缯觉得自己的心跳漏了一拍，连思考都没有就冲上去抱住她。

此时此刻美人正穿着可爱的小背心和宽松的睡裤，小胳臂小腿都露在外，无力地被大缯搂在臂弯里。如果换一种气氛产生这样的场景，大缯会很满意，甚至得意地笑出来。可惜怀里的人现在脸色惨白，连嘴唇都毫无血色，整个一副昏迷状态的女鬼形象。

女鬼可可还不甘心就这样昏过去，用蚊子一样的声音嘀嘀咕咕说："没事没事，有点晕而已……"

大缯皱着眉，想狠狠骂她两句，又一阵舍不得，暗自叹气，将可可打横抱起来走进卧室，轻轻放在床上，盖好棉被，再将空调的温度调暖一点。

站在床边想了一会儿，他转身离开了卧室。

白蒙蒙的光线晃进房间，可可有点迷茫，刚才好像有点晕乎，为什么现在又在床上了呢？空气里飘散着一股米香，可可突然想起了大缯，"腾"地从床上坐起身来，因为动作太猛，又是一阵晕眩，她不由自主又倒了下去。

脑袋枕在软绵绵的枕头上，自己笑自己动作像个傻子。

两脚刚落到地面，卧室的门就被打开了，大缯探了个头进来："果然醒了，别动！"然后转身又出去了，过了一会儿，端着一碗热腾腾的白粥又走回来。

可可诧异地看着他。

"吃饭！"大缯简单直接地说。

不知为什么，可可总觉得他有点脸红，于是很不厚道地笑了。

大缯瞪了她一眼，坐在沙发上看着可可喝粥："当心烫。"

可可微笑不语。

大缯盯着她："昨晚我送你回来之后，你是不是半夜又跑出去过？"

可可一口粥差点呛到，歪着脑袋呈无知状。

"我看到你助动车的钥匙扔在餐桌上，平时你都放在包里，是回来时疲愈随手扔的吧？”

可可低头喝粥，装聋。心里嘀咕，不愧是搞刑侦的，眼睛和贼一样尖，啧啧。

“可可，你少在肚子里骂我。”大缯说着凑上前，居高临下地看着可可。“我现在是真的、很想、立刻、把你推倒，所以你最好老老实实给我别这样做的理由！”

可可手里端着粥碗，拿着勺，仰着头愣愣地看着大缯，脑海里出现了解放年代的间谍片情节……

“你滴！老实滴交代！否则滴杀头！死拉拉滴！”

“革命志士是绝不会屈服的！”

例如以上之类的对白，可可看着大缯严肃的脸色，是没胆说出口的，眼睛乌溜溜转了圈，思考着是实话实说死得比较快还是要么装回头晕比较容易逃过去？

大缯当刑警这么多年，眼前这小丫头片子眼珠一转他就知道是什么意思，他迅速地伸手去捏住可可的脸蛋。可可嗷嗷直叫顺势要把粥泼出去，大缯眼睛一瞪：“浔可然，我告诉你，这粥我熬了一个小时你敢洒出来一滴，你给老子等着瞧！”

可可的小脸蛋被大缯捏在手里，歪着嘴巴评价道：“灰常咸……”

大缯的眼睛眯了起来，嘴角冷笑着，散发出一种危险的味道。可可一犹豫，就错过了逃走的机会。

大缯原本捏她脸蛋的手托住可可小脑袋，一个吻就直接落了下去。

他是准备好对付可可的挣扎，大缯很清楚，第一次吻她可可是吓愣掉所以没反抗，但第二次再吻她肯定会想尽办法打断他，他时刻准备着撤退，没想到可可完全没有反应，说不上算是热情，不过也没有不愿意的迹象。大缯内心一阵惊喜，越发投入起来……

可可还是挣扎着推开了他。

脸色白里透红，可可用一种毫无自觉的诱惑声音说：“下……”

大缯觉得自己的呼吸都重了起来：“……什么？”

可可抬头看窗外：“下雪了。”

大缯愣了一下，继而咬牙，这个破坏气氛的小妮子。

咬牙咬牙咬牙。

可可又回头看了看他的脸色，一副要笑不笑的样子，大缯越发火大，慢慢靠近她。

可可立即察觉到了危险的气息，“哎！哎！冷静哦！冷静！我要喝粥，我饿，我头晕，你再……那什么，我可要拔解剖刀出来了。”

大缯盯着她看了会，冷冷地哼了一声，不过还是回到床边的沙发上坐下生闷气去了。

12　模糊的宣言

可可慢悠悠地把粥喝完，窗外的天变得明亮而白，小小的雪团晃悠着从窗边经过，初冬的第一场雪，从开足了暖风的房间里看去，带着温暖的冬天气息。

她忍不住突然就笑了。小时候生病，姐姐总是和妈妈一起哄骗自己喝药，不管什么药，她都要看到姐姐吃她才肯吃，否则就哭闹耍赖不止，于是姐姐总是为了她喝下很多不必要的药水。姐姐离开之后，很多人都说浔可然好似一夜之间长大了，别说是再苦的药，就是刚接触解剖课时每天都吃不下饭，她也一声不吭地坚持了过来。

想着突然觉得很美好，那些曾刻意去忘记的人和事。

大缯瞥了眼傻笑的可可，一缕发丝从可可耳际悄悄滑落，连着嘴角上扬的弧度画出一道弯弯的曲线。

“大缯，你喜欢我啊？”可可眼睛看着窗外的雪花，傻愣愣地问。

大缯默默地看着她，不出声，也不反驳。

“喜欢……我……什么啊？”

大缯沉默了一会儿，才道：“不知道。”

可可嘴角抽搐了两下，这是什么答案。

大缯自己也说不清楚他喜欢可可什么，就是在不知不觉中，会对这个认真又倔强的女孩感到心疼，想保护她，明知道她发起狠来也许自己也拼不过……

可可明显感觉到大缯的视线快把自己给烧掉了，她把眼神继续定在窗户上，实在是觉得没有勇气面对沙发上那个男人高温的视线：“那个……大缯，我想和你说个事儿。”

大缯安静着。

“也没什么，就是……那啥……嗯……就是我嘛……”别人家小姑娘是怎么说“我也喜欢你”这种恶心的话的？为什么这几个字突然变得这么绕口来着。

也难怪，别人家小姑娘在看你爱我我也爱你的偶像剧时，可可在分辨尸斑与死前伤的不同。

所以面对窗外温柔的雪花，还有身边快要烧穿人的眼光，可可越发觉得这几个字好像突然在喉咙里打了个结，脸慢慢地就红了，但还是没憋出来。真要命。

大缯若有所思地盯着她……

空调里吹出的暖风成了房间里唯一的响声，一个大男人和一个小女人突然都成了哑巴。空气中似乎有一道界限，在等着可可用一句话去跨越，偏偏这句话需要大量的肾上腺素，可可的嘴巴微微张开，又合上，又张开，就是没吐出字来……

大缯很耐心地等待一个时刻。

……

叮咚叮咚叮咚叮咚叮咚……

“靠！哪个不要命的！”大缯蹭蹭地冲出卧室，杀气腾腾。

可可愣住了，想到刚才大缯不停按门铃惹自己发火，不由地笑着觉得现世报真是快。

门打开，李一骥疑惑地看着面前眼中充斥着怒火的男人，而大缯也瞪着门外从未见过的男子。

“我找浔可然。”李一骥微笑着。

“你是谁？”大缯满脸都是警惕。

李一骥保持绅士的笑容：“我是她一个朋友，她在家吧？”

大缯继续瞪着他，身子挡在门前，上下打量着李一骥的样子，不掩饰全身的敌意。

找上家门来的男人？什么朋友！？

李一骥眼尖，看见走出卧室的可可：“嗨，小浔！你怎么没来啊？我等了你一个多小时。”

可可愣了下，猛地拍了下自己的脑袋：“哎呀我忘了，抱歉，身体不舒服，所以没去。”之前和李一骥约好了去博物馆看一些古代干尸，这种好事可可才不会放过，不料昨晚去了趟墓地，把这茬忘得干干净净。

“哦……”李一骥恍然大悟的样子，然后不经意地瞟了一眼挡住自己进门的大缯。

那一眼看在大缯眼里充满了挑衅的意思，他心里一下子烧起了一把怒气，不过反而却冷静了下来，侧身让开路，然后悄无声息地站在李一骥身后，好似一只随时准备从背后攻击敌人的猎豹。

李一骥顺其自然地走进屋：“我在博物馆等了你很久，打你手机也不通，我知道做警察的有规定不能随便关手机，所以担心你出什么事儿了就来看看。”

可可微笑着：“手机大概没电了，我刚睡醒，真抱歉，也忘了和你说一声，今天真不能去看那个展览了，下周吧。”

“可可，”大缯突然插话进来，“你告诉过这家伙你家的地址吗？”可可不是个毫无警惕的人，尤其是上次差点被掐死之后，大缯也感觉得到她很多安全措施特意加强了，包括家里的门锁都换过。

可可一下子愣住了，惊讶之中缓缓地说：“没有……”

那李一骥是怎么找上门来的？

大缯浑身都绷紧，无声息地从背后靠近李一骥，气氛一下子紧张起来。

李一骥举起双手，带着有点狡猾的笑容：“啊呀呀别紧张，我交代我交代，呵呵。”他的眼神飘向了客厅的小餐桌，上面还摊开放着无头女尸案的一些照片，最上面的一张是装着人头的紫檀木盒子特写。

“我知道你家是因为它，”李一骥用下巴示意着紫檀木盒的照片说。

“你认识……”

“巍薇。”李一骥接过可可的话，“我需要人帮一个忙，巍薇阿姨就向我提到了你，于是我稍稍做了点调查，关于你的。”

李一骥还是微笑看着可可，让她不禁想到第一次见到这个男人时，他就是用这种笑容站在自己身后，那时自己觉得他深藏不露，笑容很温柔，但却藏着狡猾的光。

“不信你可以去问巍薇。”

“我信你。”可可说得理所当然。

这下大缯和李一骥都愣了愣。

李一骥笑得更温柔了：“你这么容易就信我了？”

可可脸上也泛出了掩藏着狡猾的温柔笑意：“因为你长得帅而且看起来很有钱呗，李、教、授。”

感觉到背后大缯瞬间散发出的腾腾杀气，李先生发自心底哀鸣起来，小浔你故意的是吧，以后我都得在这座城市刑警大队长的杀意腾腾中过日子了，啧啧，现在的小盆友怎么都这么损。

不过脸上还是泛着绅士的笑：“谢谢浔法医的爱戴，既然没事儿，我就先走了。”刚跨出一步就被喊住。

“等等，李一骥，你前年发表过一篇论文，关于如何通过辨骨来复原人头像，对吧？”虽然是问句，可可的语气却是确定的。

李一骥微微挑眉。

“你不是唯一一个喜欢调查别人背景的人。”可可直言。

“是……”李一骥瞟了一眼桌上的盒子，“你想要我复原这个紫檀木盒子里装过的人头？”

可可拿起桌上的照片，有点疑惑地问：“你怎么知道？”

李一骥笑的高深莫测：“这个盒子，本来就是我送给巍薇的，当然知道她会用这盒子装什么。”

“这盒子之前也装过人头？”这下大缯也凑进来好奇了一把。

“想知道这盒子被发掘出来的时候，装的是什么吗？”李先生的笑容开始狡诈。

大缯沉默不语，可可点点头，脸上散发出八卦的光芒。

李一骥笑着向门口慢悠悠地走去，一直到即将跨出门时才传出一句感叹：“至今思项羽，不肯过江东。”

可可张着嘴愣在原地。

“带着头骨的数据，到博物馆来找我就行，抱歉打扰两位的好事咯。”说完，李一骥大笑离去。

13 犯罪心理分析师

白翎在和王爱国嚼舌头。

“周队的脸好黑。”白翎压低声音说。

“嗯，眼圈也很黑。”王爱国搭腔。

“虽然平时通宵熬夜盯梢目标眼圈也会黑。”白翎说。

“不过今天早上开始这个神情就是不对啊。”王爱国一脸深沉。

“那表情……怎么说呢，就好像……嗯……”白翎翻着白眼。

“欲求不满。”薛阳不知道什么时候站在旁边，冒出这么一句。

白翎和王爱国一惊，扑上去压住他：“你你你怎么可以这么直接？万一被周队听见怎么办？！”

“就是就是，他老人家听见了我们三个都完蛋，大手一挥，我们肯定被发配到山区去。”

“不对，是发配到派出所去。”

“派出所缺人？”

“最近年底人口普查呢。”

“哦……”大家恍然大悟。

薛阳也学着压低了声音：“不过我说的是实话啊，你们没看见早上浔法医是坐着周队的车来上班的吗？这说明什么？”

“什么？”

“说明昨晚他们在一块儿呗。”薛阳很严肃地得出结论。

“哦……”

“但是浔法医和我们打招呼的时候特别神清气爽，这又说明什么？”薛阳继续嘀咕。

“什么什么？你们在聊什么？”徐婉莉捧着咖啡杯也凑了过来。

薛阳用一种分析案情的语调缓缓道来：“昨晚周队和浔法医在一块儿，孤男寡女。接着就是今天早上浔法医很神清气爽的，但周队带着黑眼圈一脸没睡好的样子，你们自个儿想想看。”

“哦哦哦哦……”大家又一脸恍然大悟的样子。

“欲求不满啊……”

周大缯打开办公室的门出来泡茶，发现白翎几个都带着一脸同情的神色看着自己，又是递咖啡又是帮点烟，正纳闷着呢，这时局长带着一个年轻女人走进了刑警大队的办公室。

“小周你来一下，”局长对捧着茶杯的大缯招招手，“这位是古吉，古女士是总局聘请的犯罪心理专家，这个无头女尸的案子啊，上面都很重视，一定要在没有扩大影响之前抓住凶手，所以你们有什么想法相互探讨一下哈，探讨一下。”说完局长用一种威严的目光扫视了一下办公室，点了点头转身离开了。

古吉有着一张精英女人的脸，穿着时髦，高跟鞋复古套装一身齐备，让大缯不由地就想到曾经某个女人……

“你好。”周大缯虽然伸出手，脸上却毫无表情。

古吉露出职业化的笑容，握手。

可可推开会议室的门：“大缯？局长说你们找我开会？”

大缯刚想向可可介绍身边这位犯罪心理专家，却看到古吉反应比他还快地起身向可可迎了过去。

“浔可然吗？你好，我姓古，古代的古，单名吉，吉利的吉。”说着她热情地握住可可的手。

可可愣住了，会议室里的其他人觉得怎么古吉突然变得好热情。

白翎偷瞄一眼大缯。

“我们……认识？”可可眨眨眼，一脸茫然。

古吉摇摇头："我们没见过面，不过对你，我留意很久了。"

可可才明白过来，大约又是自己在电视里露面那次结下的缘由。大概很多公众人物都有过这样奇怪的经验，一个从来没见过面的人却告诉你"我留意你很久了"之类的话。不过对于第一次遇到这样说法的可可来说却很诡异，她本来就不习惯被人关注的感觉。徐丽的案子审判结果出来之前，许多媒体每天都在公安局附近转悠，想抓住机会采访她的感想。那种无孔不入的声势把这个一半工作时间都在和亡者打交道的小姑娘给吓到了，每天进进出出都戴着口罩太阳镜，好像做贼一样尽量贴着墙缝走。一直到徐丽的案子法院下了一个定论，舆论慢慢消散了温度，可可才倍感轻松地恢复了原先的生活。

眼前这个热情地握住自己手的古小姐，让可可突然回忆起了那种被人盯上的恐怖感，她微微打了个寒战，然后用力保持着礼貌的微笑："谢谢您的关心，能不能……麻烦你松手？"变态，再不松手老子不客气了，周大缯眼神里说。

古吉带着一种高深莫测的笑容看着可可，却依旧热情地握住可可的手不放，连办公室里的其他人都开始觉得有一点尴尬。她压低了声音却又用其他人都听得见的音量说道："看看谁正瞪着我？这样你就能看出这房间里谁对你有意思了嘛！"

可可瞬间僵化了，不知道该用什么表情来应答这句。

古吉盯住可可的脸看了几秒钟，然后爽朗地笑了："一句玩笑而已，对吧周队长？"

周大缯嘴角微微抽搐两下，假装没听见："白翎你们先向古小姐介绍一下这案子的概况。"

古吉的表情终于严肃起来，摆着手："不用这么客气，叫我古吉就行。虽然局长说我是什么上面聘请的犯罪心理专家，不过其实犯罪心理的理论对破案究竟能有多大的实际帮助是一个难以估摸的事情，在座的各位都是这一行的能手，我的意见你们不要笑话就好。案情的报告局长昨天给我看过了，不必花时间重复。我们直接讨论吧！"

古吉一番话正说到了大家心坎里，不仅打消了他们对于"上面派来的人"

本能的距离感，更是因为古吉婉转的马屁而暗自舒坦起来。

大缯瞄了一眼这女人，究竟有什么本事他不清楚，不过单就这番话来说，倒是很会收拢人心的角色，不愧是搞心理学的。

“那，我们自己人之间都习惯直来直往，你也看过案情报告，有什么想法吗？”

古吉拿出一本黑色的笔记本，翻开对着上面密密麻麻的小字看了两眼。

“我们先说无头的案子吧，我看的报告是前天提交给局长的，这两天有什么新的进展或发现吗？”古吉问。

大家都摇了摇头。

14　舒适区

“那我直说了，我觉得，嫌疑人有两个人。”

古吉的话一出，会议室里各人的反应都不同。白翎、薛阳他们觉得很惊讶，大缯皱着眉看了看可可，这话让他想到可可之前说犯罪过程中有一种矛盾的特点，可可则低着头，不知道在想什么。

古吉扫视了一下大家的表情，然后继续说道：“看来周队长也想到这一点了，你的表情一点也没有惊讶，浔法医应该也留意到了吧？报告上你说尸体清洗的非常干净，说明这人细致认真，但是这么精细的人，怎么会把有意保留起来的人头随便就扔在废品回收站？那地方人进人出，人头没多久一定会被发现，所以我觉得这事儿是两个人做的，你们可以想象成他们，一个孔武有力，一个擅于智谋，两个男人共同犯下的罪行。是谁掐死被害人我不敢下定论，但是保留头颅这一点我觉得是比较细致的那人的决定，包括选择被害人的类型，还有抛尸的地点，而执行抛尸这事儿需要很大力气，则是比较有勇无谋的那位，也就是你们认为出现在废品回收站里，脸上有白斑的那个男人。另外，针对上面说过的，废品回收站里出现的人头，我认为是一个特例，很有可能不是那个精细男人的决定，而是发生了什么意外，在他不知道的情况下，白斑男人擅自把这个人头给扔掉了，因为一直没有被抓住，所以他理所当然认为警察抓不到自己，人头扔在哪里都无所谓。”

“说到意外，人头不是有被老鼠咬过的痕迹吗？”王爱国接话说。

古吉点点头：“有可能，你提到老鼠我又想到另一点，我想问下浔法医，像人头的保存，是不是必需要冷库才行？”

可可抬头："未必，就现在大冬天这温度，一般阴冷一点的地方都可以，比如地下室，全木结构的老房子，或者长期开冷空调的房间都有可能，再说人头是经过防腐处理的。"

古吉点着头："那就是可能性比较多，不过我还是认为，保存的头颅被老鼠咬过这点可以看出嫌疑人所在的环境并不怎么好，大多数市区的住宅小区都已经把老鼠灭绝得差不多了，用来保存人头的地方一定在他们的控制范围内，才不至于因为意外被人发现，这样可控的地方也会被老鼠偷袭到，也就是说这个地方可能很保密，但是并不干净。周队你们这里有全市的地图吗？"

大缯点点头，示意薛阳他们把全市地图贴在大黑板上。

古吉拿着一只红笔走近地图："第一次发现尸体的地点在哪？"

白翎翻看下桌上的记录说："中环绿地。"

古吉在地图上找到这个地方，然后画上一个红色的圆："在市郊的东南，第二具尸体？"

大缯说："严中路一块停工的工地上。"

古吉转身看了一眼，大缯对案情的熟悉度已经让他完全不用看资料都记得清是在什么地方发现了尸体，看到她示意自己，于是大缯走过去画出那块工地的位置。

"在靠近很东面的市郊。"古吉说，"最近发现的第三具在公园，也就是这里，本市的北面的森林公园。但是三具尸体唯一匹配的一个人头，发现地却是在城市西南面的一个废品回收站。"

大缯抬了抬眉，显然已经猜到古吉要说什么，他转身要薛阳把废品回收站附近一公里的详细地图打印出来。

白翎和可可他们还显得很疑惑。

古吉把红色的区域都画出来之后继续说："这就是我刚才说人头是一个罪犯计划之外的原因，你们知道每个人心里都有一个安全的生活区域，在自己平时居住熟悉的环境周围会感到很安全和舒适。而抛尸地的选择，往往是取相反的方向，以自己经常出没的地方为圆心，在自己认为熟悉的半径区域之外，通常是抛尸地的选择方位，简单地说就是越远越好。这是犯罪心理一种不由自主的想法，一是怕抛尸过程中被认识的人看见，二是怕警察在周围排查时发现自己可疑，所以抛尸地点的选择有一定的说明性。三具尸体的发现地不同，但是从大地图上看，都位于本市的东线，东南的绿地，东面的工地，公园也是北面靠东，但是恰恰人头的位置却在西南的废品站。”

“你的意思是，尸体的抛弃点都是嫌疑人有计划地挑选好的，但是人头的抛弃点却是仓促的意外？”白翎摸着下巴插问了一句。

古吉微笑着点了点头。

大缯从薛阳手里接过废品回收站的放大地图：“而且这很可能是两个人做的事儿，一个有计划性，一个冲动无谋，认为只要不扔在家附近不就行了。”大缯把大地图贴在另一边的墙上，“所以，这两人出没的地点，很可能就在废品回收站附近。”

大家伙都凑了过来，废品回收站不远处有华隆殡仪馆，也就是可可拿到人头的地方，还有两三个小区，一个大型购物超市，三所学校，两家医院。

大缯指着西边两块城乡结合住宅区：“城郊结合的小区卫生环境比市区差一些，有老鼠出没的可能性大一些。白翎，薛阳，王爱国，你们和重案三组的人合作，明天开始分头以废品回收站为中心，打听周围有没有脸上有白斑的男人。”

“这要问到什么时候啊？”徐婉莉摸着脑袋露出同情的表情。

大缯哼一声：“你以为警察是坐在办公室里喝咖啡的吗？没线索的时候没日没夜地排查周围情况，一点点可能都不放过，这才是工作。”

徐婉莉吐了吐舌头。

“那古吉，关于无心脏的案子……”

“哦，我正要说到这个，无心脏的案子从犯罪心理的专业角度来讲，现在资料还太少，作出判断未免太过草率。”古吉低着头，翻看着手中的文件夹。

大缯眯起眼，他突然觉得古吉好像有所隐瞒。

“所以，”古吉合上文件夹，“曾建明的案子，我会回去再好好研究一下。另外我可能申请调取一下之前周边地区的犯罪记录。”

“对了，”大缯突然转头看向徐婉莉，“我上次让你在过去一年的报案记录里寻找类似的案子……”

“哦哦，对，我正要和你说呢队长，昨天我发了邮件给你的啊，关于可疑的相似案件有两件强奸案，还有一起强奸未遂，那个女人被人下了迷药，醒来时被绑在床头，罪犯已经不见了，她发现自己被掐过脖子，但是检验报告证明没有受到侵犯，这点和我们的案子很有点相似呢，我已经联系到她了，她中午会过来做个笔录。”

“什么时候的案子？”白翎问。

“好像是八月十几号。”

“第一具尸体发现之前。”可可接着说，抬头，正遇上古吉赞同的眼神。

古吉点头：“很像是个预演。让他或者他们的胆子更大，然后就不仅止于强暴，还有谋杀。”

15　莫名好感

“白翎，要么我们现在就去找三组的组长，看下午他们能不能派出人手一起去排查？”薛阳问道。

“啊？现在？我饿了啊，能不能先吃午饭？”

薛阳拍了他一下：“你没听见刚才古吉说的那些话吗？第一具尸体发现的时间是 9 月 7 号，第二具尸体的发现时间是 10 月 25 号，中间罪犯的冷静期大约有 33 天，但是第三具尸体的发现时间是 11 月 14 号，抛弃时间更早几天的话，这期间的冷静期只有十几天，罪犯的冷静期越来越短，他渴望的犯罪程度会越来越高，就好像吃药会有耐药性一样，他会越来越不满足，杀人的时间间隔也会越来越短，所以如果我们不抓紧……”

“行了行了大哥我明白我明白，我都知道，但是也不差我这一顿午饭吧？不吃饭我会饿死的。”

薛阳瞪着他：“我觉得不会，不如我们试验一下。”

白翎抱着脑袋号叫：“我不要和你搭组，你个魔鬼，我要温柔的王爱国。”

“王爱国吃饭去了。”薛阳理所当然地说。

白翎：“……”

会议室里，古吉和周大缯两人各自抽着烟，一时相对无言。

“直话直说吧，古吉。”大缯弹了弹烟灰，“上面希望你来‘指导工作’到什么地步？”

古吉抽的薄荷烟有股淡淡的清凉：“周队你放心，这次来不是上面的意思，是我主动请缨，对你们办案没有任何所谓的指导工作。这样和你说吧，这次过来与其说是因为这案子，不如说……是因为浔可然。”

大缯愣住了，指尖的烟灰悄然落在地毯上。

古吉带着一种高深莫测的笑容离开了会议室，走进办公室就看到浔可然站在不远处的报刊架前一动不动，她忍不住好奇悄然凑过去，看见可可正对着今天的报纸出神，标题特大的红色字体显得很醒目。

“黑道教父正式被检方逮捕，无名律师提交罪证定案！”

可可在出神，文章里的名字对她来说都很陌生，什么教父啊，什么黑道之类的事情，从来没有在她生活中有过什么痕迹，但是她却总有一种似曾相识的感觉。

无名……律师？！

“嗨！”古吉打了声招呼，“浔法医，我听见他们都叫你可可？”

可可还有点迷茫，回身看着古吉，傻傻地点了点头。

古吉瞟了一眼让可可出神的报纸，没有做任何好奇的反应，反而依旧笑嘻嘻：“可可，晚上有空一起吃饭吗？”

办公室就有这种特点，隔开了座位却隔不开空气，而声音就是靠空气传播的，于是坐在自己座位上的白翎、薛阳都听见了这句话，瞬间八卦的同学们开始内心沸腾了。

嗷嗷嗷晚上有空一起吃饭吗？这不是我们周队的专用台词吗？！哪里杀出来的程咬金？！而且还是个女人？！难道她喜欢女人？！

“程咬金”正在继续努力诱拐可可。

大缯推门出现在了办公室，看见古吉盯着可可叽叽咕咕，皱了皱眉没说什么，反正是个女人而已。

可可被古吉问得一阵汗毛竖起的感觉，看见大缯的出现好像一颗救命稻草，指着他就说：“他去我就去。”

话一出口就知道坏了，这话简直像是幼儿园的小朋友说出来的“要是谁谁一起去，我就去。”

古吉却一点嘲笑的语气也没有，猛一回头对着大缯又露出那种高深莫测地笑，“周队，你也要一起来吗？”

一时间办公室的人都看向周大队长，大缯嘴角抽搐两下，挡不住的尴尬扑面而来，偏偏导致这种情况的又是可可，好在大缯多年和罪犯打交道的经验早就成就了一张城墙般的厚脸皮。

大掌一挥，他很豪迈地笑道："哪里的话，古吉风尘仆仆特地来协助我们办案，请客吃饭是必须的，今晚醉仙楼，全队一起，哈哈。"看到时候不轮流灌死你。

大家纷纷顺着队长大人的话点头嘻嘻哈哈起来，于是古吉计划中的两人晚餐愣是被周大队长给搞成了全队大腐败，还好古吉修养好，只是微微笑着。

可可趁没人注意就悄悄溜出了办公室，手里还握着那张报纸，边走边看着文章里的句子，她终于想起那个名字。

牧雪。

那个阳光升起的凌晨，在阴森的墓地里带着复仇火焰的女子。

哐当！

可可被撞了一下，抬头看见一个陌生的女人神情恐慌地看着自己。

"对不起对对对不起……我……我不是故意……"女人好像犯了什么大错一样惊慌。

可可摆摆手："是我自己一边看报纸一边走路，没关系你别介意，对了，你找谁？"

"我……那个，"手指搅着衣角，女人很犹豫地说，"那个，刑警队的徐小姐给我打电话，让我来做笔录，我……我找不到刑警队在哪里。"

可可想起来开会时徐婉莉说过一起很类似的案子请当事人过来做笔录的事情，恐怕就是眼前这位。

"我带你去。"可可说。

女人有点疑惑地看着她。

"我是刑警队的法医，来这边。"

"哦，哦！"女人一路匆匆跟着可可，"我，我叫王渲渲。"

可可微微点了点头，将王渲渲带到了徐婉莉那里，看着面前这个诚惶诚恐的女人，让可可不由自主会想到验尸台上无头的那些尸体。

运气，有时候命运的不同方向，复杂到无以言表，只能简单用运气来表达了。

16　前奏曲

隔着小审讯室的单面玻璃，可可看着薛阳和徐婉莉对王渲渲录证词。

王渲渲的工作是值班护士。几个月前的晚上，她一个人下班，刚走到家门口就被人用药迷晕，醒来时发觉自己被绑在自己家的床头，随即报案，当时在医生的检查报告上，有性侵犯的痕迹，还有颈部被掐勒的痕迹，以及双手被绑的伤痕，但是因为从始至终王渲渲都没有清醒的意识，根本说不清罪犯的样子，甚至连罪犯是几个人她都搞不清，线索太少，于是案子一度搁浅，成了一道悬案。

不久前大缯让徐婉莉调查近几个月来发生过的类似案件，于是这道悬案又浮现了出来。

“可可，你怎么看？”古吉不知什么时候也走进了审讯室旁的观察房，神情完全不同于之前，微微眯起眼，视线所到皆带着审视的目光。

在玻璃这头可以清晰地看到整个审讯室的情况，但从审讯室里看这面玻璃就好像一堵普通的黑墙而已。

可可摇了摇头，不知该说些什么，玻璃那边的王渲渲几次说到当时的情况就脸色惨白，可可能分辨出她的肩头在微微颤抖。

古吉将视线也转向玻璃那头："很可怜，也很幸运的人。有办法确定她和我们的案子有关吗？”

可可摇摇头，暂时没有。

比起验尸台上没有头的遗体，的确，可以说是幸运的吧。

“你觉得是一个前奏吗？”可可问。

“恩，无头女尸的前奏，在王渲渲这里他顺利达到了强暴和掐勒的目的，但是再次实行这一套的时候出现的麻烦，比如说被害人没有被迷晕，或者中途醒来，看见了他的脸，于是为了继续达到目的他选择杀人灭口。”

“你刚才说他们可能有两个人。”

古吉点点头。

可可用手指着审讯室：“这个前奏，如果真的和我们现在查的是同一伙人所做，你觉得当时就是两个人吗？”

古吉若有所思地在观察房里踱着步子：“从犯罪心理的角度来说，两人的合谋通常是以一个主导型人格和一个依附型组成，两人相类似的犯罪冲动相互交叉，加速了他们将犯罪幻想变成现实的过程。可可，你对无头女尸是最了解的，那唯一发现的人头，有没有什么决定性的证据？”

可可低眉：“至今只能看出他们对人头做了防腐处理，人头有被鼠类啃咬的痕迹，没有发现唾液以及 DNA 标本。”

古吉又从口袋里摸出薄荷烟，叼在嘴里却不点燃：“所以，人头被保留下来，就是整个犯罪过程中其实不必要的步骤，他可以将尸身清洗干净，我觉得头颅也一样，但是头颅被保留下来了，还做了防腐处理。”

可可抬头看着古吉：“他们想收藏。”

古吉点点头：“这可以算是他们的犯罪签名吧，与别的犯罪方式不同的，特别的标记。”

“古小姐，我刚才问你的是这个……”可可指了指玻璃窗后的审讯室。

“请叫我古吉，”古吉好脾气地笑着说：“我要说到了嘛，关于这个前奏，你也看到当时的检验报告里，王渲渲脖子上有被双手掐过的痕迹，说明在这个案子里，已经出现了对掐勒的需求。另外，跟踪被害人到家门口，然后趁机迷晕她，完事之后神不知鬼不觉地离开，这样的手法其实很聪明。我不确定这个前奏是否是两个人一起行动的，但是主导型人格的那个人肯定是这个案子的嫌疑人。”

可可眼神看向玻璃另一边的王渲渲，话却是对着身后的古吉说：“我们假设他叫 A，主导型人格，策划并实施了从王渲渲这个案子开始，一系列对女性的迷奸、掐勒、谋杀案。”

“对，A 主导和策划了这些，包括之后尸体的抛弃方式，还有头颅被割下来这件事，而依附型人格的 B 则是听从他的计划，实施了这一过程中 A 做不到的事情，也许是体力活，或者是杀人。”

“杀人？”

“对，因为王渲渲活着，假设王渲渲的案子只有 A 一个人所犯，那么杀掉被害人也许并不是他愿意做的事情，但是出于灭口的目的他必须实行，于是他开始需要 B。当然，”古吉顿了一顿说，“这些都是我的推论，在证据不足之前，一切都不能下定论。”

王渲渲站起了身，看来笔录已经做得差不多了。可可转身看着古吉，眼前这个犯罪心理专家刚见面时的热情，着实把她吓了一跳。但是现在看来，更像是一个睿智而理性的女老师，温和地阐述着自己的想法，听来头头是道。

“你应该把刚才那些分析说给大缯听。”可可说。

古吉又笑了：“下午我会写分析报告直接交给周队长，看来你终于放下对我的戒备了啊？”

可可微笑，不语。

“也许我该对刚才冒失的热情表示道歉，我只是看到你很高兴而已。”

“……我也很高兴认识你。”可可第一次对她露出笑容。

“我可以问问，你对无心脏那个案子的看法吗？”古吉笑容不变，眼神中却带着更多审视。

可可想了想：“从哪方面的看法？没有心脏，还是死者的身份？”

“……都可以。”

“都没什么看法，”可可直言，“死者的身份，只不过为我查出他生前发生的事做一个参考，至于没有心脏这件事，我和你的看法一样，我还没遇到过相似的手法。但我想，应该不会是个例，个别案例一般不是为情、为钱就是为仇，没道理要挖取心脏这么极端，而且如果是第一次杀人……”

“要么情绪失控，过度破坏尸体，要么精心谋划，挖取心脏是有目的的。”古吉补充了可可的话，而且发现两人在这一点上想法很相似。

“但曾建明的尸体除了没有心脏，没有其他过度伤害的痕迹，所以不是因为一时激愤被杀。”

“那就是有目的性谋杀，挖取心脏，你尸检做过了？”古吉问。

可可摇摇头。

“那等你尸检结束，有更多信息了我们再分析吧。”古吉说完，微笑着离开了观察房。

可可回头，看到玻璃对面，王渲渲在笔录书上微微颤抖着签下自己的名字。

走出门外走廊，古吉脸上重新保持回职业素养的笑容，走到了悄无人息的角落，拿出手机拨通一个快捷键。

“喂？是我，我和浔可然聊过了……她对那个案子的想法和我差不多，如果她不是无辜的，那只能说她是个非常厉害的反社会人格，很善于伪装自己，因为我看不出她对案子有任何特别的情感……”

“我知道……”古吉打量了下周围有没有人，“我会继续监控她的。”

17　比鬼魅更恐怖的

再见到一身红色长裙的巍薇其实并没有隔多久，但第二次跨入那个挂着“奠”字的门口，可可还是觉得一阵恍惚。无头女尸连环案的第一个头颅就是在这儿被发现的，虽然至今案情还在混沌中摸索，但是人头的发现像是一道界限，慢慢地将整件事情拉出水面。

书架上放着的诡异照片依旧在原处，可可流连于发黄的照片间，安静地等待着。

“浔可然。”巍薇从门帘后走了出来。

“哦，我来归还你的盒子。”可可将手中紫檀木盒放在桌上。

“你们的物证不用保留它吗？”

“该做的检验都做好了，盒子是你之后装人头时用的，基本上没有什么证据力度，再说……盒子好像很珍贵。”

巍薇一愣，继而发出咯咯咯的轻笑：“你遇见李一骥了对不对？”

可可点点头，想起李一骥那天离开之前说的那句话，没由来的让她感到浑身不舒服，忍了又忍，她才没开口问巍薇这个紫檀木盒的由来。

巍薇也不说下去，一双黑瞳好像会发光一般，紧紧地盯住可可。

“浔可然……”巍薇的声音很轻，好像在空气中飘忽起来，“你最近接触了什么陌生人？”

可可莫名地看着她。

“你身上……有一股不该有的味道。”

可可皱起了眉，她对巍薇的认识总是很奇怪，努力不去想她究竟是怎样的人，偏偏她总是会说出一些让人毛骨悚然的话来，“什么意思？”

“你也许觉得我是在装神弄鬼，但我很认真地在告诉你，你遇到不该遇到的人了。”

“啊？”可可瞪大了眼睛看着面前一身红色长裙的女人。

“你可以这样理解，每个人都会有特别的味道，不只是气味，更像是一种围绕在你周围的气场，我可以感觉得到，那个人头的制造者，那个人的气场在你身上留下了痕迹，那股残暴、血腥、扭曲的味道。”

可可瞠目结舌地愣在那里。

那个人的气场，哪个人？

“你是说……凶手？”

巍薇安静地看着她。

不知为什么，她的话让可可不由自主想到那只黑猫，那双在黑夜中闪烁着诡异神色的瞳孔，被它盯上时不由自主地感到的一阵战栗，第一次见到那只黑猫，不也是在这里吗。

“巍薇，你……养猫吗？”

巍薇摇了摇头。

可可张嘴想说又迟疑了起来，终于还是决定说出来：“有一只黑猫，我这几天总是在不同的地方遇见，每次遇到它，都会觉得很……”

“纯黑的猫？”

“尾巴上有两圈白色毛，其他地方都是黑色的，眼睛好像是绿色。”可可也不清楚是不是她的错觉，总在想起那双闪烁的猫眼时联想到一簇绿色的火焰。

巍薇的眼神变得复杂起来，转身，却开始倒茶，过了许久才慢慢道：“你知道历史上，黑猫一直是一种特别的生物吗？”

可可不明所以地摇头。

“古埃及神话里，猫是地狱之门的守护者，中国古墓中，有一种凄厉的镇墓兽叫做猫鬼，而所有的猫之中，黑猫是最为独特的。”

可可打断巍薇的话：“如果你想要说鬼故事就不必了……”

“我不是在吓唬你，”巍薇的声音突然抬高，变得严厉起来，好像面对不听教的学生，“别人说什么我不知道，但是我巍薇告诉你，纯色的黑猫，通常会带有冤死的灵魂。”

巍薇表情很严肃：“尤其你遇到的，又是这么一只古怪的猫。”

可可的师傅常丰总是在教导说，你们注意不要搞迷信，要用科学的方式看待法医工作，但是紧跟着又会以另一种完全不同的语气说，我们的科学也是正在发展中的，尚有很多事情不能用现有的知识去解释，不代表他们就没有道理，要千万注意，一要时刻对得起自己的良心；二是千万不要让自己迷失在对未知的恐惧里。

可可觉得自己现在就站在这么一个岔路口，巍薇的话像是一道鬼魅的咒语，在提醒着可可也许真的有什么不可知的东西盯上了自己；另一面自己一路走来的经验在努力告诉她，我所做的都对得起自己的良心，没有什么好害怕的。

巍薇轻轻叹了一口气，那个冒着热气的水壶又发出烧开水的声响，吱吱的声音回荡在安静的房间里，窗口的小风铃微微摇摆着。

“浔可然，你害怕鬼魂吗？”

可可不出声。

“在我看来，人心中的魔鬼，远比鬼魅更可怕。”巍薇说这话的时候瞄了眼书架上发黄的照片，然后低眉安静地喝着茶。

可可顺着她的眼光看去，那些发黄的相片里，有谁曾经做过什么，能让她这样感慨？

离开了巍薇的小木屋，她的话却依然在可可耳边飘忽，“浔可然，不要忽略你的直觉，它会救你的命。”

眼前是殡仪馆后花园的葱郁之色，恍惚间已经黄昏，虽然坐落于市中心地段，但殡仪馆永远是个安静的地方，没有人会愿意在这里静静驻留。太阳剩下最后一点点余热在树叶间跳跃，淡白色的小碎花铺满草地婆娑摇摆。可可用力拍拍脸颊，想把有些飘忽的思绪集中起来，巍薇说的这些，该怎么解释，一份灵异的直觉？或者一种好意的提醒？

大衣口袋突然呜呜呜地震动起来，手机响了。

“可可，你在哪里？”大缯的声音让浔可然有一种突然找到方向的依托感。

“华隆殡仪馆，我正要出来。”

电话那头沉默了一下：“都快天黑了你跑到殡仪馆去干什么？！晚上还要请古吉吃饭你忘了吗？待在门口不许动，十分钟我就到。”

可可很想辩论说自己到这里的时候离天黑还差远了呢，但是不知怎么地，大缯那种急切的语气，让她突然心底很暖和，原来有个人担心自己，是这样一种感觉。

“嗯，我等你。”

挂断电话，带着不同于之前的轻快步伐，她向大门口走去。

浔可然没有注意到，身后微微摇摆的草丛中，一抹漆黑的影子安静地伫立着。

18 蹲守在家门口的黑猫

晚上全队大腐败之后，大缯照旧把可可送到了公寓楼下。

“其实我可以自己坐地铁。”可可嘀嘀咕咕。

“有专车送你还不满意？！”大缯哭笑不得地说。

“专车是好，但是专车要是有警灯，感觉很奇怪的好吗，楼下大妈最近老问我，小浔啊小浔，你咋又被警车送回来了啊？是不是犯什么事儿了啊？”

大缯很不给面子地大笑：“下次你再不听话，我就穿着警服把你送到家门口去，让大叔大妈都看热闹。”

可可撇着嘴，不作回应。

“浔可然，你又在心底骂我了是不是？”大缯语带威胁，声音却很愉快。

“你讨骂。”可可嘀咕。

“你再说一次试试？”大缯把车缓缓停在公寓楼下，熄了火，把手伸向可可。

可可一边躲闪大缯的魔爪一边叫道：“你酒后驾车！我要告诉夏河源师兄去，明早就扣了你的驾照！”

“嘿呀，你反了你，我就喝了半杯不到！”大缯说着要去捏她的小脸蛋。

噼里啪啦一阵打闹，可可还是被大缯抓住了，心底很怨念地想，明早就去报名学擒拿格斗，哼哼哼。

看着可可的背影消失在暗色的小路口，大缯打开车窗，点起烟。

迷绕的烟色被风吹散，大缯安静地待在车里不动，这几天他总有一种不好的预感，可以说是一种直觉，让他觉得随时会把可可弄丢了，或者再也见不到可可了。哪里来的感觉，他自己也想不清，但是作为一个十多年的刑警，他从不放过任何直觉。往往最说不清的感觉，最有可能改变整个不利的局面，甚至让他与死神擦身而过。

就以现在的情况而论，物证方面虽然没有什么进展，另一边，白翎他们还在废品回收站附近的小区一寸一寸暗访，寻找那个脸上有白斑的男人。古吉的推测如果没有问题，那么下一次犯罪近在眼前，能不能阻止，或者只能眼睁睁等着下一具没有头的女尸，实在是个未知数。但是无论怎么说，这些都与可可本身的安危没有什么联系，究竟是什么原因，让自己的直觉感到可可有危险？总不至于是因为古吉对可可那奇怪的热情态度吧？或者是那个眼神挑衅的考古所顾问，李一骥？

大缯就着烟胡思乱想着，突然觉得车窗前什么东西一闪而过，路灯昏暗，让他突然警觉起来，他刚掐灭烟头，就看到一抹米色的身影从巷子里冲出来。

是可可！

大缯不假思索地冲下车，可可正穿过马路一边小跑，仿佛在追逐着什么。

“可可！”大缯的声音让她停了下来，转身看了看，脸色露出难得一见的急躁神情，在她犹豫究竟是继续追下去还是停下脚步的短短几秒，大缯就赶了过来。

“可可你在干什么？”大缯有点气急。

“猫，那只黑猫！”可可喘气地说，“它，它蹲在我家门口！好像在等我回去一样，我一走过去，它就跑几步，然后回头……”

大缯觉得头皮都有点发麻，这只猫究竟是什么东西，三番两次出现不算，甚至在夜里出现在可可家门口，好像专门就是在等她回来一样，这哪里是一只猫？

“大缯，它，它好像要我跟着它，刚才就一直走走停停，现在，还……你看，还在那里。”

大缯顺着可可的指向看去，两簇幽绿色的火焰在不远处的花坛下方跳跃着。可可不由自主想继续往前，大缯一把抓住她。

可可回头看看他，那种焦躁的神色是大缯从来没见过的，她微微挣动着，好像着了魔一般想去追逐那只黑猫。

“可可……可可……浔可然！”大缯铁箍一样的手腕紧紧抓住她。

可可终于回过神来，安静下来。

“浔可然，你的职业是什么？”

可可盯着面前的男人愣住了：“……法医。”

“一名法医最重要的是什么？”

在和大缯的对视中她的眼神渐渐恢复清亮，“是冷静。”她说。

“现在是晚上 23 点，”大缯看了看手表，“已经深夜了，你要去追踪这只诡异的猫？”

的确，可可环顾四周，夜里冷冷的风刮动着街边零碎的垃圾，路灯发出忽明忽暗的暗黄光线，除了她和大缯站在这里，四周连个流浪汉也没有，这样的情景下贸然追逐那只诡异的黑猫，似乎不是什么好选择。

“但是它……”

“我明白，我明白，”大缯安抚着，“我知道它很奇怪，我都明白，但是现在太晚了，如果它再出现，我陪你去追好吗，可可听话。”大缯突然觉得自已像个老妈子一样哄孩子回家，不禁暗自悲叹下，堂堂刑警队长都快成保姆了。

幽绿色火焰的黑猫，看着那个人慢慢走远，无奈地转身奔跑起来，飞奔过一条条街道，从小巷和民房间跳跃无数，终于抵达了目标处。

一声凄厉的女人惨叫刚发出就被掐断。

女人被绑在床上，再用力，也不过是让两个手腕上增加痛楚。耳边是男人低声哼着的小曲，和刺啦刺啦的磨刀声。惊恐的、满含眼泪的双眼慢慢转过来，看到男人拿着刀，笑着走了过来。

最后定格在眼球里的画面，是窗外两束绿色的火焰……慢慢、慢慢消失……

不知哪里传来了“咯咯、咯咯”的声音，仿佛哭泣，或者诡笑。

黑猫闭上了眼睛。

“给你，牛奶。”大缯把热牛奶推到可可面前的餐桌上。

一直安静地坐在位子上的可可突然笑了：“怎么在我自己家还要被你照顾？”

大缯听了嘴角抽搐两下：“你以为我愿意成保姆吗，你比白翎薛阳他们还会捅娄子，要是我刚才不在楼下，大概明天早上才会收到消息，你那样贸然去追那只黑猫会有什么结果你想过吗？”

可可心底一颤，她没有想过，完全是出于本能或者被迷惑的冲动，让她跟着那只蹲守在家门口的黑猫追了过去，现在坐在自己房间里冷静的一想，突然有些后怕，如果一直追下去，会遇到什么？

大缯拉开她旁边的位子坐下：“还有，浔可然，我刚才看到你把无头女尸的验尸照片还有记录全摊开在书桌上，你连回家都在看这些东西？！”

可可沉默了一会儿：“我总觉得我遗漏了什么证据……”

大缯盯着她：“停！打住。”

可可看了眼大缯的表情，嘟着嘴，不出声了。

大缯叹口气，想了想该怎么说：“我做警察快十年了，这十年里，见到的古怪事情比别人一辈子大概都还多。不说杀人犯，单单讲身边的同事，我见过失去理智在抓捕过程中把罪犯打死的警察，见过被小偷捅了一刀周围老百姓却围观不报警最后失血过多死在大街上的警察，见过为了破案妻子儿子被罪犯绑架威胁最后撕票的警察，不说别人就是我自个儿，都三十多的人了连个家都没有，老百姓都说穿着一身警服的都是铁汉子，但是脱下警服谁和谁都没啥区别，你去警局大院看看，有几个能最后做到退休，养花养鸟安度晚年的？真没几个，十年我都觉得漫长，长的和一辈子似的，别说真做一辈子……唉，我也不知道在说什么了，总之……”

大缯的手轻轻玩弄着桌上的小茶杯：“总之，可可，我知道你喜欢你的工作，你从那些死人身上看到冤屈，但是天再大，也不如你自己来的重要，别信报纸上那些什么劳动模范事迹，别把工作当作你的全部，你就真是铁做的，也经不起每天晚上梦里都是血淋淋的照片。”

大缯说完像是叹了一口气，可可的睫毛微微抖动了两下：“当你一直注视着深渊，深渊也正注视着你。”

“什么？”

“尼采的《超善恶》里的话，意思是当你将精力一直用在追逐着魔鬼的同时，也要知道魔鬼也正看着你。”可可抬头对上大缯的眼睛，又恢复了往日的清明。

“什么文绉绉的东西，反正！以后不许把这些工作资料带回家研究，再让我发现就扣你奖金！”大缯站起来伸了个懒腰，“好了我回去了，你快去睡觉，明早要来接你吗？”

可可看着眼前这个男人，外套的袖管上被磨了个洞，裤脚管上有淡淡的泥痕，明早还要继续城乡区的搜索工作，还要和局长汇报案情进展，和几大媒体的内部通报会下午要举行，这么多事情排在议程上，他居然还记得问这句。

可可没有谈过恋爱，没想过这辈子会有谁无条件对谁好。在那个冰冷的验尸房里，她见过太多人的结局。有时候门外坐着哭到快晕过去的爱人；有时候有些人，无人在意。感情好像是另一个世界的事情，居然真的有一天，自己会遇见。

“大缯……”

“嗯？”大缯利落地扎好鞋带头也不抬地问。

“等……这个案子结束了，我有话要对你说。”可可说这话的时候眼神却看着别处。

大缯停下动作，看看脸色微红的她，不由地笑了。

“好，我等着。”他说。

他们都没有想到，冲击近在眼前。

19 清晨的讽刺

清晨的阳光洒落在碎石的小路上，杨老太一如既往地走在满是松树的小道上，这条道儿弯过去就是公园，每天早上天还微微亮她就起床去买早餐，回到家把早饭放下时，女儿和女婿才刚起床。完成了准备早饭的光荣使命之后，杨老太才慢悠悠地回到菜场的那条小路，多走几步，拐个弯，到公园里和街坊们一起打拳跳个舞什么的。日子没起没伏，但是她乐得其中，算着日子女儿成家也有个年头了，啥时候能多添个胖娃娃呢，杨老太一边想一边独自乐呵。

那块防水布就挡在小道弯口上，往前几步就是公园的侧门，这么大一块蓝色防水布摊在那里，实在是挡路啊，杨老太想。

走近点看，发现防水布是拱起的，好像下面盖着什么东西似的。

不会是什么装着大笔现金的口袋吧？电视剧里不是经常有这种情节吗，虽然那是电视剧而已。杨老太还是左右张望了一下，兴许是谁恶作剧？回头看看，往前张张，四周都没什么人，杨老太有点犹豫，万一打开这布头里面要是钱该咋办呢，要不要叫人一起来瞧瞧？

就在她犹豫的当口，小道里一阵风刮过，带起了蓝色防水布的一角，露出白花花的东西，杨老太没戴老花眼镜，脑袋凑过去一瞧，顿时觉得头皮炸开了一样。

那是一只人脚，趾甲片微微发出紫色。

微风吹拂的公园侧门，响起一阵阵尖锐的喊叫声……

可可开门看到大缯的表情时就有一种不祥的预感，大缯抬眼看着她，手机还没从耳边放下，默默地听着电话那头汇报。

过了一会儿，他关上手机，两人默默地对视着，眼神交会中传递出无奈的信号。

可可闭上眼睛深吸一口气："给我三分钟，换衣服，拿工具箱。"说完就转身进了房间，留下大缯一个人在客厅。

上班高峰的车流一波又一波地堵住前行道路，大缯和可可坐在车厢里几十分钟都没说一句话。可可感到没由来的烦躁，昨晚梦中她在雾蒙蒙的黑夜里追逐一抹黑色的身影，每当她伸手即将碰触到黑色的影子时，一阵雾气迷蒙，她发现双手空空如也，结果什么也没碰到。

"可可……"大缯的声音有点沙哑。

"我知道我知道！你想说什么我尽力了我们都不能阻止什么巴拉巴拉巴拉，我都知道……"

大缯转过头深深地看了她一眼："……我只是想说豆浆包子在后座上，刚才忘记叫你吃掉了。"

可可一窘，转身忿忿地掏出包子开始啃。

"我知道你很烦躁。"大缯说。

废话，一具又一具无头的尸体，明明留下了尸体却什么线索都找不到，谁不烦躁？

"我不管你有些什么小情绪，在抓到那个浑蛋之前给老子统统收起来！"印象中，大缯是第一次用这么严厉的口气对她说话。可可愣住了，一口包子噎在喉咙里不上不下。

大缯踩下油门，打开警笛，车胎在地面上发出嘎吱的声音，嚣张地窜上无人的人行道，蛮横的警笛声伴着周围人瞠目结舌的目光，注视着它从人行道上扬长而去。

阳光洒落在叶尖点下移动的光影，可可戴上手套，掀开地上的蓝色防水布，冰冷的尸体好像是对这个阳光温暖清晨的一个讽刺。无头的尸体僵硬地横在地上，身无寸缕，可可习惯性地从颈部被切开的伤口一直往下观察。

“女，20岁左右，尸体表面没有明显伤痕……”突然可可回头，“白翎，你打电话通知晓哲没有？”

白翎一副恍然大悟的样子，摸出手机开始打电话。

“叫他直接在法医科等我们……大缯！你们来看。”可可跪在尸体边对他们叫道，她戴着消毒手套的左手正从惨白的尸体下缓缓拽出一个红色的小本子。

“什么东西？”大家都很诧异，至今为止凶手都没有在抛弃的尸体上留下任何东西，现在这本压在尸身下的本子又是什么？

“……是……学生证。”可可翻开小本子，大伙的脑袋都凑了过来，眼前的封面上赫然标注着轻工技术学院的字样，打开第一页就能看见一张年轻的笑颜，左栏写着姓名、年龄和学院。

“这不会是这具无头女尸的……”白翎一语道出了大家共同的想法。

大缯将学生证翻开着轻轻放进透明的物证袋：“白翎，你去查这个学生，看看是不是符合这具尸体的外貌。”

古吉在一旁插了一句：“别太肯定，如果幸运的话，这也有可能是凶手的下一个目标。”

“犯罪预告？”白翎歪着脑袋问。

古吉点点头，大缯转过来看着他：“古吉，什么叫‘如果幸运的话？’”

古吉眉头皱了起来：“如果这张学生证不是眼前的这具尸体的，我觉得还幸运一些；如果是，那么把学生证压在尸体下面让我们发现这个动作是一个很危险的信号。第一，凶手之前从来没有这样做过，说明他的犯罪程度在恶化，变得更加嚣张和为所欲为，可以说是对警方的一种挑衅，‘看！你们都不能把我怎样！’第二，他没有留下其他耀武扬威的战利品而是用学生证，就是直接在告诉我们死者的身份，很可能是对公众没有知晓他所做的不满。”

“媒体是没有怎么报道，”可可站起身来看了一眼大缯，“但是这和他杀人有什么关系？”

“站在凶手的角度考虑，他的思维和你我是不一样的，他需要媒体报道，需要看到大众的反应，夸张的报道、公众的恐惧会让他产生满足感，让他觉得自己做了很了不起的事情。”古吉转向大缯，“昨天我也和局长说过，我还是建议适当地让媒体报道这件事，新闻报道会让他感到回味无穷，可以延缓他下一次杀人的冲动，给我们在下一具尸体之前争取多一点时间。”

大缯锁眉思考了一会儿，点了点头：“我去安排。”

直到大缯走远，古吉才站在可可身边问：“怎么，心情很糟？”

可可白了她一眼，不语。

“对这个，很愤怒？”心理医生不放弃地追问。

“没有。”可可换了个角度查看尸体周围地面。

“看到这样的现场，会愤怒也是很正常的，就像……”

“不甘心。”

古吉被可可蹦出的词给愣了下。

“啊，超不甘心的！”可可站起身，狠狠吐口气。

“……不甘心就对了，”古吉看着远处围观的人群，“记住这种觉得自己没用的心情，它会时刻提醒你，不准放弃。”

浔可然翻过来又看了眼学生证：“才不会……放弃。”

20 信念

正当几个人站在一起考虑接下来的事情安排时，不远处却传来了女人尖锐的吵声。

“什么叫我们应该配合，我们凭什么配合！警察了不起吗？！”女人愤愤地吼道，站在她身边的王爱国手忙脚乱地好像在解释什么，但是女人怒目横视，根本没有理解的样子。

“怎么回事？”大缯注意到拦截黄线外，媒体记者已经赶到，如果在这时候出什么岔子被报道出去，会给侦破工作带来更大的压力。

女人上下打量了一下大缯，看起来像是个管事的，不等王爱国回答就先急了：“我妈她年纪大了，什么叫应该配合你们警察工作去录口供？她有心血管病，没被……这什么什么，”说着她厌恶地看了一眼不远处的蓝色防水布，“没被这不干净的东西给吓出个什么病来已经算是运气了，要是有什么不舒服，看我怎么投诉你们！”

王爱国对大缯投去无奈的一眼：“杨老太太的女儿，就是那边坐着的第一目击者。在这里人多嘈杂，我们想请杨老太太去局里做下笔录。她……”

这边王爱国还在说着，杨小姐却已经转身走回老太太身边：“妈，我们走。”

老太太摆摆手，脸色惨白但还是指指警察的方向，意思总归要说清楚情况吧。

“和他们有什么好说的，您血压高血脂高您又不是不知道，我现在就带您去检查检查身体，别吓出什么好歹来。”

大缯三步并作两步走了过来："杨小姐，我知道老太太身体不好，但是配合调查是公民的义务。"

"义务你个头！"杨小姐一横，"这种杀人啊、调查啊之类的事情本来就是你们警察的工作，我家老太太都七十多了，难道还指望她来抓坏人？她都多大年纪的人了，看到这种东西不算，你们还想她'好好回忆一下'啊？做梦去吧，我们家老太太知道啥都已经说了，别的啥也不知道，妈走，我们拦车去医院量量血压。"

"可是……"王爱国不死心地追着。

"可是什么可是！我告诉你们，你们警察窝囊没用，抓不住犯人呐！还真别指望别人什么！"杨小姐一边扶起老太太一边回头指着王爱国说。

"你这人怎么说话的！"薛阳忍不住念了一句。

看到气氛不对，一边脸色本来就不好的杨老太太脸上更无血色，一个劲地拉着女儿，想阻止她说话。

"我说错了吗！我说错了吗！你们警察要不是窝囊废，能让尸体就这样扔在公园口上吓唬老人？发现了尸体不是去抓犯人而是在这儿和我们老百姓折腾？！"母亲拉扯的动作并不能阻拦她越来越激动的吼叫声。

"杨小姐，我们警察的工作是要抓住犯人，但是如果没有你们配合……"

"我们凭什么配合你们？凭什么凭什么？你们是警察，你们有枪有子弹，我们有什么？万一这杀人犯知道我妈妈说了什么他的坏话来找我们，我们有什么？我们有什么啊？！"杨小姐转身又去拉母亲想离开。

薛阳觉得自己血压都升高了，看看大缯一直不说话，他也只能强忍着怒火："杨小姐我理解你们的担忧，但是这是谋杀调查，如果有必要，我们可以强制老太太去做笔录，你考虑清楚。"

杨老太太刚想说话，女儿早就跳了起来："你们还威胁我不成？！你们警察了不起是不是？抓不到犯人就抓我们平头百姓是不是？！"

"我不是那个意思……"

"你们还有没有王法？！"杨小姐的声音越叫越响，但是周围被警察悄悄围住却一时半会也离不开。

大缯瞟了眼身后，虽然被拦在警戒线外，但是记者早已将镜头对准了这边，这也是他没有出声骂回去的原因之一。但他也不打算放第一目击证人就这样离开。

就在脑子飞转怎样平息这件事情的时候，身后的可可突然往前走了两步，站在杨老太太面前不远处。

“对不起。”可可说。

所有人都愣住了。

杨小姐骂人的嘴型还张在那里，吃惊地看着面前这个穿着白大褂的警察。

王爱国和薛阳显然没想到法医会来上这么一句。

一时间嘈杂的吵闹声猛然寂静了下来。

大缯看向可可，她的嘴角抿紧，面无表情，但是眼神中散发出一种大缯从未见过的光芒，尖锐而强烈，那是愤怒夹杂着不甘的神色，也是这种情绪让她开口就对目击者脱口而出的道歉。

“对不起，让老太太你看到这种悲惨的事情。”

“对不起，我们没有再早一点抓住他。”

杨老太太还抓在女儿的衣角的手，缓缓地放下了。还在大家都不知道该怎么反应的时候，她慢慢地说，“没有啥好对不起的，唉……作孽啊，那啥笔录，录就录吧。”

“妈！！”杨小姐显然不满意母亲的决定。

老太太摆摆手阻止她说下去：“我七十六岁了，看到的事情太多了，这点惊吓算不上什么，那个娃……躺着的那个，多大啊？”她说着抬头看着可可。

可可脸上有一丝动容：“二十左右。”

“唉……真是作孽，录吧录吧，我看到啥都会告诉你们……你们能抓住杀人犯吗？”老太太说着又抬起头来看着可可。

可可微微皱起了眉，想到古吉刚才说的话和不远处正躺在地上的“人”，点了点头。

大缯一个跨步走了过来：“杨小姐，笔录不会要很多时间，笔录完了之后我会派人送老太太到公安局旁边的军医院做全身检查，费用全部我们来，你看这样行吗？我们也很抱歉让老太太受到这样的惊吓，我保证一定尽全力抓住这个犯人。”

杨小姐看看母亲的脸色，知道这个温和的老太太认定了一件事情，谁说都没用，只有深深叹一口气，点了点头。

“可可，你不跟我们一起？”大缯追着可可的步伐问。

可可摇头，然后指着蓝色运尸车：“我跟着运尸车走，还要去一次医学院，今天之内我会安排全面解剖验尸。”

大缯看着可可的脸色，总觉得她和之前不一样，仿佛被激起了一种力量，整个人变得不一样起来。

“大缯，”可可一脚踩上了运尸车又回头，“你说的对，没抓到他们之前，我什么情绪都不需要！”

21　狠绝的心

法医科的门吱呀地被推开，古吉虽然身穿高跟鞋，却能踩着悄无声息的脚步走进这间阴冷的实验室。传说中法医实验室总是带有阴森恐怖的印象，但此时她却只感到一种和猜想中不太一样的气息。干净的桌面大多铺上洁白的布，各种仪器被擦拭得锃亮。墙上两扇简单的小窗微微开启，条纹的窗帘随着微风摇摆着。左边放着电脑的桌面上零散摆着五颜六色的咖啡杯，其中一只彩虹色的咖啡杯正缓缓地冒出热气，可可奶茶的香味随着微风在空气中弥漫开来。

古吉眯起眼睛，她早就听说过这个名叫浔可然的女法医总和常规思路不太一样，能将这样一个解析死亡的地方充斥温暖的气息，还真是个奇怪的家伙。古吉站在可可香味的微风中暗自感叹着，突然觉得背后一冷。

一把尖锐的解剖刀压在她后脊梁上，让她不由地寒毛竖起。

“可……可可吗？……是我，古吉。”

背后冰冷的刀片压迫着神经，古吉的大脑却迅速传递出冷静的信号，正当她打算猛然转身的时候，身后传来了可可沙哑的声音：“古小姐，不请自来不是好习惯。”

“叫我名字就好，”古吉缓缓转过身，看到可可脸色疲倦地站在她面前，手里正把玩着一把小巧的解剖刀。

“你没好好休息吗？怎么眼里都是红血丝？”古吉微微皱着眉问道。

可可并不回应，转身走到电脑桌前坐下，不知是身上哪根骨头发出微微的咔嚓声。

“医学院的老师请我去代两节课，昨晚才把上课内容准备好。”说着可可拿起桌上的咖啡杯，这时古吉才发现，原来是可可奶茶的饮料里散发出咖啡的味道。

正当她想阻止可可继续喝咖啡时，法医科的门又被打开了，苏晓哲急切的声音比人早一步出现：“浔姐！！”

苏晓哲打开门第一眼就看见了古吉，他愣愣地站在门口，一时间猛然噤声了。

“苏晓哲，我是古吉，上次开会我们见过，记得吗？”

“哦……呃……嗯，记得。”苏晓哲言辞闪烁，偷偷抬眼看了看可可，后者熬了一整晚正有点迷蒙，神思恍惚地盯着墙上飘荡的窗帘，好像那里突然长出一朵花来似的。

古吉并不是靠体力活生存的人，简单地说她生存的技术就是观察人心的反应，苏晓哲视线闪烁，嘴巴微启欲言又止的样子充分勾起了她身为警校心理辅导员的职业习惯。

“怎样，能下班了吗？我请你们俩吃饭。”

苏晓哲的视线终于投向了古吉：“啊？”

可可依旧眼神迷蒙地看着窗帘，打了一个大大的哈欠。

“辣的不要，香菜不要，大蒜不要，韭菜不要，其他的……其他的暂时没想到。”可可说。

古吉捧着菜单神色有点古怪：“可可，你不能这么挑食，女孩子要……”

可可挑着眉看她：“人生苦短，为什么不能吃自己喜欢的东西？”

古吉哭笑不得地吩咐服务员取消这个菜和那个菜。

可可微微转过脑袋又看向沉默的晓哲：“嘿！说你呢，人生苦短，有什么话现在不说，过时不候。”

苏晓哲脸色扭曲地看看她，又看看古吉：“浔姐……我爸他发现了。”

“什么？”

“发现我……在学法医。”

可可说：“我没听清，请你再说一次。”

苏晓哲看起来想要哭一般："浔姐我错了，我没有告诉家里，来你这里实习之前那个家长签字是我冒充的。"

可可转身挥手叫服务员："来人，给我一杯硫酸。"

服务员瞠目结舌地愣在那里，古吉挥挥手示意是在玩笑。

"苏晓哲，好，够胆，我佩服……我真想这么说，唉……"可可叹着气，趴在桌上。

"浔姐浔姐你别介啊，你都这样唉声叹气我还怎么指望你……"晓哲一脸急切的样子。

可可猛地又起来："指望我什么？！你指望我去告诉你父母，啊呀真抱歉我收了这个徒弟他生就是我法医科的人死就是我法医科的鬼了？！"

"不……不是，那个，我……"晓哲尴尬地挣扎了一下，低头不出声了。

一时间可可也不说话。

古吉放下杯子开始打圆场："晓哲，你是因为什么才学法医的？"

晓哲可怜兮兮地瞄了一眼可可："就是……感兴趣……"

可可冷冷地哼了一声。

古吉保持着一贯的微笑继续打圆场："苏晓哲，如果家里人反对声太大，不如重新考虑自己的理想，人生有各种各样的选择，每一种都会很精彩。"

晓哲嘀咕了两句。

可可没有听清也没有说话，古吉却听见了故意装没听见："你说什么？大声说出来的勇气也没有吗？"

"我说，我就是想学法医！！"苏晓哲大声地吼出了这句话，终于让可可转眼正视着他。

她注视着眼前这个年轻的生命，横眉的英气勃发，眼神里终于透出坚定，不由地微微笑了："既然如此，就不用害怕啊。"

好像想到了什么，刚才还用力吼的晓哲一下子就委顿了下去："可是老妈说再敢学法医就上吊给我看……"

"那你就老老实实看着呗。"可可嚼着珍宝珠说。

古吉喝到一半的啤酒差点喷出来。

"等等，咳咳……可可，你当初学法医，你父母直接同意了吗？"古吉终于从那一口啤酒中解脱回来问道。

可可一脸狡猾的笑意："古小姐，我以为你已经对我做过全方位的调查了呢。"

古吉职业化好脾气地笑着，"不敢不敢……"

晓哲也很好奇地凑过来："真的浔姐？你家长同意啊？"

可可手里玩弄着珍宝珠的糖纸，嘴里含糊不清地问古吉："你知道我爸爸吗？"

古吉轻笑着点头，继而转头向好奇的晓哲解释："可可的父亲是军队里有点级别的将领。"

"哦……"

"老爸他啊，军阀统治哦……呵呵，我常和他这样开玩笑，大多数时候他就和大多数的父亲一样随和，大多数时候我也像大多数女儿一样听话，但是在一些立场啊决断的时候，老爸比谁都蛮不讲理，是他定下的事情就一定要做到，没有任何商量的余地，就算他怎样宠他的女儿，也没的商量。"可可把啃得只剩下棍子的珍宝珠拿在手里把玩着，"我有一个姐姐……她的理想是当医生，但是从很小的时候父亲就指望我们两个女儿都继承他的事业继续当兵，姐姐没有听话，18岁那年趁着父亲去外地办公事的差，她决定离开家去北方自学成才，就是那个时候……"

古吉的眼睛紧紧盯住可可的脸。

可可深吸一口气："就是那个时候出了车祸，离开了……等老爸得到消息回到家的时候，一切都晚了。"

晓哲筷子定格在半空中，瞠目结舌地听着。

"几年后，我下定决心学法医时，老爸那眼神好像……有人要抢走他的幼仔的鹰一样，犀利而血红地瞪住我。他不顾我妈的阻拦，把我锁在房间里，除了一日三餐不许我和任何朋友接触，每天指派不同的亲戚来游说我改变志向，我后来才知道，这期间他还派人去威胁我师傅常丰，放言说谁敢收我这个徒弟，就让他血溅当场。"可可说着自己却微微笑起来。

古吉神色变深沉起来，她看得出可可的微笑里那种复杂的味道。

"那浔姐你……怎么……？"晓哲终于想起放下了筷子。

可可抬眼直视着苏晓哲："因为我问他，'想再尝一次失去女儿的滋味吗？'他即刻就崩溃了，很残忍吧？那时他咬牙切齿却一脸受伤的表情我永远都不会忘记，呵呵……苏晓哲，你见过地狱吗？姐姐鲜红的血流到我脚边的时候，我见过……如果今天你不能自己下定决心排除一切阻碍走这条路，明天你还是会犹豫会不知所措。"

晓哲微微张启的嘴抖动着，却说不出话来。

"没有比死亡更狠绝的心，就不要走这条路。我不想看见亲手教出来的学生，迷失在法医这个职业的某个岔口。"可可说完，拿起苏晓哲面前的酒杯，一饮而尽。

22　大缯脸青青

从基本上来说，可可是个出生在良好家庭教育环境中的好女孩，拥有大多数普通女孩的特点之一就是滴酒不沾，滴酒不沾的后果通常就是发狠喝了酒之后会发生什么奇妙的变化不可预料。

世事无绝对，一切皆有可能。

苏晓哲从可可现在抱着古吉的胳膊撒娇的场景中充分体会到了这句话的恐怖性。

他淡定地起身，去了洗手间。

这边喝了两杯啤酒的可可正抱着古吉的胳膊不放：“古吉，你长了两个耳朵。”

古吉嘴角不经意地抽搐两下：“我本来就有两个耳朵。”

“我是说，你左边有两个耳朵。”

……古吉大脑里不断闪现出“淡定”这两字。当时她对这个胆大妄为的女法医感兴趣的时候，可没想过会有今天这一刻。

“古吉！你知道布丁味珍宝珠为什么特别好吃吗？”可可终于直起身子，可双手还环绕在古吉的臂膀上。

“为什么？”

“因为它是布丁味的呀！”可可一脸认真地说。

“可可，你不会喝酒吗？”古吉脸上慢慢浮现出温柔的笑容。

“谁说的！我喝过。”

“喝过什么酒？”古吉任由她抱着自己的臂膀一阵穷磨蹭。

“蛇胆酒，白酒泡的哟！”

“哦，真厉害，然后呢？”古吉继续诡异的微笑。

“然后？没有然后啦。”

“没有然后了？”

“然后么，就醒来天亮啦。”可可咯咯咯地笑，脸蛋红扑扑的好像孩子一样。

古吉盯着傻笑的可可看了一会儿，脑子里转了两圈：“可可，你觉得曾建明该死吗？”

“咯咯……咕噜噜，建明，谁？”

“曾建明，心脏被挖走的那具尸体。”

“哦，尸体啊，尸体我喜欢……”可可一会把脑袋枕在古吉的胳膊上蹭，一会又趴在餐桌上数一条鱼有几根骨头。

“……那心脏呢？你喜欢心脏吗？”

“我，喜欢，给心脏称分量！重的、轻的、好多……血管……嗝儿。”

“如果你收集心脏，你会把它们放在哪儿？”

“心……脏？放在福尔马林里啊……然后撒上椒盐、放在火锅里煮煮……”

古吉侧过头盯着面前的人，似乎在分辨她说的话是不是真的，“福尔马林，你都放在哪儿？”

“福……”可可扔下手里玩弄的鱼骨头，抱住古吉的脖子：“我告诉你、你不能告诉别人哦……福尔马林啊，可以做很多用处，腌人头、腌萝卜、腌心脏……”

古吉的眼睛眯了起来，到底有几分真几分假。

“可可！！”

古吉和可可扭过头去，大缯像一尊雕像一样站在餐椅后面。

古吉很清楚地看到大缯的脸色很难看……嗯，原来真的有脸色铁青这种事情。

大缯一把将可可从古吉身上扒下来，闻到她身上的啤酒味，铁青的神色居然变得缓和一点，他一手搂住站没站相的可可，一边貌似平静地和古吉打招呼：“古吉，可可不会喝酒，我送她回去，你们继续吃你们的饭。”

古吉愣在那里。走了几步，大缯突然又转过脑袋来对她说：“对了，谢谢你。”

“啊？”

“谢谢你陪我的宠物玩。”说完他一脸咬牙切齿地坏笑着把可可打横抱起来走了出去。

古吉回过神来时发现苏晓哲的书包随着主人“上洗手间”一同不见了，无奈地笑笑，学法医的都是人精吗？呵呵。

抬头就看到旁边几桌奇怪的眼神，糟了……不会一不小心真被人误会成女同志了吧！

古吉迅速付钱溜人，不行不行，一定是单身太久了，得赶快找个男朋友。

窗外阳光洒进房间的时候，可可睁开眼看见自己房间的天花板，耳边传来的却不是自己的呼吸声，她猛然惊醒，转头一看，大缯面无表情地躺在身旁侧身看着自己。

“你你你……”可可结巴的口气突然停住，飞速地瞄了一眼自己身上。还好，穿着衣服。

虽然接下来就冒起一阵怒气，不过大缯射向她那种锐利地要把人撕碎的眼神，让她明显底气不足。

“你……怎么会在……”

“浔可然，你怎么不想想你昨晚都做了什么？”

“我？我……我……做了什么？”可可还是有点稀里糊涂。

大缯脸上浮现出一丝诡笑：“浔法医，你要对人家负责哦。”

可可半张着嘴愣在那里，这种恶心巴拉的话从大缯嘴里说出来，又是这种微妙的场合，让天性狡猾的可可也瞬间石化。

大缯看着眼前绯红着脸，僵硬着不知说什么好的小人儿，心中压下去的火气腾地又蹿了上来，他一咬牙，扑上去把可可压在身下。

“浔可然，不会喝酒就不要碰酒，下次再让我发现你给我丢人现眼，哼哼……”大缯居高临下地看着她，“我保证你醒来的时候会发现衣服不在你身上。”

一阵寂静，可可终于反应了过来，恨恨地把不设防的大缯踹了下去：“流氓！”

大缯哼哼两声以示威胁，然后爬起来拍拍衣服上的灰，出门去买早饭。

23　模拟试验

“你那是什么表情？”大缯疑惑地看着薛阳，后者尴尬地说：“那个，浔法医现在大概没空来开会。”

“那我回头找她，先叫小白，古吉他们一起来碰头。”大缯低头又看起手中的初步验尸报告。

“白翎也……”看到一向直爽的薛阳吞吞吐吐的样子，大缯抄起电话开始拨可可的手机。

您好，您拨打的用户已关机。

关机？！这个小丫头，做警察第一规矩就是随时开机候命，她吃了豹子胆了吗。

“人在哪？”大缯犀利的视线射向薛阳。

“法医科。”这次倒回答很爽气。

看到队长腾腾腾地走了出去，薛阳暗自呼一口气，刚才躲起来的徐婉莉也不知从哪儿冒了出来：“嘿，他们去干什么了呀，你吓成这样？”

薛阳无力地笑笑：“总之，不是什么结伴春游之类的好事。”

冲到法医科门口的大缯张望了一下办公室，没人，转身又走向验尸房，发觉门从里面锁上了！

“可可！”大缯敲了敲门，里面丝毫没有声音。

“我知道你在里面，给我开门！”大缯习惯性地吼。

随着门吱呀打开，大缯却意外看见古吉的脸出现在门口。“先进来吧。”

古吉说。

带着疑惑的大缯走进验尸房，但眼前恐怖的场景让他觉得瞬间血液都停止流动。

原本就冷清的验尸房现在却显得人头不少，但却和无人一样寂静。重点在于，房间正中央放着两具头被切下的尸体，其中一具他大致能认出来是昨天早上在公园里发现的无头女尸，另一具尸体旁却有一个被切下来的头颅！

“可可在做实验，”古吉看大缯脸色很恐怖于是解释道：“用不同的锯子做实验，来确认凶手用的是哪种类型的……”

可惜大缯完全没有冷静地听她说话：“可可！哪来的尸体？”

在验尸台上戴着口罩和防护镜的可可像是完全没听见他的声音似的没反应。

白翎不知什么时候从房间另一边凑了过来，压低了声音对大缯汇报：“监狱那里提供的实验体，晓哲说完全走的司法流程，老大你不用担心法律上的事情……”

“我担心个屁！浔可然，我在问你话，谁允许你这样乱来？”大缯向前走了两步继续吼道，没料想可可根本不对他理睬，反而突然打开手中的开关，小型电锯猛地发出嗡嗡的电流声。

可可一脸漠然地将电锯压低，压低，一直压到女尸已经被切开的脖子处。电锯飞速的齿轮下，早已失去生命的肉体被切开，暗红色沉淀的血液依旧飞溅。大缯忍不住后退了两步，惊讶地看着可可熟练的动作，从她的动作上丝毫看不出她正在用电锯切开一具尸体的脖子，反而像是在切一块木头一样平静。

直到女尸脖子处被完全切下一个横截面，可可才关掉电锯开关，示意古吉帮忙拔去电源线，然后转身端起放在一边的高倍数码相机，对准横截面拍下两张照片，接着拿出量尺，对横截面上的伤痕小心翼翼地衡量起来。

“晓哲。”

“在！”苏晓哲在一旁手捧记录表站立得笔直，好似随时准备冲锋陷阵的战士。

“切口呈 15 度锐角，沿着长轴方向牵引性移动为……一点三毫米，刚才大型电锯多少？”可可头也不抬地问。

“刚才大型电锯约3毫米，和死者颈部的痕迹比起来，这款小型家用电锯接近很多。”

可可直起身子，在一旁的水池中将手洗干净，拿起两张创口边缘的照片举在手中对比起来。

“浔可然。”大缯低沉的声音中带着不安和愤怒，“你太乱来了。”

“队长……”小白扯了一下他的衣服。

“干什么！”大缯回头吼了他一下，小白缩了回去，其实他也觉得浔姐太乱来，虽说是为了鉴定凶手所用切开脖子的凶器是什么，但亲手用不同的电锯切开一具女尸的脖子这种事情……如果不是为了狠狠锻炼一下自己的胆量，他早就出于本能逃得远远的了。

古吉借着大缯的怒气也开口说：“其实我也不太赞成这实验，太过于血腥，不过周队长你不能否认，可可的心理素质很好，你应该相信她身为专业人士的能力，这个实验不会白做。”

大缯很想骂人，去他的实验，他才不在乎能不能最终得到实验结果，他在乎的是可可的承受能力，模仿凶手将尸体头颅切下这种事情何止是血腥？！简直是变态，如果连做这种事情都可以面无表情，那可可的心，究竟算正常还是不正常？当他刚想开骂的时候，一直保持沉默的可可居然开口说话。

“闭嘴，否则，出去。”

可可的目光依旧盯在面前的创口放大照片上，话却是对身后的大缯所说。她语气中不可一世的凛然让大缯愣住了。他见识过可可各种样子，冷冷的、天真的、或是颤抖却压低声音哭泣的、甚至是昨晚喝了点酒后撒娇的表情，但从未见过现在这样的可可。对，就像是那天早晨看到这具无头女尸时一样的感觉，散发出一股锐利气势的法医，让他徒然冷静下来，他决定先观察着，只要不是太过分……

苏晓哲向刑警队长投去同情的一眼，用他这个实习生的习惯说法就是，可可正处于小宇宙爆发状态，脱口而出的都是一个一个简洁的单词，但每个词都像命令一样狠烈，他老老实实地站在可可身边，努力应付着每一个蹦出来的命令。

“木锯。”又是一个单词。

但这回苏晓哲忍不住了：“浔姐，还要做木锯实验？我觉得小型电锯已经很接近尸体上的创口了。”其实是他对用木锯“咯吱咯吱”缓慢地切开一具女尸已经分成好几部分的脖子感到一丝恐惧，想象一下那种情景，那比电锯可恐怖多了。

小白也趁着大缯在身旁壮着胆附和：“是啊是啊……”

可可冷冷的眼神瞟过来，他不由自主又缩回大缯身后。

“任何，可能，不放过。”可可依旧一个一个词往外蹦，手里的工作却一刻不停，“害怕，出去。”

苏晓哲皱了皱眉，打算递给她准备好的木锯捏在手中却不松开：“浔姐，我不是害怕，你应该看得到，这类创口边缘皮肤向外翻卷，切口说不上平整但是比起菜刀砍伤创口要整齐很多，我在教材上看到过，这说明它是被很快速的切开，木锯那种东西来回拉扯，会形成多段型的创口，没法锯得这么整齐。”

可可放下手看了看两边的尸体，一时间没有动弹，好像在思考晓哲说的话。

大缯终于逮着机会喊了停：“行了，你们都先出去，可可，你过来，我有事和你说。”

可可和大缯对瞪着，仿佛一场无声的对抗，在寂静无声的验尸房蔓延开来。许久，她才放下手中锯子，摘下手套，临出门前还叮嘱晓哲一句：“做好记录，保存好尸体。”

大缯的脚步在走廊上带着焦躁的哒哒声，一直走开十几米，才猛然停下，回身。

“你怎么回事？”

浔可然冷冷摘下口罩：“什么怎么回事？”

“你知道刚才你像什么人吗？”

“说说看。”

“杀手，你冷得像个变态一样割开尸体的脖子。”

“周队长，不要让我提醒你，肢解尸体的活，我经常做。”

“但不是刚才那样！”

“那要怎样？面带哀伤一步一颤鬼哭狼嚎、解剖尸体？”

周大缯目视着面前的人，想了想：“我知道你现在什么感觉，找不到目标，没有线索，觉得自己没用透了。”

可可没有应声。

“如果还没抓到人，就被挫折感给逼疯了，才是最……”

“说完了吗？”可可打断大缯的话，“不同的凶器就算做同一件事，也会产生完全不同的效果，木锯会让体力再好的人也筋疲力尽，锯痕越来越短，钢锯力道大，但不同刀片的钢锯会在骨头上留下不同的颜色，根据颜色可以辨认出大多数钢锯的品牌，不同型号的电锯留下的切痕大不相同，等下我拿去微物分析，就算不能和案子尸体上的情况对应起来，也会做成报告资料保留下来，给全国不同地区的法医系统做技术参考。”

看到大缯的表情变得有些难堪，可可才停下：“你说的没错，我是很有挫折感，但是还没到被挫折感逼疯的地步。”

周大缯摸摸鼻子，看了看窗外，一时不知道该说些什么，忍不住手往口袋里摸去。

“法医科禁烟。”可可显然不打算就这样让对方好过。

大缯皱着鼻子，无奈地看看手里的打火机。

可可转过头，在大缯看不到的角度，露出一丝不经意的笑容。

“对了，”终于找到话题，“你上次找那个李一骥做的人像复原怎样了？”

“你想问人像复原，”转回头时，依旧保持着冷冷的语气，“还是想问李一骥怎样？”

大缯一滞，眼神狠厉起来，你还没完了你。

可可抬眉瞪了回去，怎样？有意见？

两人正咔嚓咔嚓飞着眼刀子，苏晓哲的脑袋从验尸房门口探了出来：“物证科的王老师找你。”

24　指纹

“浔姐，”苏晓哲转身看向她，“物证科的王老师找你。”

可可接着电话嗯了几声然后挂断。

“老王有事？”大缯忍不住问。

“他们在那个学生证上找到一个指纹。”

“真的啊？！”小白有点惊喜，“那就可以对比犯罪记录库里的指纹，也许这人不是第一次犯罪，那就能抓到他了！”

大缯和其他人却没有这么惊讶，这个凶手一贯以不留下丝毫痕迹为特点，这样狡猾的人，会不知道去除学生证上的指纹？他转而看向白翎：“小白，叫你们去暗查脸上白斑特点的男人那件事情有进展吗？”

白翎有点丧气地摇头：“排查了两天，一点新的信息都没有。”

“那关于第三具尸体那女人的人际关系呢？”

“队长，你又不是不知道，做那种生意的女人精的和什么一样，远远地就能认出我们是警察，逃得飞快，别说和我们好好谈谈了，我带回来审问，她们就像集体失忆一样，所有人的回答都一样，不认识，不知道，不记得。”

大缯想了一下：“她们一般都会依附于一些小混混组织，交给他们保护费，你和扫黄组的人联络一下，看能不能找到他们的头儿，找过来探探口风，最近他们地盘上的女人有没有失踪。”

“她们依附黑道？”一直不出声的古吉问。

“算不上什么黑道，只不过是一群混混，他们提供给那些女人保护，或者毒品，然后从女人身上获取利益，几乎没有风险。”

古吉点点头，她能够理解这种社会底层一些群体相互依附的关系。

“总之这个指纹多少算是有点希望不是吗，哪怕不是凶手，我们也可以挖掘出一点这个……”小白看了一眼公园里发现的无头女尸，“这个女人都和什么人打交道……”

“女孩……”可可突然插话进来，大家都看向她，缓缓放下手中的咖啡杯后，可可的神情看起来不再那么紧绷，她走回验尸台边，“从X光模型和创口处的骨龄上看，不超过21岁，”她双手扶在验尸台边缘，低眉看着眼前的尸体，“古吉，你说凶手的犯罪程度会加深，真是说对了，这里，还有这里。”可可指着尸体腹部和大腿外侧的一些淤青，“这些都是死前伤，她死之前被绑起来，所以双手有轻微的摩擦痕迹，当然，还有性交伤痕，这些都是和前几具尸体一样的。但是不同的是，这里有皮下出血的痕迹，内脏被压迫过。直白一点说，她死前被殴打，挤压腹部，小腿这里也有擦伤，类似被皮鞋踢过，还有后背，有两个被香烟烫过的伤痕，都是死前不久留下的，下手不重，但伤痕出现在身体多处不同地方。可惜所有伤痕上的微粒都被清洗干净了，没法取证。”

“自卫伤？”大缯想起刚才好像在可可的初步报告里看到过这些注明。

“有点像，但更像是性虐痕迹，”可可语气不太肯定。

“这说不通，”大缯难得看到古吉皱着眉的样子，“暴力犯罪是会升级，但是之前所有的犯罪过程都以性交和扼杀为主，没有这种虐待的迹象。”

“你不是说会升级吗？”晓哲被古吉的话说得有点糊涂了。

“对，但是相比较扼杀和切下头颅，轻微的殴打反而是一种暴力性的退化，没有道理他已经到了切开尸体这种程度了，又开始对殴打施虐感兴趣，仿佛之前他的施虐心理没有得到满足似的。”

一时间大家又静了下来，不知该怎么回应古吉的分析。

“两个人……”古吉缓缓道，“其中一个并没有插手之前的事情，而现在他开始不满足，他也加入到犯罪过程中，并留下了这些轻微虐待的痕迹……”

“但是为什么是这具尸体？”大缯也加入了古吉的分析中，“这具尸体有什么不同，引发了他一贯没有的暴力倾向？难道有私人恩怨？对了可可，尸体身份确定了吗？”

可可摇摇头："没有完全肯定，白翎刚才给我的学生证上那个叫余佳的女孩的资料，血型和资料上的相符，但是我还是坚持要进一步的对比才能肯定，比如余佳的病历卡上记录，或者做DNA鉴定，你有和她家长联系过？"

大缯点点头说："等下他们就会来，我要他们带着女儿的病历来。"

"他们已经知道自己女儿……"

"不，我还没说，但是母亲已经报警说女儿失踪了，所以我们找到他们时很紧张。"

"母亲一个人报警？"古吉敏锐地察觉了什么。

"对，余佳父母离异多年，母亲工作很出色，好像还挺有钱，不过教育女儿方面就难说了，薛阳他们去余佳的学校调查时，周围同学普遍提到余佳和父母关系不好。"

"也许这和他们怎样找到余佳作受害人有关系。"古吉分析说，"一个缺乏父母关爱的女孩子，叛逆心理会比较重，很容易被一些危险的人群吸引。"

众人的视线回到眼前的尸体上，是自己走错了路，还是家长的疏忽，让你成了现在这个样子？

"行了，"古吉收起手里的记录本，"我会回去继续分析情况，如果你们有新的进展，也请随时通知我。"

随着古吉打算离开，大缯也忍不住往门口走去，可可一看他手中捏着的打火机就知道这家伙是打算赶快出门去抽个烟。

"大缯，"可可叫住他，"你刚才不是问人像复原吗？李一骥上午刚发给我了。你稍等一会儿，我收拾好这里给你去拿。"继续憋着，烟民！

可可招呼晓哲把两具女尸分别装进验尸袋，准备放回冰柜："好在老王那里找到了一个指纹，小白说得对，虽然很可能是疑兵之计，但是总好过我这里毫无证据，整个表面都被冲洗得干干净净，然后切开头……"可可说到一半的话突然停住，连手上的动作也相应而止。

"先清洗，然后切开头……"她盯着女尸脖子的创口喃喃自语着，"我怎么就没想到。"

大家疑惑地看着她。

"该死！"

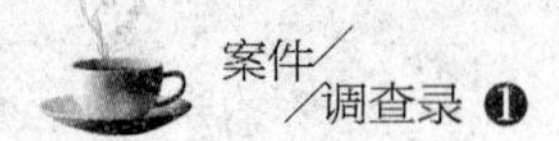

可可低声咒骂了一句，转身猛地拉开尸袋上的拉链，“红灯！”她头也不回对晓哲吼了一个词。

苏晓哲愣了两秒，然后猛地跳了起来，到柜子里翻出一个奇怪的灯，可可伸手接过，然后将这个比手电筒稍大的灯对准血肉模糊的颈部切面。

“关灯。”又是一个词。

大缯反应敏捷地关上了验尸房的顶灯，猛地整个验尸房就昏暗了下来，一想到身边躺着两具没有头的身体，白翎就不由自主颤抖了一下。

一束诡异的红光亮了起来，可可手中的红灯对准着女尸切开的颈部创口，仔细地在圆形创口上缓缓地移动着，然后定格在某一处。

好像怕惊醒了证据会自己飞走似的，大家悄悄地凑过去。

一圈圈的螺旋纹在一片人体组织上闪烁着奇异的光彩。

那是一个大拇指纹。

25　面对的情绪

自从在第四具尸体的颈部创口上查到一个指纹开始，可可就动了要将第三具尸体的人头重新检查的念头。此刻她正站在验尸房的书桌边，物证科的老王传递过来的学生证上的指纹，碰巧也是一个大拇指纹，可可将两份指纹对比起来，很明显并不来自同一个人，虽然他们一直猜测凶手不止一个人，但显然，出现在尸体被切开的头颈上的指纹，比凶手故意留在现场的学生证上的指纹要有力得多。

可可手里拿着两份指纹，手里捏着在颈部找到的指纹高倍图像，她开始相信抓住凶手只是时间问题，会抓到的，会的。

“可可。”大缯低沉的声音自门外传来，“你出来一下，我有话和你说。”

走廊上的风一如既往的清冷。

大缯默默地看着她，那眼神里的担忧让可可想忽略都不行。

“我说过我没事了。”可可把脸朝向走廊的窗外，避开他的视线。

说实话大缯还记得自己刚开始刑警工作的时候比任何人都热血，为此当年没少挨老队长的骂，还有几次觉得老队长对案子太冷漠，跟他大吵起来。现在回想起来真恨自己的不成熟，当然，每个人都是在幼稚与热血中慢慢学会如何冷静客观看待问题。

大缯想了想说：“那个复原的头像，昨天两队人马合并一起排查了周边所有涉及的场所，还询问了所有马夫……”

“马夫？”

大缯清了清喉咙，似乎有点尴尬：“就是那些拉皮条的，直接接触他们手下的妓女会让他们心生警觉，然后拒绝合作，所以我们都询问那些掌握妓女的家伙。”

哦，可可没说什么。

“找到了一个符合的，”大缯说话犹犹豫豫，似乎有所不忍。

“怎么了？”

“昨天半夜你不在，我找物证科的人做了加急的分析，初步确定是那个女人，最后一次被叫到的地点也查到了……”

“你到底在纠结什么？”可可对大缯奇怪的态度感到很疑惑。

“那女人……还蛮惨的，单亲未婚，有个正在生病的孩子，所以从来不挑选客人，来者不拒，只要给钱。”

“所以？”可可皱起眉，她似乎明白了大缯的反应从何而来。

“没……没什么，周大缯摸出烟，被可可上前一步，一把抢过来扔在地上。

“你纠结这么半天，不过是因为你之前觉得妓女都是下贱的，现在猛然发现她们也不过是被生活逼迫的可怜人？”

大缯猛然一愣，虽然隐约明白这些，但被人这么直截了当地说出来之后，还真觉得自己有点过分，不过想归想，当然嘴上是不能承认的。

“不是，又不是第一天遇到这种人，比她日子难过的也大有人在，我就觉得小孩子挺可怜而已。”

可可冷哼一声。

大缯还想说些什么，缓解一下尴尬的气氛，突然楼梯口传来阵阵吵闹声吸引了两人的注意力。

一对中年男女喧哗着从楼梯口出现，女人看见大缯之后一愣，然后步伐迅速地冲了过来，身后紧跟着中年男人和急着解释什么的王爱国。

“你一定就是那个周队长！”女人冲着大缯叫道，“他们告诉我你在三楼。”

“队长，不是我，是小徐她们不知情况告诉他们……”王爱国一看拦不住他们，急切地向大缯解释道。

“你们是……余佳的父母？”大缯揣测了一下问道。

“对对对，我是余佳的妈妈，周队长你早上打电话给我说有余佳的消息是不是？她……”也许是想问余佳是不是还活着，母亲到嘴边的话突然卡住说不下去。

一旁的父亲皱着眉接下她的话，“佳佳到底怎么了？”

“你们先冷静一点，余佳的病历卡带来了吗？”大缯问。

“带来了带来了……”母亲一边说一边急切地在高档皮包里不停摸索，“还有佳佳用的牙刷和梳子，还有前几天穿的外套……”

“等等，你们究竟要干什么？是佳佳被绑架了吗，要用警犬闻味道吗？”父亲对于警察没有明确说清楚原因开始愤怒。

王爱国和大缯相互交换了个眼神，看到大缯递来一个命令的眼神，王爱国只能硬着头皮说：“我们刑警队最近在调查一些案子，可能和余佳……”

“什么案子？到底什么案子，你们说清楚呀！！”父亲的声音变为怒吼。

王爱国正头疼的时候，可可清冷的声音突然冒了出来：“余佳右小腿内侧有没有一个半圆形的胎记？”

父母的眼神第一次转向可可，母亲的声音开始颤抖：“……有。”她看着可可的眼神里充满恐惧，显然，这个精明的女人已经预感到了什么，剩下的只是一句话的宣判。她微微颤抖的嘴唇像是要说出一些反驳自己那恐怖的预感的话，但是终究，一个字也说不出。

父亲看看可可，又看看周大缯没有表情的面容，不住地摇头：“不，不可能，不可能……你们肯定弄错了……”

大缯三人无法回应他们，但这一问一答之间有些事已经成了定局，父亲不住地说：“你们弄错了一定是弄错了……”声音越来越响，到后来渐渐沙哑起来。

相比之下经历过了最初的震惊之后，母亲却意外地开始冷静：“让我看看她，”母亲说，“我认得我的女儿，无论她是生是死，我会认得她的！”

大缯目光递向可可，让父母认尸是很正常的流程，但是无头女尸，别说是辨别，恐怕心怀恐惧的父母看一眼都会昏过去，所以他用目光征求可可的意见，但可可根本不看大缯。

“对不起，还不行。”可可直截了当地对母亲说。

一瞬间的寂静。

“为什么！！！”母亲猛地扑向可可，抓住她身上的白大褂不住摇晃着，“为什么不让我看！为什么！你在骗我对不对？你们还没有找到佳佳对不对？！对不对？！”

大缯上前去把她从可可身上拉开，唯恐情绪失控的母亲会伤到可可：“我们尚未确定找到的就是您女儿，所以才需要她的病历证明，还有她随身用过的东西，来做DNA分析。”

“不……”母亲突然捂住自己的包，不打算再把余佳的东西交给大缯，“不，我……活要见人死要见尸，无论她变成什么样，无论……我都能认出来，我……”

话还没说完，古吉拿着资料夹从验尸房里走了出来，她和大缯四目相对了一秒，又扫视了一眼这场景就猜出了大概情况，顺手就把身后的验尸房门给重新关上。

“等等！”父亲敏感地察觉了什么，向标着验尸房字样的大门冲了过来，“我女儿是不是在里面？佳佳是不是……就在里面？”

得不到警察的回应，父亲猛地暴躁起来：“让我进去！我知道她在里面，她就在里面对不对？让我进去！”

大缯和王爱国不得不用力挡住他，而另一边古吉则努力拦在哭喊的母亲与可可中间，一时场面混乱起来，咒骂声、劝阻声和悲伤的哽咽夹杂在一起，仅离尸体一步之遥的地方上演着喧闹的剧本。

“砰！”一声巨响让所有人都安静了下来，可可正用一把小巧的解剖刀敲击铁质的窗框。

“够了！”她冷冷的声音和锐利的眼神扫视着余佳的父母，“在怪罪别人之前，先想想余佳被凶手带走的时候，你们又在哪儿？”

夫妻俩瞠目结舌地瞪着可可。

大缯摆摆手想阻止她说下去，激怒余佳的父母对案情调查没有什么好处。

可可假装没看见他的手势继续说着：“如果没有意外，就凭你手中的病历卡，很快我就能给出确切的证据，”她无声地叹了口气，“作为你们女儿的验尸官……我拒绝让你们看尸体，是因为尸体并不完整，有一部分被凶手藏了起来，就算你们看了，也不会有什么帮助……”

母亲猛地捂住嘴，殷红的眼眶里闪烁着难以遏制的泪光，脚下一软。

“别哭了……”可可看着眼前无声流泪的母亲，声音里透出一股无奈，“她和我的年纪差不了多少，如果我是你们的女儿，我一定不希望父母看见现在样子的自己。”

古吉领悟到可可的意思，迅速从资料夹里抽出余佳学生证上照片的复印件，她将照片举到母亲眼前，“相信我，这才是你应该记得的，你女儿的模样。”

蓝色背景上年轻的女孩微微笑着，好似整个世界都变得温暖起来。

那样充满希望的生命，戛然而止的声音。

“如果是我……”可可的话继续冷静而坚定地传来，“我更希望我亲爱的家人能暂时放下眼泪，将精力花在抓住欺负我的那个浑蛋上，至少……让我能完整地离开这个世界，完整地安息……”

母亲将古吉给的照片紧紧地捏在手中，闭上眼睛深深地、深深地吸了一口气，再次张开眼眸的时候，那双和照片上女孩如此相似的眼睛不再充满泪水，而是另一种坚强的神情。

缓缓放下拳头的父亲强忍着悲伤的目光看向大缯：“我们该怎么做？”

大缯和王爱国陪着余佳的父母回刑警队办公室配合调查，可可的目光一直注视着他们离开的背影。

古吉的视线则定格在可可的侧脸上：“做得不错啊，可可，将他们的悲伤转为对凶手的愤怒，这样利于我们的调查。”

可可没有回头，余佳的父母已经离开了视线范围，她却依旧注视着走廊尽头：“我就是那样做的。”

“嗯？”古吉对她说的话一时反应不过来。

“你知道我姐姐的事情，”可可平淡地说，“她的车祸，我是唯一在现场的人，父亲从远方火烧一般的赶回来，动用了几乎所有关系去调查。那一时间，所有人都在追踪线索查撞死姐姐的车牌号，但却没有人来问过我看到了什么，没有人来指责我，为什么要跑出去，明明是我引起的事情，每个人却都小心翼翼地保护着我，没有问责，甚至都不在我面前讨论调查的进度，一直到有天晚上我听见父母房间里的争吵，母亲一边哭一边压低了声音嘶哑地吼着‘你没看见她这些天的表情吗？难道你还想毁了我们现在唯一的女儿？’……第二天，我发现所有的调查人员都消失了，再也没人在我面前提过调查车祸的事情，都是因为我……姐姐的案子到现在都没找到凶手，都是因为父母想保护我。”

可可的声音很平淡，古吉却听得心惊。

“所以，抓住凶手之前，没有眼泪，因为不需要。”可可说完这句话后，整个走廊都沉寂了下来，古吉觉得此刻说任何安慰都是一种虚伪的表达，所以什么都没说，只是静静地看着面前一脸安静的女孩。

过了一会儿，验尸房里悄悄探出一个脑袋，晓哲看看可可又看看古吉，做贼一般地轻声问道：“能移动尸体了吗？”

可可深吸一口气，将自己从回忆中拔出来：“好，我们一起弄。”她笑着说。

26 无声的炫耀

不大的法医科办公室不知什么时候又聚集起了刑警队的人。大缯慵懒地坐在沙发上，刚开完的媒体通告会让他有些疲惫，苏晓哲正在电脑屏幕前分析不同电锯型号的实验结果对比，可可给每个人都泡了奶茶，自己却倒了一杯咖啡，而古吉则手持十几页的余佳资料缓缓在房间内踱着步，高跟鞋放轻了声音，笃笃地踩在地板上发出节奏。

“我一直很奇怪，”古吉一边享受着热可可的飘香一边说，“凶手是怎么找到余佳的？前三具尸体有两具我们都可以肯定是妓女，属于高危人群，很容易接近并控制，但余佳是正规学校的大学生，又是家庭小康富裕的独生女，虽然父母离异，而且同学说她性格稍微有些偏执，但是和前几个人相差很大，她不可能任由凶手带回家，把她绑起来或者掐死她。”

“酒精。”可可端着马克杯站在窗边说，“尸体里查到酒精成分，浓度虽然不高，但是你可以这样想，当时凶手把她带走的时候可能她正醉得厉害，但他并不是一把余佳带回去就直接杀死，很可能折磨了几小时或者更久，这段时间余佳身体中的酒精成分自然分解，所以浓度降低了。”

古吉合上资料夹皱起了眉：“他更大胆了，对唯命是从的女人不满足，开始渴望新鲜的玩物。”

可可微微点了点头，转而看向大缯：“关于指纹……”

“在分析了，你提供的大拇指纹和物证科的指纹正在和犯罪库的资料作对比，如果凶手有前科，那很快就能知道他是谁。”大缯从口袋里摸出烟，边说边扔给古吉一根，两人刚想点上，耳边就传来可可冰冷的声音：“抽烟，出去。”

古吉好脾气地笑着收起了烟，大缯则哼哼唧唧叼在嘴里，也不敢点燃，晓哲躲在电脑屏幕后面一个劲地偷笑。

“我还是觉得有点蹊跷，为什么余佳的身上会比别人多出这么多暴力伤痕？”大缯翘着二郎腿说。

“不是说了暴力升级吗。”晓哲说。

“不……”古吉突然开始思考，“也许还有另一种解释，余佳和前几人还是有区别的，余佳家庭富裕，有大学教育水平，如果是这点刺激到了凶手呢？”

可可的目光一下从马克杯里抬了起来，连苏晓哲的注意力也被吸引过来，古吉和大缯两人一人一句地分析着。

“余佳的大学生身份刺激到了凶手，导致她遭受比别人更多的暴力殴打，说明这次动手的这个凶手没有高学历，或者求学失败。”

“所以现场留下了学生证，这不仅仅是对警察的挑衅，更是对死者身份的嘲弄，‘你看大学生又怎样，也逃不过我的掌心’这种意思。”

“这么说到现在为止，我们大致可以猜测出凶手的一些特征，学历不高，可能生活在中低层，拥有卫生条件并不好但是私人化的地方切割尸体，还有保存头颅的藏匿点，其中一个人脸上有显著的白斑痕迹，”

古吉找来全市地图铺开在地板上，蹲在一旁继续说：“而且很可能出没于本市的南面，西南这一块。”

可可放下马克杯，在一旁补充道：“有医学经验，懂得脊椎哪里比较容易切开，会清理尸体。”

几个人正一比一划地讨论时，大缯的手机突然猛烈震动起来。

大缯看了看是白翎来电，于是打开免提放在众人面前：“小白我开了免提，你直接说。”

“队长队长我们找到了！”

“什么？”

“王爱国不愧是网络高手，刚在犯罪库里找到学生证上的指纹是谁的了！队长你在哪里？”白翎的声音有点激动得不知所措。

“在法医科。”

和电话旁的徐婉莉说了几句之后，白翎才继续转到电话这头："队长，让浔姐的电脑开着，小徐已经把那人的资料发过去了！"

几人相互对了一下眼神，不约而同地凑到晓哲正在用的电脑上，一封邮件刚好跳上屏幕提示。

苏晓哲打开邮件，一份简历一般的页面在大家面前展开。

页面上的男人叫张成器，旁边显示着他身份证照片，数据库里的指纹和学生证上的相符合，下方详细列举着此人的记录。

"队长有没有看到？他家原先就是做屠宰生意的！会切割尸体很正常啊！"小白的声音在扬声器里表达着兴奋。

古吉也点着头："这人还有暴力伤人的犯罪记录，我看看，一年前刚放出来，很像是我们要找的人。"

大缯却没有一丝兴奋的感觉："这人是很像我们找的人，但也可能是凶手故意放出来的烟雾弹，总之我们现在手里只有这条线索，白翎，去查他现在的住址。"

"已经找到啦！爱国很厉害吧！"电话那头传来白翎一巴掌拍在王爱国背上的声音和爱国的哎哟声，"他找到张成器从监狱里出来后在一家物流公司工作过，后来因为和同事打架被辞退，现在继承了他爸的摊点卖猪肉，在湘洋菜场。"

古吉转身去看市区地图上画的标志，在南市的几大菜场特地标出来中，有一个就叫湘洋农贸中心。

"白翎，上次那个马夫说那个人头的妓女，最后被招妓的地点在哪来着？"大缯突然想到什么，急切地问。

"我查……在隔壁！在农贸中心过去不到三个路口！"

"好！"大缯的声音中终于带有一点意气勃发的兴奋，"白翎，通知全队集合，让小徐把资料情况汇报给局长，你们几个去仓库领取枪支，我马上就过来。"

说着，古吉和大缯二话不说就往门口走去，可可则站在地图面前，思考着什么。

突然砰的一声，门又被打开来，大缯旋风一样地冲到可可面前，把她和晓哲吓了一跳。

“手机！”大缯说。

“啊？”可可没有反应过来，本能地摸出自己的手机。

大缯看到可可的手机已经开好，于是滴滴滴地按了好几个键后再还给她：“我设置了快捷拨号，按1就是我的号码，如果有急事就直接打给我，”边往外走边又补充了一句，“浔可然你再敢关机看我把你的年假统统取消掉。”说完又风一样地刮出门去。

可可愣愣地站在原地，手里握着手机，一时间哭笑不得。

苏晓哲在旁边暧昧地笑着，可可回头，他立马装看别处。张成器被抓来之后连夜进行审讯，可可早上到达法医办公室时，泡了一杯奶茶之后，苏晓哲刚冲进来。

“浔姐浔姐，我能不能去看小白他们审讯？”

可可头也不抬，伸手，吐出两个字：“报告。”

苏晓哲一脸茫然地看着她，于是可可只能放下马克杯：“我问你要了好多天的骨质微粒的分析报告啊！小伙伴。”

“哦哦，我昨晚就发你邮箱里了。”

可可挥挥手，晓哲乐颠乐颠地跑掉了。

于是办公室里只剩下可可一个人安静地看着实验报告，对比和思考着那些数据。

门吱呀被推开，古吉神色倦怠地走进来，一声不吭地半躺在沙发上，点起一支薄荷烟。

可可看了她一眼，不说什么，作为犯罪心理学专家，昨晚的连夜审讯她多半也在旁，看这脸色怕是没什么收获。

“不是他。”古吉自顾自地嘟囔了一句。

“你有证据？”可可的视线依旧盯着电脑屏幕问。

“张成器是个卖猪肉的，他说前几天好像是有人落了个小册子在地上，他捡起来还给一个女人，如果在法庭上，他大可以辩驳之前和余佳有这么一次意外的接触，所以学生证上有他的指纹，当然，刑警队里的人都不相信他这个供词，我也不信，但是我知道不是他。”

“你有证据吗？”可可还是重复着这个问题。

古吉看了看她的侧脸：“他回答问题逻辑乱七八糟，不可能是谋划的那个人，但如果是执行的那个依附者，应该有白斑才对。”

“白斑可能是故意弄在脸上的伪装。”可可说。

古吉一愣，至今为止她到没有想过这个可能，但她还是坚持张成器不会是凶手：“他家没有电锯，任何锯子类的东西物证科都没有找到。”

“电锯可以藏起来，再说他家未必是他切开尸体以及收藏头颅的地方。”可可依旧看着屏幕，不假思索地回答。

古吉有点困惑：“你觉得他就是我们找的凶手？”

可可终于将视线转了过来，“我不觉得。”她说。

可可思考了一会儿，缓缓将马克杯放在桌面上：“我见到第一具无头女尸的时候还是徐丽案子的初期，现在已经过去好几个月，第一具尸体放在我面前时我就觉得棘手，那时我就告诉过白翎，这个人无论是谁，他大胆、狡诈、谨慎，而且极其变态，他让我花了好几个月才找到一个指纹，那些还算平整的创口让我觉得他也许还能一边哼着歌一边切下尸体的头，这样一个人，会让我们凭着他留下的学生证抓到他？”

“而且变化多端。”古吉补充。

“不止，从妓女到女大学生，从丝毫不留东西到留下学生证故意说明身份，拿你们这些犯罪分析人常说的话来讲，就是还在学习发展期的犯罪，很可能变得更狡猾……”

古吉深邃的眼睛看着可可：“他在挑战你的权威。”

“没错，”可可站起身来，“他在炫耀他比任何人都懂得怎样掩藏尸体，‘我想让你找不到身份时你就找不到身份，我施舍给你学生证是为了免去你的困惑，而且显示你的无能，我清理尸体可以达到你们法医什么也找不到的地步’每一次验尸，我都会从尸体上清晰地看到这些无声的炫耀，总有一天……抓住他的那一天，法庭辩论的那一天，我会让他看清楚，究竟谁才是专业人士。”

“会的，”古吉脸上浮现出温柔的笑容，“他的自大，会成为致命的弱点。”

27 最后的预感

从天黑到天亮、朝阳又到夕阳，可可猛然抬头，居然在办公桌上趴着睡着了？天色快近黄昏，洗干净脸，转头看到电脑屏幕上还留着之前在查看的东西，骨质微粒分析报告上显示，“人头小姐”的骨头边缘除了沾有些常见的细微颗粒外，还带有一种奇怪的微生物细菌，可可刚才花了几个小时查找这种细菌的资料，除了发现这种细菌很少见、喜欢阴冷、潮湿的地方以外，就没有其他可供参考的。

阴冷、潮湿……可可忍不住想到可怜的王渲渲的口供。

“他用刀把我逼到我租的房子的地下室，然后用布遮住我眼睛……对我、对我……”

可可伸了个懒腰，拿起物证包，决定走一趟王渲渲租住的房子。也许凶手就是在王渲渲出租房的地下室里沾染到这种微细菌，如果能证明，将来可以作为把这几个案子串联在一起的证据之一。

走到二楼，可可忍不住绕路前往刑警办公室，大缯他们还在忙于审讯张成器，白翎和薛阳等人都被派出去验证张成器的各种证词，可可在刑警队门口张望了一下，发觉办公室一片喧闹，连平时最为闲散的徐婉莉都火热朝天地吼着什么，于是默默地离开了。可可从车库里取出名为小绵羊的助动车，缓缓开出公安大楼。

午后鲜艳的阳光洒落在街边的梧桐上，冬天的萧瑟已经游荡已久，应该很快就到春天了。可可抬头，突然发现很久没有留意过的天气原来是这么美好的东西，新鲜的风，淡蓝的天空。每天都埋首在各种被折磨过的尸体研究中，连自己还切切实实活着这件事情，都已经忘却。

王渲渲住在一个老式小区里，破旧的房屋结合着喧闹的人流，正值下午时分，可可跟着她慢慢走过一条条小路，经过一所小学，听见窗户边朗朗的读书声传到马路上，穿过一个不太干净的菜场，幼小的孩子们三两成群蹲在地上拍动着纸牌的游戏，菜贩们吆喝着叫卖的声音，各种喧杂的吵闹，突然让一向喜欢安静的可可觉得有一种热闹的美好。

转过街角，王渲渲的房间就在前面不远处，可可收回乱七八糟的思绪，对自己突然开始感慨人生的美好觉得哭笑不得。

门打开的时候王渲渲露出了震惊的表情，可可觉得她有些夸张，但并没有细想。

“你好，我姓浔，在公安局我们见过面，记得吗？”

“有……事吗？”王渲渲边说，边向可可身后四周打量了一下。

“是这样，我发现一点细节上的线索，想在你提到的那个地下室采样回去检查一下，方便吗？”可可保持着礼貌，深怕这个单身女子因为反感而拒绝自己。

“你……一个人？”王渲渲问。

可可抬眉一愣。

“哦，我……家里有点乱，如果让男人进来，不太合适……”

“哦，我一个人，放心。”

王渲渲点了点头，侧身让可可进屋。这间屋子不是正规的住宅楼，更像是附加在住宅楼旁边的违章建筑，可可随着王渲渲走进门去，只见一间幽暗的房间在眼前展开，一个凌乱的小厨房，旁边是一张简单的餐桌，上面还放着一些剩饭菜，餐桌不远处是一张简易的折叠床，被子清爽整齐地叠放。

“自从那个事情之后，我就睡在这张小床上，再也没有进去过那间屋子，本来早就想搬走的，但是周围很难再找到这么便宜的出租屋，所以……”王渲渲顺手脱下了外套搭在椅背上，然后转身把进来的那扇屋门给关上。

“那间屋子？”可可观察了一下四周，这里不就一间房间吗？

“哦，原先我睡在这里，”王渲渲转身在走道上摸索起来，可可才发现那是一扇门，原本房间就昏暗，不注意根本不会察觉在走道的墙壁上还有这么一扇门。

王渲渲从门里走了进去，并招呼着她：“你要看的就是这里吧？”

可可犹豫了一下，一种奇异的感觉像是小针扎了一下她的心，仔细回想，却又想不起来是什么感觉，又是什么原因。听见王渲渲的招呼声，可可就随着她走进门去。

原来门内完全不像她所预料的那样，刚走进去可可一下无法适应眼前的昏暗，几秒钟之后她才从昏暗的光线中慢慢看出自己所在何处。这是一间地下室，简易的铁质楼梯连接着房门与地下空间，墙壁上一盏昏暗的黄色小灯是整个房间唯一的光源，所以刚进门的时候可可无法看清眼前的情况。地下室里放着一张简单的木质床，一张书桌，还有两个好像书柜一样的木质柜子，定睛一看，书柜顶上有一扇小的通风窗，但因为贴上了厚厚的报纸，也没有将窗外的光线透进来，虽然可可并没有住过这样简陋的房子，但是她知道眼前的这些，都是出租房最简单必备的家具。

“浔法医，”王渲渲的声音轻轻的，却很清晰传到可可耳边，“地下室不通风，味道怪怪的，不好意思，对了，我当时就是在这张床上醒来的，然后拿手机报的警。”她指着房间左侧，一张老旧的木质板床放在那里。

可可感到浑身一股寒意，她努力让自己的声音听起来毫无异样：“那扇窗户是用来通风的吗？”

王渲渲顺着她的手势看去：“哦，那是通风窗，不过不连接外面，而是通外面一个小仓库，你知道这附近的菜场有时候挺吵闹的。”

可可听不出王渲渲的情绪，但她听见了自己的心跳，巍薇的话不知什么时候开始不停地在耳边重播着，“浔可然，不要忽略你的直觉，它会救你的命。”她将这句话在心中默念两遍，然后觉得自己开始镇定下来，放下背在肩上的工具箱，开始准备着手检查王渲渲指着的那张床，动作熟练自然，脑海中却如岩浆翻滚。

这间地下室的门如此不易察觉，在门口就劫持王渲渲的犯人又怎么会轻易找到？

还有，这股味道……是的，是福尔马林。

也许瞒得过别人，但是你怎么能将福尔马林的味道瞒过一个职业法医？

可可的大脑跟随着自己的直觉飞速运转，她觉得王渲渲就好像这间地下室一样，根本不是自己所预料的那样。但她手上却没有任何证据说明王渲渲有什么不对劲，可可一边戴上消毒手套，轻轻在床沿边抚过两下，一层积灰彰显在手套上。

可可缓缓站起身，她觉得自己紧张得可以听见心跳的声音，但脸上还依旧保持着微笑："麻烦你帮我倒杯水行吗，刚才走路走得好渴。"她对王渲渲说。

王渲渲眼神直直地看着她，然后转身离开了，铁质楼梯上传来她吱呀吱呀的轻微的脚步声。

眼看着她的人影离开地下室，可可迅速将工具箱里的一只小巧针管藏在袖子中，然后将随身带着的解剖刀暗藏在左手。一边做这些事情，一边看向书柜顶上的小窗，她知道刚才王渲渲已经顺手把进来的门给锁上，就算她跑出了地下室，也未必跑得出那扇门。可可觉得脑子从来没有这样高速运转过，王渲渲所谓的强奸案是编造还是有所隐瞒的事实？不管是哪一种，她为什么要这样做？还有这股福尔马林的味道，究竟是哪里来的？可可不知道自己面对的是什么情况，她只是察觉到不可预料的危险，她手脚并用地打算试试看爬上书柜把小窗打开，还没爬上去，只听咔嗒一声，原来她一不小心将书柜的大扇门给碰开来，猛然间，一股福尔马林的味道扑面而来。

打开的书柜里，整齐地摆放着一排玻璃筒，就像是医院里用来浸泡医学标本的圆筒。不同的是，书柜里的玻璃筒里，装着不同的女人头颅，每一个都半闭着眼，枯黄的头发纠结着扭曲的面容，在这个昏暗的地下室里，玻璃筒反射出异样的光芒。

可可不知道自己的呼吸静止了几秒还是几十秒，她狠狠咽了一下口水，将微微颤抖的右手伸进口袋打算摸出手机的那一刻，突然听见身后传来一阵脚步声！

可可猛然回头，王渲渲正站在铁楼梯上，身后跟着另一个高大的男人。

男人的脸颊上有一块白斑。

28 彻骨寒意

寒意，一股冰冷至极的寒意自脚底向上缓缓传达到可可的心底。她使劲用大拇指甲掐自己的食指，咬紧牙关，一遍遍告诉自己镇定，只有镇定！

“这女人就是那什么，法医？”此时此刻，与王渲渲一同站在铁楼梯上的男人用一种不屑的声音问道，可可站在地下室的另一头，也能清晰地看到他脸上的白色皮肤斑。

身边的柜子门刚刚被她无意中打开，柜子里散发着福尔马林气味的玻璃筒们寂静地装载着女人的头颅。就算只是待在实验室里的法医，也能察觉到自己现在正处于怎样的危险中，她站定身体不动，眼睛紧紧盯住不远处的两个人，放在外套口袋里的右手却握住手机，悄悄按着键。

快捷拨号，对！快捷拨号……可可第一次觉得手机是这么伟大的发明。

“对，”王渲渲的声音丝毫不像之前那么唯唯诺诺，语调异常清晰地传来，“她叫浔可然，就是那个负责对我们的杰作检验的法医。”还带着一点点轻微的嗤笑。

快一点，接通啊，快一点……可可一边盯紧楼梯上的两人，一边不住地祈祷，终于右手掌心传来一阵轻微的震动。那是电话接通的震动！

铁质楼梯上的两人好整以暇地观察着可可，男人发出低低的邪恶笑声：“是不是吓傻了？”

王渲渲阴沉沉地笑着：“不知道，居然自己找上门来，怎么，被我可爱的收藏品给吓到了？”

看着王渲渲说完就跨下两步楼梯，可可努力克制自己不往后退。

不能后退，背对着那些扭曲的残体，可可心中缓缓升起一种奇异的勇气，不能后退，身后的这些人已经什么都没有，至少我还有活着的机会，还有，为她们说出真相的机会。

"王渲渲！"可可大声叫出她的名字，"这些女人都是你杀死的吗？王渲渲！"

楼梯上的王渲渲又向下跨出两步，一脸阴笑看着她："浔法医，你不用叫这么大声，没有人会听见，也没有人会来救你，死了这条心吧，你身后上面那扇小通风窗早就被封死，就算有声音漏出去，外面就是菜场的垃圾仓库，吵闹得一塌糊涂，根本没人会留意，你瞧瞧你身后柜子上的那些贱货，不管怎么呼喊，还不是一样成了我可爱的收藏品？"

没错，可可很清楚，没有人会听见，否则他们所做的一切早就被人发觉了。但王渲渲不知道，可可不是在指望外面路过的陌路人，而是在指望右手出的汗都黏在上面的手机，她不能把手机拿出来看它是不是真的接通了，她也不知道地下室的信号是不是足够让电话那头的人能清晰地听见她说了些什么。此时此刻她才察觉到，危机面前，她多希望能看见那个男人的身影就在自己身边！

可可缓缓闭上眼睛，深深一口气，再吸一口气，楼梯上的两人好似观察笼子里的动物一般看着她，那是面对无处逃脱的猎物时，猎人耐着性子戏谑的观察眼神。

不要害怕，不要后退，不能放弃。

可可握紧左手拳头，然后松开。

我的面前，是两个披着人皮的魔鬼，我的背后，是那些被剥夺的生命，可可记得自己曾经的誓言，要让眼前这两人知道，他们才是应该去死的人。

睁开眼后，王渲渲有点意外地发觉法医的眼睛里不再有原先的震惊与恐惧，取而代之的是一种奇异的光彩。

可可将右手从外套口袋里伸出来，转而一颗颗解开外套的扣子，一边冷冷地开口："好吧，我承认我中了你们的套，落在你们手里了，下一步如何？把我绑起来性虐待？还是先来讨论一下你们是怎么成功做到这一切的？"

如果他们肯花时间来说话，拖延一会儿是一会儿。

王渲渲眯起眼睛盯着可可看了会儿，而她身后的男人则紧紧盯住可可解开外套扣子的动作，眼神里压抑着兽性的欲望，忍不住向前跨了一步，却被王渲渲挡住："等一下"，她说，"反正她也逃不掉，这里又没有别人，你猴急什么，待会让你好好玩个够"，说着转眼去看了一下男人，嘴角斜斜一笑，"这个身体可和之前那些烂货不一样，说不定还没怎么被男人碰过呢。"

恶心，但是，没错，你的自大狂妄，就是你的弱点！

男人咽了一下口水，僵硬着身体站在楼梯上不再向前，却依旧用那双充斥了欲望的眼神看着地下室另一头的可可。

可可正解开外套的最后一颗扣子，努力克制内心一阵作呕的感觉，眼前这短短的一段画面就让她高度运转的大脑发觉了一些事情，之前关于罪犯，大缯、古吉他们分析良多，唯独没有想到这犯罪二人组里，有一个居然是女人！但是这不代表古吉所猜测的就完全错误，至少从刚才的对话里，可可察觉到，这两人之间，王渲渲才是主导行为的那一个，她控制着身后那个男人的行为，这个连警察都骗过，让别人认为自己是个很唯唯诺诺的女人，其实有着很深的心机，恐怕被害人的选择和抛尸地点，都是眼前这个女人做的决定。

王渲渲步伐悠然地走下楼梯，伸手拖过书桌前的椅子，坐了下来，一脸得意地看着可可："浔法医，作为特别优待，我想我可以回答你很多疑惑，关于……"她指指可可身后那些装着女人头颅的玻璃筒，"关于我们是怎么把这些贱人变成我可爱的收藏品的。"

她这种得意的神采让可可心中最后一丝恐惧也被愤怒所燃烧殆尽。

可可嘴角微微上扬，泛出一阵冷笑，爽快地脱下外套，轻轻一抛，扔在柜子一侧，扯过身边的另一把椅子放在王渲渲面前，优雅地转了半个圆弧，在她对面坐了下来，这样王渲渲他们的注意力就完全离开了藏有手机的外套。

"你不害怕？"王渲渲温柔地笑着，好像在问天气一样的语气。

"怕什么？没有他，"她眼睛瞟了一下楼梯上的男人，"你不过是蠢女人而已。"可可无视对方眼中一闪而过的怒火淡然地笑着，"来吧，来向我彰显一下你们的聪明智慧。"

两个女人面对面坐着，若不是楼梯上暗藏兽意的男人，和身后浸泡在福尔马林里的头颅，可可简直要以这种对峙的样子开起玩笑来。“首先我很好奇，你们两个人，究竟谁才是……”可可顿了一秒，突然想到应该避免用一种审讯的语气来诱骗王渲渲开口，“才是这些作品的制造者？”她顺着王渲渲得意的描述，希望她能继续得意地滔滔不绝说下去，尽可能地拖延时间。

“制造者？嘻嘻……”王渲渲抿着嘴角嗤笑起来，“浔法医你真会说话呀，制造者嘛，当然是我身后这个男人咯，他很能干哦！力气又大，在床上也很勇猛，最厉害的是，他可以在我的指导下把尸体清洗得干干净净，如果不是我施舍给你们学生证，你们到现在还不知道上一个女人是什么人吧？”

可可向楼梯上的男人看过去，这男人可以蠢到这种地步？王渲渲把所有自己谋划的罪行都推到他身上，他居然还露出一张得意扬扬的面孔，这种表情让可可内心一阵犯恶心，她收回视线，脑海里冒出一个疑问，所有的事情都是他做的？他满足了欲望，那王渲渲得到了什么？

“我不明白……”可可摆出一副困惑的样子引诱着得意的王渲渲，“你为什么要为你男友做这些？”

王渲渲脸上的嗤笑突然消失了：“首先，蠢法医，他不是我男友，他是我亲爱的哥哥王源。”

可可微微眯起眼，什么概念正在冒出尖芽……王渲渲得到了什么……

“其次，我不觉得我有做错什么，我乐意看到哥哥满意的样子，而那种垃圾……”她瞟了眼柜子里泛着阴森光彩的玻璃筒，“这些垃圾女人，能让哥哥开心舒服是她们的造化。”

可可嘴角难以抑制地抽搐了下。

王渲渲没注意到可可的表情，自顾自地继续说：“你以为这些女人看起来人模人样的？你知不知道她们当中有些就是做妓女，有些好像是什么有名有证的大学生，其实也不过是酒吧里招客的不要脸货色，她们花枝招展地在夜色里摇来晃去，不就是为了找男人吗？我帮她们实现愿望，又有什么不好？”

“我觉得她们的愿望里不包括被你哥哥掐死。”

王渲渲凌厉地投来视线：“你觉得？！你凭什么觉得？你看看我的柜子，我搞这些特别的收藏也不是一天两天了，你有找到证据吗？你有抓到我的把柄吗？哼哼……别以为我不知道你是什么人，你和那些贱女人一样，白天穿的人模人样进进出出那些好看的办公楼，其实顶着一个法医的虚名，什么也做不到不是吗，不过一样是个不要脸的骚货而已，有什么资格来怀疑我的成就？要不是那个该死的警察每天接你送你回家，我早就可以把你带到这里做成我另一个可爱的收藏品了！”

可可的心口猛然一跳，王渲渲提到了那个每天送她回家早上给她买早饭的男人。

大缯，你在哪里……

“而你……”王渲渲嘴角抿着残忍的笑，“快了，马上就和她们一起，待在这里做我可爱的收藏，你瞧，本来应该找点线索抓住我的法医却被弄成了受害人，到时候看报纸电视还敢不敢忽略我！说实话我真的很期待，等我把你雪白的、没有头的尸体扔在警局门口时，那个该死的警察脸上会有什么表情呢，嘻嘻……当然，我会把你的证件放在你的身体下面，免得他们连这个无头女人是谁都不知道，哈哈！！”

可可压住自己挥拳想揍面前女人的冲动，左手使劲掐自己的食指，怒极反笑地转移话题：“王渲渲，你作为一个护士能把尸体处理得这么干净，说实话我很佩服，我做法医这么多年，很少有这么难以下手的尸体。”

“废话！”王渲渲打断她的话，“我是什么人，不过是洗干净一堆肉而已，我在医院里的工作常常会去清洗那些老不死的身体，和那种没啥区别，只要有一把压力水枪就行。”

“那切下头呢？”

“家用电锯呗，大超市里就有的卖，啊哈，这都好几个月了，你连我哥哥用什么工具切下这些人头都还没搞清楚？哈哈！”王渲渲一脸嘲笑地看着可可，为了顺应她扭曲的心态，可可只能装作被羞辱得无地自容的样子：“对，我也觉得自己根本没做到什么，除了找到一个还没辨认出身份的指纹以外……”

“你找到一个指纹？”王渲渲的眼中闪过一丝紧张。

可可抬眼盯住王渲渲的眼睛，不作声。

“你在骗我！”王渲渲眼睛眯成一条缝，“你以为我会蠢到相信你这种假话？你要是找到指纹，为什么没有抓到我们？”

“我说了，指纹和犯罪库里的记录对不上，说明这个指纹的主人没有犯罪记录，所以暂时不知道身份，如果能对比……”

“不会有对比，”王渲渲冷笑着打断她的话，“所以这个指纹证明不了任何东西，你倒是提醒了我，亲爱的法医，我会很小心不在你身上犯相同的错误。”

从王渲渲刚才受到刺激的反应中可可看出了一丝慌乱，还有不耐烦，可可决定一搏最后的机会。

王渲渲已经站起了身，似乎不打算再和可可多说废话，“我还有最后一个问题。”可可也缓缓站起身说道。王渲渲用嘲弄的眼神看向她。可可嘴角露出不经意的笑容：“最后一个问题，我很好奇……你是几岁时，第一次……被你哥哥强奸？”

王渲渲和王源脸上的所有肌肉仿佛一瞬间被冻结住了，可可暗自庆幸自己猜对了。

房间里的温度似乎一下子降到了冰点，唯独可可依旧保持着脸上高深莫测的笑容：“我之前一直想不通，王源得到了女人，满足了掐人的欲望，而你王渲渲又能得到什么？直到刚才你站起来时我又看见你脖子上的淤青，其实并不是伪装出来才来报案的吧？你得到最大的好处并不是这些收藏品，而是从你哥哥的性虐中解脱了你自己，你称这些人为贱人，其实最贱最肮脏的女人并不是别人……而是你自己，王渲渲。”

生气吧，爆发吧，向我冲过来呀……可可挑起眉毛，一脸挑衅地看着对面的女人，左手隐藏着的小针筒紧紧握住。

一切混乱都发生在一瞬间。王渲渲猛然向可可扑过来，可可早有准备地向左侧一闪，抬腿一击膝踢，击中王渲渲的腹部，而自己迅速转身并蹲了下来，对着从楼梯上两步冲过来的王源下颚一击直拳，王源反射性往后退了一步，再度对着可可扑了上来，可可向右闪躲开，并迅速地向门口冲去，但猛烈的怒气使王源像个被激活的杀人机器，反应比可可还快一步，可可只来得及冲出半步，就被他恶狠狠地扭住了手腕扯了回来。

情急之中，可可转动手中紧攥的针筒猛然刺向王源的手臂，却没来得及将针管推下，就感到一阵劲风扑面而来。

王源一拳击中可可的左脸，将她打倒在地，针筒无力地落在地上轻轻地滚动着。

地上喘着粗气的王渲渲已经捂着肚子站了起来，骂骂咧咧地看着在地上挣扎的法医。

王源揪住可可的齐肩长发将她从地上拖起来，王源的一拳让她眼前一阵昏暗，身体克制不住地微微战栗，感觉到温热的血正顺着嘴角流下，可可咬紧牙关，睁开眼睛对上面前一脸邪恶与期待并存的男人面孔。

好想揍这张脸，如果不是双手被他狠劲地反扭住的话……

“呵呵……这女人够带劲，”王源一脸兴奋地揪住可可的头发把她从地上提起来，扔到另一侧的木质床上，随手扯出一团破布打算向可可的嘴里塞去。

“别塞住她的嘴。”王渲渲依旧捂着肚子，站在一旁，眼中尽是凶残的兴奋。

王源转头看向她，带着一丝疑惑，“你不怕叫声被人听见？”

“没人会听见，我要听她叫，等下你拿电锯在她身上割的时候，我要听她求饶，哼哼……”王渲渲捂着肚子停顿了一会儿，然后转身从书桌的抽屉里找出一小个针筒，凑到窗边，狠狠掰过可可的脸看着她，“浔法医，很好，你真的很不错，你居然敢打我，知道这是什么？”她晃动着手里的针筒，“这小管东西是我从医院里搞来的，叫做肌柔。”

“肌肉松弛剂吗……”可可发力把嘴角一丝鲜血狠狠呸掉，“你想让我无力反抗又能清醒着受你变态哥哥的折磨？”

“没错！”王渲渲很高兴地看着可可，“和明白人说话就是爽气，你大可以放心，我保证你会比别人多活一阵，因为我要好好欣赏你到时候哭着求饶的声音，说起来我上次就想试试看了，如果活着的时候就把头切下来，你说会是怎样一番景色……”

王源压坐在可可身上好整以暇地看着这一切。

可可努力抑制住身体微微的颤抖，看着王渲渲打开针管的盖子，熟练地弹打针管，然后慢慢靠近，靠近……

噼里——啪啦——啪！！

玻璃破碎的声音在这间不大的地下室里显得格外颤抖人心。

三人都条件反射地向发出声音的柜子看去，地上狼藉着一大片碎玻璃和黏稠的液体，两个被防腐剂浸泡过的干枯头颅歪倒在碎玻璃渣中，王渲渲震惊的视线移向上定睛一看，一只漆黑的猫正端坐在书柜上层最后一只玻璃筒旁，幽绿色的双瞳诡异却坚定地注视着床边一时说不出话来的三人，轻轻摇摆了一下有两圈白毛的黑尾巴。

那只黑猫！！

它把王渲渲的收藏品从书柜上踢下来打碎了？！

“该死！这只猫从哪里进来的？！！”王渲渲第一个反应过来，扔下针筒向书柜冲过去。

黑猫轻盈地一转身躲进了最后一个玻璃筒后，王渲渲凑过去想抓住它飘忽的尾巴，猛不禁然发现玻璃筒动了一下。还没来得及反应，原本搁在上层的最后一个玻璃筒迎面被踢了下来，干瘪的头颅隔着一层玻璃向她脸上冲过来。

王渲渲尖叫着用手臂去阻挡，玻璃筒砸在她手臂上然后跌落在地，小小的地下室里再次发出刺耳的破碎声。

“呀……”王渲渲刺耳的尖叫伴随着跌坐在地上的动作，使得王源立刻离开了可可，转而去扶妹妹。

可可的视线一转，发现那团黑色一转眼居然出现在自己边上，她的双手正被一团破布绑在床头，可可惊讶地看到黑猫正在用尖利的牙齿啃咬布头，像是要将可可从捆绑中解救出来。

没时间去思考这只猫是多么诡异了，可可眼角扫视了一下乱作一团的王渲渲和王源，转而迅速将注意力放在双手上用力摩擦着，配合黑猫撕咬的动作想逃脱。

啊！！王渲渲犀利的叫声传来。

被发现了！

黑猫在王源扑过来之前猛然跃起，从床头跳上书桌，然后迅速地窜上书柜顶端，化为一团黑影消失在高处的通风窗口。可可不顾其他，继续狠烈地摩擦着，试图从捆绑中逃脱出来，手腕被粗布磨破了也没有察觉，王源冲过来的身影同样没有留意。

还差一点点，就一点点。

啪啪！

双颊被男人狠狠地扇了两巴掌，可可感到一阵晕眩的光彩在眼前摇晃，她停下了挣扎，闭上眼睛努力呼吸，王源仿佛将暴怒的戾气化为实际行动一般，双手狠狠掐在可可的脖子上。

空气……这种失去空气的感觉之前可可也遇到过，不同的是上一次她先被人电棍击晕，而这一次却是如此清醒地感受到失去空气的痛苦与压抑，似乎身体中仅存的勇气与力量都在慢慢被抽离。

“该死，你别玩了，去……去弄扫帚来帮我把这些东西清理掉啊！”王渲渲摇摇晃晃地从一地的碎玻璃中站起身来，被打碎的玻璃瓶散发出刺鼻的福尔马林气味，失去保护的人头暴露在空气中，扭曲的表情、毫无光彩的眼珠，好像恐怖片里的情形让王渲渲越发气急败坏，她瞪着一地的狼藉，“那只畜生，下次我一定要把它做成猫干，竟然敢破坏我的收藏，该死的……”

察觉到脖子上的压力突然消失，可可闭着眼睛狠狠地呼吸着，快要干瘪的肺中又再次充满了生存的空气，地下室闷湿的气息无法遮掩重新获得空气时战栗的喜悦，她决定不睁开眼睛，而是保持这样假装昏迷的状态，也许王源对昏过去的女人暂时不会下手，拖延一会儿是一会儿。

可可放低呼吸声，听着王源对他妹妹说处理垃圾的袋子上次都用完了，然后王渲渲下令让他出去购买去除这一地碎玻璃的各种工具。

楼梯发出嘎吱嘎吱的声音。

头顶上的房间传来关门的声音。

王源出去了，而那个邪恶的女人王渲渲，却依旧在地下室，并且就站在可可身边。

“哼！”王渲渲愤怒的出气声传到可可耳边，可可继续假装昏迷，竖着耳朵听着王渲渲一圈一圈地走动，她焦躁的步伐反而让可可更清醒起来，可可开始思考，王渲渲对于收藏品被破坏很愤怒，但是对打扫这一地的碎玻璃却反应很迅速，难道这不是第一次？那只黑猫……

一想到那只黑猫，可可的神经又立刻绷紧了，不知为什么巍薇那时尖锐的说法又浮出记忆的水面，纯色的黑猫，会带有冤死的灵魂……

“浔法医……”王渲渲不知什么时候又凑到了可可的耳边，阴冷的语气丝毫不逊色于地下室的诡异程度，“我知道你很清醒，你瞧，我可爱的收藏品都被破坏了，这下碎了就不好看了，看来我要抓紧时间弄出点新鲜的……”

嘭——

王渲渲的话被猛烈的破门声打断，可可睁开眼，顺着王渲渲脸上惊慌的神色看去，两束刺眼的手电筒光线对着可可与王渲渲扫射过来。

可可眯起眼睛，看到两个身穿警服的男子正冲下地下室的楼梯。

“不许动！”

“手举起来！”

猛然被撞开的门口射出一股明亮的光线，令可可忍不住闭上眼睛。

两个手持警棍和电筒的警察冲下地下室，在吼叫中将王渲渲逼到墙角。

“该死……”

“妈呀，老蒋，地上这是什么？……你！不许动！双手抱头，蹲下！我叫你蹲下！”一个警察挥动着电棍指着王渲渲说道。

脚步声靠近自己，可可深吸一口气，微微睁开眼睛的时候还是觉得有一阵白色的、令人晕眩的光在眼前晃动。

大概刚才王源那狠狠的两掌扇在脸上，引起了轻微的脑震荡吧！她想。

“你叫什么名字？”被称作老蒋的警察将电筒在可可身上扫视了一下，虽然注意到床上这个女子双手被绑在木栏杆上，但还是谨慎地多问了一句。

“浔可然……”可可强迫自己集中精神，“警编号 794074，市局刑警大队……法医！”她将法医两个字咬着牙狠狠地说出，她要振作起精神，刚才被王源打击之前，胸中燃烧的愤怒慢慢复苏，她需要这股愤怒，用来忘记令人胆颤的疼痛感，还有记住自己应该做的事情。

老蒋迅速地拆开绑住可可的破布：“你们刑警队长报的紧急调派，我们派出所就在这边上，支援应该快到了。”

“谢谢……”可可揉着手腕缓缓站起来，“这里还有一个男人，名叫王源，是实施杀人的从犯，现在出去买东西，应该没走远……”可可转眼看见角落里的王渲渲，她刚被铐起双手，眼神怨毒地看着自己。可可走到书柜旁，从地上捡起自己的外套，在王渲渲惊讶的目光中取出外套中的手机，推开滑盖，手机已经没电自动关机了，什么时候关机的，刚才的事情大缯听见多少，可可一概不知，她有点恍惚地收起手机，转眼又对上了王渲渲愤恨的眼睛。

蹲在一地干枯的头颅后，怨毒地看着自己，王渲渲此时此刻在可可的眼里，就像是恐怖片中邪恶的孩童，破坏了一地的玩具，然后发现眼前这个已经到手的玩具居然没有机会去破坏掉，不甘心的情绪在怨毒的眼神中充分体现。

这些玩具……原本都有各自的生命啊……

可可抬起有点沉重的脚步，跨过歪倒在一边的头颅，踩过嘎吱嘎吱的碎玻璃，一只针筒咕噜噜地滑到她的脚边，是王渲渲说装着肌肉松弛剂的针筒，那股刚被复杂心情压倒的愤怒再次轰然冲上心头，可可站定在被反铐双手的王渲渲面前："我说过，没有你那个性虐狂哥哥，你，不过就是王渲渲而已。"

抿起的嘴角，王渲渲依旧带着令人难以忽略的怨毒。

"王渲渲，你知道黑猫代表着什么吗？"可可蹲下身子，保持和王渲渲一样的高度，然后直视着她问道，也不等她回应，就自顾自地说了下去，"在中国古代，还有印度神话里，黑猫是最诡异的生物，因为，黑猫常常带着那些诅咒的灵魂。"

王渲渲的神情产生了奇异的反应，原本的怨毒变成了一种茫然失措，她与可可四目对视了一会儿，似乎在思考可可究竟在说些什么，继而又突然露出原先狠毒的笑容："你以为我是三岁小孩？"

可可摇摇头说："我不知道你和畜生有什么区别，别说三岁的人类了，但是你至少应该知道，地下室的通风窗是密封的，地下室的门开关会发出响声，你觉得，刚才那只黑猫从哪儿进来？又是谁教它打翻玻璃筒？"

她在害怕，可可从王渲渲的眼神里看得到克制的恐惧，原来她并不是疯子，只是将被虐的痛苦转移到别人身上，从而逃避哥哥的性虐待。

比疯子更不可原谅。

可可一手抓起王渲渲的下巴，让她抬头看着自己："我告诉你王渲渲，所有你所做的事情，都会付出代价，等你待在监狱里，待在没有你哥哥掩护的角落里时，我相信你还会看到那只纯黑的猫，只不过到时候它会对你做什么，我就说不清了……”可可的嘴角抿起一丝冷笑，松开她下巴的同时反手又是狠狠一掌。

啪！！

“这是先付利息。”可可说。

年轻警察上前想要阻拦，老蒋却拦住了他，悄悄地摇了摇头。

放开神情恍惚的王渲渲，可可转身看见两个注视着自己的警察，她慢慢走回木板床边，对他们摆摆手：“刚才你们什么也没看到，她脸上的伤，是我之前自我防卫留下的，懂吗？”

年轻警察不知所措地看看老蒋，后者则一脸平淡地开始观察地下室，仿佛真的什么也没发生过。

“你看好地上这女人，我守在地下室门口，如果那个叫王源的男人突然回来，可以抓个措手不及！”老蒋对年轻警察说道。

看着老蒋离开地下室，另一个警察则警惕地看着王渲渲，可可在安静的气息中慢慢冷静下来。对王渲渲发泄愤怒的感觉很好，可以让她忘却自己差一点成为被扔在警局门口的无头女尸这一事实，但是发泄后的空虚又让可可忍不住很想叹气，看着一地的狼藉，大脑不听指挥地又开始安排工作计划：要把地下室所有东西都运走，和物证科联手分析，可能还要申请省局支援，从尸体头颅开始，和之前的身体对比确认身份，确认致命伤、直接死因，分尸凶器，凶器可以全权交给物证科来判定，还有这些玻璃筒也归物证，收集的液体归法医科，里面也许有散落的人体组织，还要模拟现场的犯罪状况……也许不用模拟，我就是现场体验者不是吗……可可自嘲地想着，王源刚才压迫在身上的记忆让她一阵轻微战栗，她再度起身，一边思考工作流程一边在木床侧来回走动着。

砰！

地下室的门被大力地撞开，可可的眼睛再次被突然出现的光线给刺到，还来不及思考，身体已经提早做出反应，一阵天旋地转的糟糕感受……

难道是王源回来了？！向地上跌落的可可突然蹦出这么一个想法。

“可可！”

熟悉的声音像旋风一样向耳边刮来，原本失去控制的身体猛然被托住，闭着眼睛可可也能感觉得到，那股熟悉的气息。大缯的拥抱像要把可可掐进自己身体里似的用力，就算他什么也没说，可可也能感觉到，这个平时蛮不讲理的刑警队长，抱着她的双手在发颤。

“周大缯，你要勒死我了。”浔可然虚弱地说。

警笛声，喧哗声，暗红色的夕阳透过车前窗洒在可可的腿上，她坐在警车的副驾驶位子，周遭的喧哗像是另个世界的事情。

大缯和白翎刚说完话，开门坐进驾驶座，转头看着可可，她四目直视前方，一点对外界反应都没有。

“可可……”大缯轻轻地唤了一声。

可可依旧没有反应。

他伸手轻轻摸着可可的脑袋。

“我不是受害人。”可可突然来了这么一句，让大缯一愣。

“我不是受害人，”可可转头看着大缯又重复了一遍，“虽然我差点就是，但我没有受到实质性的……伤害。所以，不要用那种同情的眼神对着我，周队长。”

听她一脸严肃地说着这些，大缯突然笑了：“可可，我没有说你是受害人。”

“那你对我这种腻死人的温柔干什么……”可可觉得自己的语气简直像是在无理取闹，真悲哀。

“我什么时候对你不温柔了？”大缯继续笑得腻死人，边说边还像摸顺猫毛一样摸着可可的脑袋。

可可不自觉地嘟着嘴。

“白翎和三队组长会负责对王源的地毯式搜索，一会儿王渲渲被带回去之后会连夜审讯，可可，我先送你回家。”

“我不回去，地下室里有很多物证，还有那些……人头，需要尽快分析，还有采集指纹，还有对比身份，还有……”

“嘿，等等，听我说，”大缯抓住可可的肩阻止她继续说下去，“你需要休息，你还要先去医院做个检查，你现在不适合工作。”

白翎敲着车窗，大缯打开窗和他嘀咕几句，回过头对可可说：“你待在这里别动，局长到了，我和他汇报一下情况就回来。”说完又跳下车去。

可可想吼两声，想对所有人大叫她不是受害人她没有被侵犯没有被杀掉，当然，脸上被打的伤不算。但她自己也知道，在所有人眼里，这不过是她的自我逃避，越是这样说，越是会被当作精神创伤很严重吧，搞不好还会被古吉抓去做什么精神分析……

可可闭上眼睛，脑海里跳出的第一画面居然是王源那张恶心的面孔，那张面孔之下，才是真正疯掉的灵魂吧？如果可以，真希望再也不要见到那个人。

但是事实往往与期望逆向行驶。

可可睁开双眼的瞬间，就再度看见那双她再也不想见到的眼睛。

王源的眼睛正透过后视镜盯着自己！

“别动！”王源压低的声音说道，冰冷的触感从左侧脖子处传来，同样通过后视镜，可可看见王源魔鬼一样的身影，从后座黑暗处慢慢升起。

“我随便找了辆警车躲起来，没想到居然这么幸运，让我等到了你啊，贱货。”王源沙哑的声音透着紧迫与焦躁，“我妹妹被你们抓到哪辆车上了？说！否则我现在就一刀捅你脖子上。”

可可分明感到肾上腺素在源源不断地分泌出来，原本以为已经安全之后，居然还被这恶魔在警车里劫持，道：“我不知道……”

“你放屁！”王源低吼一声，“你是警察，肯定知道他们抓了人都会关在哪辆车里。”

可可趁着王源说话赶紧深呼吸一口：“警车都在我身后，我现在从后视镜里看不清。”

一阵寂静，可可觉得脖子上压着动脉的冰冷触觉让她清晰听见自己的脉搏节奏，王源不定的眼神中流露出犹豫的神色，终于那个自后视镜看着自己的人微微点了点头：“你转身，慢一点，敢乱来我立刻就下手。”

可可也知道王源有多紧张，出了这部警车周围都是警察，无论可可发出什么信号，就算一刀捅死自己，他也逃不出去，更别说随时随地大缯都

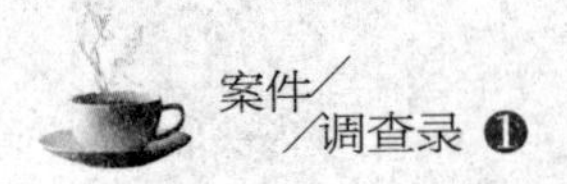

会突然回来。

可可缓缓地转动着身体，小刀依旧压在脖子上，但随着可可的转身，慢慢地偏离了动脉的位置，这也是可可要寻找的机会，但王源现在高度紧张，不适合刺激他，一直到与紧贴着座椅后的王源侧对面，可可都老老实实地，看着眼前双眼猩红的王源，真难以相信这个杀人成癖的男人，居然为了妹妹可以如此犯险。

若不是此时此景，她真想感叹这位兄长的情深义厚。

左边三辆警车包围着王渲渲的小屋门口，然后是两辆黑色的面包车，那是武警支援的车，中间停了一辆深色轿车，那是局长的车，右边重叠停着三辆警用面包车，那种警车后座都带有铁栏，可可估计王渲渲就在这三辆中其一，但可可没有吱声。

她在寻找大缯的位置，或者白翎，总之是任何一个能明白接下来她所表达的意义之人。

“你到底找到没？”王源的低吼中已经夹带着难以控制的焦躁。

“我不能确定……”可可冷静的声音反而成了一种对比，“左边有一辆经常押送的深色警车，右边有三辆面包车，后座带有铁栏也是用来押送的……啊！你妹妹……”

可可的惊呼让王源反射性地回头看向身后……

就是现在!!

29　我心疼的，是你

警笛喇叭响彻天空的时候，大缯刚和局长汇报好情况，打算走回可可所在的警车。

尖锐的警笛声甚至盖过了喧闹的围观人声，一时间所有人都看向发出声音的车辆，白色警车的后侧门被猛然打开，一抹灰色的身影跳跃出来，几乎同时，尖叫着的女子声音从车中传出。

“他是王源！抓住他！！！”

反应快的警察立刻扑向灰色的人影。失去了武器的王源在追击的人群中四处冲撞，抓起地上的杂物就当作凶器对身边的任何人挥击，不管打中没打中只顾疯狂地挥动手中的木棍，不一会儿木棍被夺下他也不反击，却向着白色面包车的方向一个劲地猛冲，但不论是疯跑，还是打架，都终究抵不过大量手持电棍的警察。一阵大吵大闹的挣扎过后，王源被四五个警察压倒在地，双手反铐，不远处警戒线外围观的人群虽然不知他是谁，也忍不住发出一阵阵欢呼声。

大缯起身看着被压倒在地的男人，心底突然咯噔一下，那辆车，那辆他跳下的车里坐着可可！他转身向那车看去，却看到让他窒息的一幕。白翎看到队长僵硬地站在那里，也顺着看去，忍不住发出一声惊叫。

浔可然背对夕阳，暗红的阳光从她背后照耀过来，她的肩头插着一把小刀，深红的鲜血顺着淡紫色的衣服一直向下渗透了整个左肩，一步一步，她慢慢走了过来。逆着光的面孔看不出任何表情。

离开人群十步远的时候，所有人都看到了这个肩头插着小刀正在流血的法医，脸被压在地上的王源也勉强抬头瞪着她。

浔可然在众人的视线中慢慢抬起右手，大缯轻声喃喃着："可可，不要……"

可可的右手握住左肩上的刀柄，猛力往上一拔，尖刀划过身体发出"嗤"的声音，伤口迸出的鲜血洒在可可侧脸上，白翎和其他警察目瞪口呆地看着她。

伤口在崩血，她似乎已经毫无感觉，白翎觉得此时此刻逆着夕阳、脸上滴着血的浔法医如同地狱里爬出来的修罗，她一步步走到王源面前，居高临下地看着地上的男人。

"离开了你妹妹，你连个废物都不是，王源。"冷冷的声音让所有人都不寒而栗。

原本和大家一样呆滞的王源听到这话之后又猛烈地挣扎起来，扑腾了几下依旧被警察狠狠地压在地上。混乱之中，一只手居然逃脱了手铐，向周围的警察猛力挥打着，却冷不丁被可可抬起的脚重新踩回地上。他猩红的眼睛看着法医，后者一直冷漠的脸上居然悄然抿出一丝诡异的冷笑，可可抬高握住小刀的右手，刀尖向下，在王源还没来得及反应之前，手松刀落。

小刀自一米高处落下，插进王源的手背，将他的手完全钉在土里，直没刀柄。

"啊……"王源的尖叫唤回了大缯的神智，他冲到可可面前，拉住她的右手将她拖离王源几步远，一边对着不远处发愣的警察吼道："叫救护车！"

"可可，看着我，浔可然！浔可然！！"大缯将可可的脸扳过来面向自己。她的神智不清醒，很明显肩上正在冒血的刀伤是她浑身散发着杀气的原因。

地下室那些扭曲的头颅……在眼前晃动的针管……昏暗的光线……后视镜中慢慢升起的人影……

"你心疼他？"可可冷笑着问，"他要杀我，你心疼他？"

可可的神情是他从未见过的诡异，她说的话也是大缯从未想到的。一阵沉默之后，他才缓缓开口，"可可，我心疼你。"大缯直视着她的眼睛，"信我，任何伤害你的人我都不会放过，但是我不要你弄脏自己的手。"

我不要你弄脏自己的手……

如果你问可可，她自己也不知道为什么，为什么大缯几句话会把她心中的杀念一消而净，但是就好像突然之间，让王源为他所作所为付出血的代价也不算什么重要的事情了，她突然就很想哭，很想好好睡一觉，很想喝可可奶茶，很想去香港迪斯尼……

和眼前这个人一起。

身后机灵的白翎早就领着人把痛昏过去的王源从地上弄起来，飞快地将其搬进救护车，要是失血过多死在这里，就不能给他判刑了，白翎这样想着。

不远处警车里，一双眼睛紧紧盯着这一切，一直看到哥哥被拖进救护车，王渲渲突然心底一阵恐慌，接下来呢？自己会面对什么？

"不去。"

听着声音就知道，可可在耍脾气。

"哎呀小浔啊不是我说你，你师父做了一辈子法医也没像你这样在一团警察面前被人捅上一刀的，你一定要去医院，你要是留点什么伤啊疤啊，我怎么和老常说？还有怎么和你老爹交代？"局长像个啰唆的爷爷一样站在可可面前絮絮叨叨。

大缯从急救护士那里走来，看着可可的神情已经恢复了平时的小丫头的样子，心底的石头终于放了下来。

"可可，别犟了，你不愿坐救护车，我送你去。"

"不去，"可可说着从坐着的救护车边缘轻轻跳了下来，"刀伤在肩肌上，又没伤到动脉，也没有几公分，用不着去医院。"其实可可不肯说，不敢去医院看病也是她的一个毛病。除非生死关头，否则受了什么伤都不肯上医院。

大缯和局长对了个眼神，局长一副意会的神情，拍拍他的肩，转身离去了。

"走。"大缯说着顺手拉起可可的右手。

可可犟在原地不肯动，疑惑地瞪着他。

"不去医院，我们去买可可奶茶喝，然后送你回家行了吧？"大缯觉得自己在哄小朋友，唉……

这个听来还不错，可可顺从地跟着他缓缓走着，一动左手左肩上的伤就疼，但是她咬着牙忍着，喊痛的话就要去医院，所以她就忍着。

夕阳还剩最后一点余热，把两人的影子拉得很长很长，大缯牵着可可的手，突然想起之前她说的话。

“可可，你之前说，等这个案子结了有话和我说。”

可可的脸猛的一热，是太阳照热的、是太阳照热的，她对自己说。

“我不记得了。”

大缯失笑：“怎么赖皮的和小狗似的。”

可可抬左手想打他，刚一动就疼得龇牙咧嘴，大缯忍不住大笑。这下好，可可彻底嘟嘴不说话了。

“可可，以后手机充满电，别随便关机。还有你再不吃饭我真要扣你奖金了，别瞪我，刚才急救医生说你长期饮食不定才会容易头晕。还有……”

“啰唆死了。”可可说，“我要热可可。”

“我们现在去买呀。”大缯说。

“我现在就要喝。”可可耍赖。

周队长的嘴角忍不住抽动两下。

可可走着路还不安分，一脚一踢踏地上的石子，猛然间她停住了，夕阳把屋子与人都投影得长长的，可可在小平房的影子顶上看见了一个熟悉的形状。

怎么了？大缯已经打开车门，回头看见可可愣在那里，顺着她的目光看去，一抹黑色的身影从平房顶上跃下。大缯反应迅速地将可可拉到身后，另一只手已经握在腰间的配枪上。

“不，不要！”可可抓住他握枪的手，“它救过我，要不是这只猫，我现在未必还能活着。”

黑猫优雅地落在地上，有两圈白色毛的尾巴轻轻摇摆着，淡绿的眼珠看着眼前这两个人。

大缯有点迟疑地看着她：“可可，你知道……”

“我知道它很吓人，”可可接下他的话，“但是它不会害我，要不是刚才它冲进地下室打破那些玻璃筒，王渲渲他们早就对我下手了，还有大缯，它蹲在我家门口的那晚，你记不记得？第二天早晨我们就发现了余佳被扔在公园侧门的尸体，这只猫是来通知我，王渲渲他们抓到了新的受害人，它……”

可可还没说完，两人就目瞪口呆地发现黑猫正慢悠悠地走了过来，在两人的注视下，它像个普通的猫一样迈着悠哉的步伐，穿过两人脚边，走到大缯的车旁，一跃而上，毫不犹豫地在副驾驶的位子上盘坐下来，挠挠耳朵，然后一脸理所当然地看着还在车外傻愣的两人。

大缯觉得自己脑子打结了。

反而可可还比较能接受现实，她转身打开副驾驶门，犹豫了两秒钟，然后在大缯制止她之前伸出双手抱起了这只诡异的黑猫，转身自己坐上位子，再把黑猫放在腿上。黑猫没有挣扎，如同任何一只普通的家猫一样在可可膝盖上转了半个圈，找了个舒服的姿势又盘坐下来。

可可同膝上的黑猫一同无辜地看着车外愣住的男人。

刑警队长周大缯办案九载抓凶杀犯上百，第一次对眼前这一人一猫彻底不知该怎么办。

“我饿了。”可可说。

窗外的雨淅沥沥地下着，浔可然站在窗边，身后的电脑屏幕上显示着教案的标题“浅析脑组织病变与中毒死亡的关联”。她安静地捧着手里的奶茶，脑海里忍不住会想到白天的对话。局长命令她和心理医生谈谈的时候，可可依然抗拒。

“我只是一时情绪失控，不想别人干预我的事情而已。”可可辩解。

“是是，我又没说要处分你。”局长一副欲言又止的表情，叹了口气点了根烟。

“并没有造成什么严重的后果，我有自己的分寸。”可可嘟嘴。

大缯在一旁没有出声，低着头不知道在想什么。

“我只不过是个普通人，在受到刺激时做出了正常的反应。”

“正因为你是普通人，所以才让你去和心理医生好好谈一谈……小丫头，”局长顿了顿，敲打着手中的烟，“如果换做是你带的学生出了这种事，你又知道他会憋着一个字都不和你讲，你就能体会我的心情了。”

这回换可可说不出话了，她无法否认局长的话是对的，那种情感她并不陌生，一种长辈对人不由自主的担心。浔可然今年三十还没到，已经让父母、师傅、许多长辈担心够多了，有时想想，自己的确活得太过自我，把别人的感情都当空气。人活着，并不是一个人。

可可点点头，“我会去。”

心理医生和她印象中的一样，时刻保持着微笑，她不说话，心理医生也不说话。

“为什么会是你。”可可眼里带着怨念。古吉终于忍不住大声笑了，“从你进门就瞪着我到现在有十几分钟了，我还以为这一小时你都打算干瞪眼呢。”

“你不是犯罪心理专家吗？”

“兼职。”一脸成熟御姐形象的古吉今天穿着件米白色的毛衣，一脸“我是好医生快向我哭诉吧”的表情。可可忍不住抚额叹息。

“怎么？对着熟人说不出心里话？没关系，你可以当不认识我。”

可可起身，“那我走了。”

古吉抓住她，“别啊别啊，这样姐姐会好伤心啊。”

“您老慢慢伤心，反正你说把你当不认识的。”可可拿起外套。

“好吧……那我只能写你心理评估没通过只能暂时休假啦。”古吉一脸愉快地看着可可止步，回头，叹气。

可可重新坐回位子上，“看来不管是心理医生还是法医都是些坏心眼，目标明确，连哄带骗。”

古吉面带微笑，拢了拢卷曲的长发，“我以为你是同道中人，才说话不和你绕弯子。你想要我手里让你通过评估的建议书，对吧？”

“开条件。”可可觉得自己好像在演黑道交货，一时间觉得还挺好玩。

“两个选择，我们谈谈那天你一刀扎穿嫌疑人手掌的事情。”

“又没打死。”可可嘀咕。

“或者，”古吉收敛笑容，“谈谈你姐姐的事。”

古吉清晰地看到，可可脸上狡黠的笑消失了，随之而上的是一层冷冷的薄冰，覆盖了她的神情。她一言不发，嘴角微微抿起。身为心理医生的古吉很熟悉这种表情，这是一个人在忍耐怒气时不自主的微表情。

“你先别生气，”看可可沉默，古吉补充，“我不是为了窥探什么才问你这件事，你和我都知道，身边关心你的人很多，但我相信，从小到大，应该没人和你好好谈过你姐姐的去世。”

否则就不会像现在这样，明明感受得到别人的关心，却固执己见地封闭自己的心，对谁，都不是真正在意。

“所以我……”古吉的话还没说完，惊讶地看到对面人已站起身。

“是没有人谈过，因为我不需要。”浔可然冷冷地看着古吉，毫不犹豫地走出了心理咨询室。

看来要深入沟通，这路还长着呢……古吉摇摇头，无奈地想。

外面漆黑的天空说明早就过了下班时间，法医科寂静地位于整个公安大楼的三楼东侧，除了偶尔有大案要案的时候恨不得全警局的人都杵在法医科门口催验尸报告以外，大多数时候这里都带着寂静的神秘感。

身后的门吱呀被推开，周大缯的脑袋探了进来，“可可？小丫头你果然在这里，打电话给你也不接。”

白天在古吉那里的事情大概他早已听说了，估摸着小丫头肯定想自己待会，他才一白天都没打扰她。说实话，可可在现场流着血满含杀气的那一刻，大缯几乎是呆滞的，那一瞬间，除了震惊，他更多的是心疼，无法喘息的疼。

闻到办公室里飘起熟悉的可可奶茶香味，大缯嘴角上扬起来，“又喝可可了？可可啊，不是我说，你怎么就对可可奶茶喝不腻呢？”

可可放下手中的马克杯，暖暖的触感消散了，她回头看了看大缯，“每天都吃饭，你怎么也不厌？”

她头上用一个小熊的发夹挡住刘海，配上天生的娃娃脸，即使穿着职业白大褂，但看起来还是像个高中生，大缯忍不住笑，“走，吃晚饭去。”

“不去。”可可转身就在电脑面前坐下了，别扭的表情大缯一眼就明白。

“还生气啊？不就是个心理医生嘛。”大缯装傻。

可可冷冷斜过来一眼，“嗯，还是个美男子呢！”

“咦？不是古……”话到嘴边，大缯内心大喊糟糕！

“你果然知道是古吉。”可可露出一抹阴冷的笑，只要仔细想就知道了，古吉就算想调查自己，也不会这么明目张胆问姐姐的事情，除了周大缯，还有谁，会对自己这道心中的伤疤更感兴趣？无非就是故意泄露给古吉，借心理医生的名头来打探这件事。

“可可，我知道你生气，但我是真的关心你。”反正被识穿，干脆耍无赖。

可可微笑起来，“呵呵呵吃饭是吧周队长你最好带够了钱”，嘟起嘴，“我饿了。”“走！”大缯拉起可可就出门。

通往车库的道路昏暗而冗长，就好像外面倾盆大雨的天气一样。

“你想吃什么？”大缯边走边问。“翠华。”可可说。

“嗯？那家死贵的茶餐厅？”大缯很严肃地说，“哦，我刚才开车经过那里，好像在排队啊，你饿不饿，挑个不排队的？”

“好啊，自助餐都不排队，金钱豹。”可可抬头，一脸纯真地看向大缯。

终于男人明白了，这是越说越贵吃穷你活该谁叫你敢算计我的节奏。

“好吧好吧，翠华就翠华。”大缯边走边悄悄摸摸自己兜里的皮夹，今天带了多少钱来着……

“周大队长，我的年假还没用，都快过期了，我想去度假。”可可边走边踢着脚下的小石头。

“不准。”

“为什么！”

周队长貌似很温柔地微笑着，“因为我最近比较忙，所以不能陪你去度假。”可可有点恼，“谁要你陪啊，我要自己去度假。”

“更不准。”大缯笑得更温柔，语气却很强硬。

“……金钱豹。”可可说。

“……不是说翠华吗？”

“太便宜了。”直话直说，你以为就你会耍赖？

“要么去我家，我烧菜给你吃吧？”开门上车，大缯笑得有点讨好。

“金钱豹。”

……

“你想休几天？”周队长很无奈地问。

可可微笑起来，还没来得及张口回答，大缯口袋里的手机就震动起来。

看着他接起手机，可可不禁苦笑，看来这晚饭是没得吃了。

第三季

亲密杀戮

01 大雨中的案

滂沱大雨。

大缯和可可刚下车，刑警队的白翎就打着雨伞凑了上来，“死者名叫齐筝，女，26岁，是一家私企的文职，这里是她未婚夫的房子，发现死亡时间大约两小时前，发现人是未婚夫和未婚夫的同学，尸体现在还在原地。”

雨点乒乒乓乓敲打着伞面，大缯抬头看了看压抑在夜色中的住宅楼。

这是一套一室的高层小公寓，从客厅的窗户可以看到市中心街上车水马龙的景色，不过现在窗上还叮叮当当被雨点敲击着，室内却很安静，只有警察之间在低声交谈。

看到大缯走进黄色隔离线内，薛阳合上记事本也走了过来，他和白翎还有王爱国几人都是新进队的年轻刑警，大缯看中他们的活力，一手组织成一支年轻队伍亲自带领。

薛阳和大缯打了个招呼就下楼去公寓保安处调查情况。

白翎指了指前面说，“客厅沙发里坐着的这个男人叫范毅，是死者的未婚夫，今晚他一边和死者齐筝打着电话，一边开车去参加同学聚会，他说19点多齐筝用家里的座机打电话给他，和他谈论关于婚礼筹备之类的事情，两人一直到20点多范毅坐上了聚会餐桌还在通话，然后突然电话里齐筝没了声音，紧接着就听到她一声凄厉的尖叫，然后电话就断了，怎么回拨都打不通。于是范毅在一个老同学的陪同下赶了过来，进门就看到未婚妻躺在那里。”

可可带上消毒手套，掀开盖在尸体上的白布，这个叫齐筝的女子脸朝下趴在卧室门口，头朝客厅方向。

举着摄像机的物证科同事走过来开始对尸体状况进行录像，可可蹲下身子，小心翼翼地把尸体翻过身来，齐筝穿着一件淡黄色的毛衣，可可注意到胸前有一滴液体留下的痕迹，接过物证科递过来的高倍相机就凑近拍了两张，从形状上看似乎是齐筝站着的时候，自头顶向下滴落在胸前的一滴水干涸的痕迹，可可下意识就抬头往天花板上看了两眼，没什么水迹。

翻开齐筝的衣领，随即看到脖子上一道清晰的勒痕，衣服下摆处露出一段粉色的绳子，可可小心翼翼地将绳子从齐筝身下抽出来，看起来像是一根扎拢窗帘的绳索。她抬头环顾四周，发觉卧室的窗帘左边扎着和手里一样的绳子，右边窗帘随意地散开。

“这房间还真热。”大缯走了过来，正看到可可将温度计扎入尸体侧面腹部测量尸温。

“白翎！”可可问，“空调是谁开的？”

“现场东西都没人动过，应该是死者回到家就开了吧。”白翎看了看笔记说道。

可可看着温度计上的数字微微皱起眉，“空调的暖风使房间一直保持在30多摄氏度，现在尸体的温度也没有降下来，从尸体僵硬的程度判断是2–3小时内死亡，直接死因初步判断是颈部用绳子勒住造成的机械性窒息，”可可说着将窗帘绳装进物证袋交给大缯，“没有性侵犯，也没有明显反抗痕迹。”

大缯看了看手里的粉红色窗帘绳，转向白翎，“房间内有没有财物丢失？”

“衣柜和书桌的柜子都有被翻动的痕迹，东西乱七八糟，好像翻动很匆忙。”

“看起来像是冲动型的犯罪，凶手被这个齐筝的尖叫声吓到，担心招引来其他人，于是抽起一旁的窗帘绳就勒死她，然后取走财物。”大缯低头看着尸体一边自言自语。

“我倒认为是有计划的杀人。”法医可可慢慢站起身来。

周围的人都看向她，尤其是队长大缯，“那边！”可可手指向不远处的书桌，“桌上就有裁纸刀，如果说是冲动杀人，又有什么比眼前的刀更让人能产生攻击冲动的？另外，你拿刀刺和窗帘绳勒死对比，勒死不会在凶手身上留下血迹，在凶杀过程中更可以让被害人无法呼喊，失去意识的速度比失血过多也快得多，所以，通常勒死比刀刺更有计划性。”

“总之，你就是认为凶手不是那种偷进房间被发现之后情急下的冲动杀人。”大缯接着她的话说。

可可点点头，站在一边的白翎看看手里的小记事本说，“那排除入室盗窃杀人的话，很有可能是熟人作案。”

大家转身看了看坐在客厅沙发上的范毅。

“哎？”可可发出一声轻呼，大家都转过头来。

“这里，”可可示意道，“齐筝的右手外侧虎口处，有一个半月型的凹痕，像是被什么压在上面过。”

物证科的摄像头立刻对准了过来。

“是死后被什么东西压过的痕迹？会是凶手留下的么？”

“从外观看，像是死前的痕迹，因为死亡血液停止流动，皮肤组织失去弹性，然后就被保留了下来，不过肯定是死前不久留下的。”可可将尸体的手翻动着仔细检查，看来看去除了虎口这儿一个半月形状的凹痕，周围没有其他任何痕迹，倒显得很突兀。

除了身为法医的可可以外，其他人都对这个不见血的伤口没多大兴趣。

大缯轻拍可可的肩，“老规矩，我们追踪死者生前的人际关系矛盾，可可你们从她身上的伤痕和死因下手。”转而看向白翎，“把房间里具体被翻动过的地方列出来，我去和那个范毅谈一谈。”

白翎答应着就打开记事本检查卧室里的状况，衣柜里的两个抽屉被打开翻动过，书桌上的抽屉被翻开很凌乱，书桌旁的茶几上放着电话机，沿着卷卷的电话线，话筒垂直荡落在半空中。

他不自禁想拿起话筒看看，手刚伸到一半就听到可可的声音，“小白！电话还没采指纹，别动它。”

白翎手上的动作僵硬在那里，他对小白的这个叫法真是哭笑不得，偏偏又是队长带头这样叫的，心底悲叹一声，转身想走开，又砰的一声撞在电视柜上，还没回过神，咔哒一声，屁股又被什么撞了一下，回头一看，原来是碰到了影碟机的按钮，光盘弹了出来，一张画着女人扭曲脸庞的恐怖片碟片

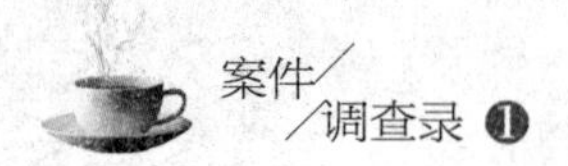

撞到小白之后，正缓缓地缩回影碟机里。

小白转身看到可可用一种“放心吧我不会把你出丑的样子说出去的”憋笑的表情看着自己，忍不住很想仰天长叹，流年不利啊流年不利。不过当眼光扫到地上的尸体，心情一下子又平衡了。

流年不利至少说明我还活着，小白想。

可可走到墙边的隔层，上面放满了大大小小的相框，里面有一大半拍的都是一条金色毛的大狗。

“小白，他们家养狗吗？我没看到啊？”可可环顾了下房间，没看到任何和狗有关的东西。

“哦，范毅说狗前几天死了。”

“怎么死的？老死？”

“说是在外面不留心吃了有毒的东西。”

“有毒的东西……”为什么才几天时间就把所有和狗有关的东西都扔了？狗窝没有，玩具没有，甚至干净得连周围一点狗毛都见不着。

白翎有点疑惑，虽然可可思维怪异早已众所周知，不过就照片上有条狗而已，至于这样沉思吗？

02　未婚夫

大缯走到范毅面前，这个亲眼看见未婚妻尸体的男人从大缯看见他开始就一直坐在沙发上一动也没动过，身边站着的这位据说是聚会上的老同学，叫林振山。

林振山把手机合上，转过身来拍着范毅的肩膀，“范毅，今晚我会一直陪着你，你看开一点。”说到这里，他好像自己也不知道该怎么劝，只是把手搭在范毅的肩膀上轻轻地拍着。

“范毅先生，我是刑警队的周大缯。”大缯站定在他面前，范毅缓缓地抬起来头，愣了一会，才用一种沙哑的声音开口道，“我都和那个警察说过了。”

“我知道，只是有几个问题想问你。我看到你手机上的确切时间是19点13分你接到齐筝从这里打出的电话，当时你在哪里？”

“路上，我晚上七点出门去聚会。”

“20点才开始的聚会你这么早就出去了？”

林振山在一旁插话道，“范毅做事一向很守时，今天周五，又下雨，晚上会堵车的吧。”

范毅也不说话，只是点点头。

大缯转而看向林振山，“你和范毅还有死者齐筝很熟么？”

“范毅是我老同学了，我们很小就认识，齐小姐么……”林振山说到这里瞟了一眼低头不动的范毅，“不认识，大概，大概就见过一面吧，和范毅一起。”

这时范毅却突然抬起头疑惑地看着林振山，微微张嘴好像要说什么，最

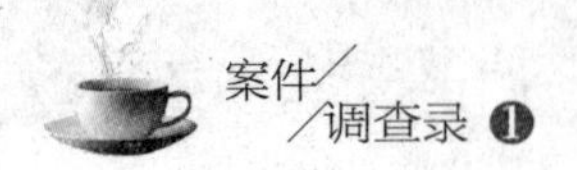

后还是没有说出口，重新低下头去沉默。

就算只是短短的停顿和那一瞥，也让大缯凭着多年刑侦经验发现林振山有所隐瞒，他回头和身边的王爱国低声交代了两句，王爱国点点头离开了房间。

大缯转身继续说："我对你未婚妻的事很抱歉，不过为了查清事实，请你详细地回忆一下你未婚妻在和你通话的这一个小时内都聊了些什么话题，通话过程中有没有说到她几时回家，做了些什么，当时还有没有谁在身边？"

范毅的脑袋微微抬了起来，沉思良久才开口，"接到电话的时候齐筝说她刚到家，洗好菜正想做饭，突然想到关于过年的事情就打电话给我商量，然后又说到过完年就要准备婚礼，房间的布置，还有我们新买的房子要还贷款，还有她有个表妹过完年要来这里念大学……还有的……记不清了，好像很多琐碎的事情。"他的声音时高时低，仿佛是想到了什么开心的事情，继而突然想起这个让他开心的人正躺在不远处的地上。"和我打电话的时候齐筝应该一个人在家，我也没听见别人的声音，她也没说过还有谁在。"

薛阳从电梯那边走了过来，"队长，楼下保安处的监控录像我刚才看了，齐小姐是 18 点 47 分走进的大楼电梯，我掐着时间乘电梯上来，估计用时 3 分钟，那她当时打开家门的时间是 18 点 50 分左右。范毅他们是在 20 点 41 分进的公寓楼。"

"前后三小时录像拷贝带走，回去我们仔细查看 20 点 15 分齐筝尖叫声之后有谁出过大楼。"大缯说。

白翎从卧室出来，将一张列表交给大缯，大缯看了两眼，转而摆在范毅面前，"范先生，你知道这些地方都放着什么东西吗？"

范毅的动作很缓慢，他注视着列表的视线仿佛花了很久才对准焦点，"书桌里好像有首饰吧，其他这两个柜子里都是齐筝放现金的地方，衣柜的抽屉我不知道……"

大缯陷入思考，范毅沉默着，林振山微微有点失神。一时间，大家都寂静了。

刚才离开的王爱国步伐急切地走了过来，在大缯耳边嘀咕了几句，大缯点点头。

"林振山，"大缯跨步走了过去，"你说你和齐筝不熟？"

林振山眼中闪过一丝慌乱，沉默了一下然后道，"有过一次送齐小姐回来，那是我正好在下班路上遇到她。"

"林先生，我提醒你，所有你出入这栋大楼都会有监控视频记录，保留时间是三个月。"大缯紧紧盯住他。

林振山不出声，眼神飘向其他地方。

王爱国翻动着手中的笔记本说，"根据大楼保安所说，光是这个月，林振山你就有四次晚上来找齐筝。"

林振山一下子就急了，"胡说！哪有这么多！"话一出口，又立刻就后悔了。

"那你说是几次呢？林先生。"大缯嘴角露出狡诈的微笑。

林振山不安地看了看范毅，后者安静地低着头，似乎什么都没听见一样。"我只是晚上路过一次来和齐筝说点事情，另一次就是路上遇见她所以把她送回来，范毅，正……正好那两次你出差，那个……"

"有什么理由需要你在夜里把别人的未婚妻送回她房间里去么？"

"我……我不是，总之……"林振山脸上的五官纠结成一团。

"林振山，容我提醒你一次，这是刑事调查，是谋杀，尸体现在就躺在你左侧两米开外，如果你再有半句让我不信的证词，你自己考虑一下，免费公安局两日游如何？拘留室里伙食还是不错的。"

"不是！不是我杀的人，真的，"林振山慌乱了手脚，"我就是害怕你们怀疑我，所以没说。"

"没说什么？"

"没说……没说我来过这里，晚上。"

"来干什么？"大缯冷冷地看着他。

林振山低着头，僵硬着，冷汗从他脑袋边上慢慢滑落。

"这么说，齐筝肚子里的孩子是谁的，还不一定了咯？"可可突然说的话，让所有人都一滞，大缯锐利的眼神扫过去，范毅没有动弹，林振山眼神飘忽，但没有惊讶之情。

"你们两个都知道她怀孕了？"疑问句，但语气肯定。

可可手里拿着厕所里发现的孕妇服用的叶酸，转头看向沙发上的男人，“你一点都不吃惊？”

范毅用双手慢慢地搓着脸，好像恍惚之中慢慢恢复了说话的能力，“人没了，以前她做过些什么，还有什么关系。”

可可转身向卧室走回去，突然想到什么，止步，回头，“听说你的狗也死了？”

原本很简单的一句话，范毅的反应却让所有人都惊讶，他猛地站了起来，凶狠地盯着可可，好像她说了什么侮辱他的话一样。

可可回他一脸无辜，“瞪什么啊？又不是我杀了你的狗。”

范毅深呼吸几下，似乎察觉到了周围人奇怪的目光，淡淡地说，“不要……把我的狗和齐筝相提并论。”

大缯立刻婉转地打了个圆场，“范先生，我们不是这个意思，会不会你有什么仇家？杀了狗，然后……”

范毅摇摇头，又低下去，“我不知道……”

大缯回头去看，可可的眼神和他猜想的一样，带着一种深邃的思考意味。

03 半月凹痕

法医可可正对着齐筝手上的半月凹痕发愣，她左看右看，除了这一个以外，没有其他的痕迹。

物证科正在录像的警员忍不住问道，“浔法医，这个凹痕很重要吗？她不是被勒死的吗？连凶器都找到了。”

“我也不知道，”可可摇了摇头，“我就是不喜欢被害人身上有我不能解释原因的痕迹。”

可可顿了一顿，“那通常意味着还存在我没发现的事实。”说着放下齐筝的手，走到大缯这边。

“大缯，齐筝回到家之后都做过些什么？”可可问道。

“哦，我们正在分析呢，”白翎接话说道，“根据范毅的证词和现场的情况分析，齐小姐是18点52分到家，先放下随身物品，然后去那边洗菜。”可可顺着他的指向看过去，水槽旁边放着洗好但还没切开的蔬菜。

“然后在19点13分左右，突然想起有事情要和范毅商量，于是走到卧室用座机给范毅的手机打电话，通话时间大约一小时，在这期间，出现了不知是原本就躲藏在屋子里、还是在这期间偷偷闯进来的凶手，到20点15分，齐筝对着话筒突然不讲话了，继而发出一声尖叫，估计死亡时间就在这之后几分钟内，然后凶手翻箱倒柜之后就离去。”

白翎合上笔记本，“案情回顾就是这样。”

可可顺着白翎说到的思路走动起来，先是去洗菜，走到水池边看来看去，都没发现有圆柄或半圆形状的东西，更不要说一件可以拿在手中，在虎口处留下痕迹的东西。要么就是需要长时间握住，要么就是很重，否则怎么会留下一个需要时间才能慢慢消退的半月痕迹？普通的压痕几秒钟就会消失，根本不可能。

水池边没有，接下来齐筝应该是去打电话，可可小心翼翼地越过依旧躺在卧室门口的尸体，走到书桌边。

书桌上零散地放着护肤品、笔袋和文件，还有一张范毅与齐筝的合影。可可拿起相框，橡胶手套在玻璃上留下冰冷的触感。玻璃后的两个人在阳光下笑得很甜，仿佛眼前的整个世界都变得明亮起来。可可抬起头看另外一边的阁子上，那里摆着一排都是范毅和那只可爱的金毛犬的照片，书桌上这张，反倒是第一次看到范毅和齐筝的合影。

窗外，黑夜里的大雨依旧没完没了地敲打着窗户。

她回头看看不远处地上盖着尸体的白布，还有周围放置的一个个标着数字的物证标签……虽然已经不可能再露出这样的笑容来，但却让人看得到曾经那么美好的瞬间。照片真是个好东西啊，可可忍不住这样想。

走到电话机旁，物证科的人说指纹已经采集过了，于是可可放心地拿起话筒，假装通话中的样子。话筒是圆弧形状的，握在手中和虎口外侧处根本没有接触，更别说留下什么凹痕。那还有什么呢？可可站在电话机旁思考，齐筝家的座机是固定的，就算抱着电话机也会因为电话线的长度不够，所以走不远，横竖就在电话机周围三步左右能移动。三步之内，有什么值得一直握在手中的东西呢？可可开始在电话机周围转悠起来。

薛阳打完电话走到大缯身边汇报，“外面大雨，运尸车被堵住了，要过一会到。”

大缯点点头，瞟了眼在客厅另一头依旧颓废地坐在沙发上的范毅，示意白翎几人悄悄地过来。

“白翎刚才分析的基本上和我想的一样。虽然因为尸温被影响，没法断定死亡的确切时间，但是我们还是可以从探头里找到可疑人员去分析。另外，”大缯突然把声音压低了说，“我还是觉得这个凶手很可能是一个齐筝的熟人。”

白翎抬了抬眉毛，表示不解。

“小白你应该想得到，这房间里有不少柜子，为什么凶手翻到的偏偏是有钱或者有首饰的柜子？简直像是很清楚哪里放着财物。”

白翎和薛阳一副突然明白了的表情。

薛阳不由地思考起来，“要说熟悉家里钱财的放置情况，她未婚夫范毅应当是最清楚的，不过他的不在场证明倒是很足。”

“恩，可可，你过来……”大缯习惯性地摸出烟来，突然又想到这里是凶案现场，不得不把烟又塞回口袋里去，“齐筝怀孕多久了？”

“不知道，但是现在从身体表面看不出来，就算怀孕了，也不超过三个月。”

“你刚才不是很确定怀孕了吗？”白翎惊讶道，连大缯也皱起了眉，他以为可可是一个有实打实的证据才说话的人。

“这个嘛，具体的要等回去尸检才能确定。”可可视线飘忽向别处，她总不能说刚才看到叶酸脑子一抽直接就问了句怀孕的事情，后来仔细一想才发现，准备怀孕的人也可能会服用叶酸。

大缯眯起眼，把烟叼回嘴里，看可可的表情就知道这家伙刚才犯错了还死不认。不过刚才说到肚子里的孩子是谁的，范毅和林振山的反应都像是早已知情。

“我们不怀疑林振山了吗？”可可歪着脑袋转移话题。

“不，林振山还是最有嫌疑的那一个，他和齐筝如果有私情，而且齐筝怀孕了的话。”大缯掏出打火机，又不敢点烟，啪嗒啪嗒地开打火机玩。

白翎接着他的思路就转下去，“那也不对，如果齐筝一边要和范毅结婚，一边又和林振山有私情怀了孩子，范毅和林振山同样有嫌疑，但是他俩又同样有不在场证明。”

“或许两个人是共谋？”可可大胆的猜测，引来一阵沉默。

“现在说这些都没用，”大缯收起打火机，“总之尸体先带回去尸检，同时等这天黑雨夜过了，我们继续调……”

大缯的话还没说完，客厅里传来一声大吼。

“就是你！”

继而一阵砰砰的打架声。

几个人赶紧到客厅，看到的正是范毅揪着林振山的衣领，旁边警员正努力拉扯开两人的一幕。

“干什么！都坐下！”大缯一声吼，几个人都静下来。

“是他突然冲过来，”林振山有所顾忌地看向范毅，嘀咕道，“我又没说错什么。”

“你说什么了？”可可问。

林振山嗫嚅了一句，没人听清，倒是旁边警察帮他重复了遍，他问齐筝肚子里孩子的血型。

大家看向林振山，难怪范毅要打你，你这不是自己招供和齐筝有一腿，担心肚子里的孩子真的是自己的么？

范毅沉寂了好一会才说，“不管……孩子是谁的，我都不会……背叛……”

大缯做了个手势，薛阳立刻意会，悄无声息地带着林振山先一步离开了。

感觉到可可盯着自己的视线，范毅缓缓抬头，眼神里沉淀着复杂的颜色，“她是我未婚妻。”

04　雨伞与预感

运尸车终于到达，工作人员将蓝色的尸袋抬进房间，在可可和物证科的帮助下，安静地把齐筝装进袋子里，悄无声息地经过客厅，然后走出房门。

装着未婚妻的尸袋从面前经过的时候，范毅虽然保持低着头的姿势，但是拳头握得死紧，指关节都发白。

大缯决定先收队，除了一些后续的工作留下人处理以外，需要人手回去查看电梯的监控录像，死者的记事本和电脑都需要检查，于是他和范毅打招呼，没想到范毅却还不想离开。

走到门口大缯突然想了起来，“可可呢？”

白翎他们都已经走出了门，都表示不知道地摇摇头。于是大缯转身又回到小套房里，看见可可正趴在电视柜旁不知道捣鼓什么。

“可可！”大缯逮住她，“干什么呢？尸体都运下楼了，你还在捣腾？”

“那个半月型的凹痕，我还是没找到是什么东西造成的。”

大缯不禁觉得头疼，“一个小小的凹痕而已，也不是死亡原因，你干吗非要现在捣腾出原因来？”怕被别人听见，大缯又压低了声音说，“可可小儿听话，老子饿得很，我们先去吃饭，然后再商量什么凹痕啊之类的，行么？”

可可刷地站起身来，“革命尚未成功，坚决不去吃饭。”

大缯一爪子拍在可可脑袋上，可可最近很喜欢用这种“祖国尚未统一，坚决不谈恋爱”句式当做口头禅，几次都让他哭笑不得，于是大缯决定忽略她嘴里嘟嘟囔囔的话，逮住她直接拖出门外。

正在等电梯的白翎和薛阳往屋里看了两眼，忍不住偷笑起来，“我以前从来没想到队长会有那种表情。”

“哪种表情？”白翎出于本能地开始八卦。

“就是面对浔法医的那种……怎么说，就好像小狗看到骨头……”

薛阳还没说完，白翎就忍不住笑出声来，“要是被队长知道你说的话，我们两个明天就可以去医院躺着了。”

大缯轻轻推着可可走了过来，两人立马把表情调节成正在严肃思考案情模式。

随着电梯叮的一声响，几人一起到了公寓的大厅，已经是深夜时分，大雨却丝毫没有退缩的势头，沿着门廊的滴水纷纷溅起一连串水花，大缯看了看大雨，只好快步冲出去，还好车就停在不远处。

可可却犹豫了起来，她不喜欢淋雨，就好像猫不喜欢水一样。

雨水朦胧之中，可可看到不远处的运尸车正在关上后车门，这样一个大雨冲刷的夜晚，还真是一点好事儿也没有。可可叹一口气，想到回去要做尸检，要写分析报告，要做的事情还有很多，虽然不想被淋湿，但继续发呆也不是什么事儿，于是迈出步伐打算冒着雨冲到大缯车子边去。

这雨还真是够狠的，要是带伞就好了，还好车停得不远，唉……可可在心中默念着。

灵光一闪！那一条思绪突然在脑海中冒出来，如果是这样……沿着这条思路，如果是……那一切都会被颠覆。

那一瞬间的想法让可可在瓢泼大雨中停下了脚步。

大缯将警车发动起来，发现可可正出神地站在大雨之中，任倾盆雨水将她浑身都包围，吓了他一跳，打开车窗用力地叫道，“可可！你在干吗？快跑过来！”

可可愣了几秒钟，猛然转头看向正缓缓开动的运尸车，然后冲了过去，嘴里不知在呼喊什么，大雨淹没了法医的喊声。

大缯看这样子急忙又跑下车，另一边车上白翎和薛阳也注意到了在雨中追赶运尸车的浔法医。

等到几个人和运尸工作人员重新走回大楼的电梯时，可可身上已经被雨水给淋了个够，不过眼神里却闪着兴奋的光，她一个劲地和周围的人抱歉，“麻烦你们了还要再跑一次。”大家看着她被雨淋成这样，谁也不好多抱怨什么。

白翎还是忍不住好奇，“浔姐，你到底想到了什么？还要带着尸体一起上去验证？”

可可不说话，只是微笑。

大缯却忍不住皱着眉，“不管是什么事情一定要速战速决。”虽然他知道可可不会轻易这样激动，但她现在浑身都淋成这样，等下肯定会着凉。

走进房门的时候范毅还在原先的位子上。

可可什么也没说，直冲进了小套房的浴室，不一会就传来她有点兴奋的叫声，“啊啊找到了！”

等她一阵风一样的冲出来时，手里多了一把淡紫色的折叠雨伞。

所有人都不明白她的意思。

“这是齐筝回家路上用的折伞，回来之后就随手放进了浴室晾干。”可可一边换着手势一边说道。

这把看起来很普通的三折伞的伞面还没完全干透，散开的骨架和伞面随意晃动着滴下几滴雨水，可可换了几种手势，最后用右手握住伞柄，伞面微微折叠起来朝下，在伞柄的末端有一个中空圆形的、可收拢伞骨的底座，可可将手臂自然下垂。

可可一边做着这样的动作一边解释道，“就像平时人们在公车上折叠起自己的伞，却又不想去碰触湿漉漉的伞面时，会把伞面朝下伞柄朝上这样握住，然后自然下垂手臂让雨水随意滴落，这时候，伞柄末端的圆环卡在虎口处，所以……”

可可用力一压伞柄的圆环，然后拿开三折伞，右手外侧的虎口处出现了一个半月形的痕迹。

周围的人都轻呼一声，转而愣住，“浔法医你这么激动，就是为了这个什么什么半月凹痕？”

可可拉开蓝色尸袋上的拉链，将齐筝的右手拿出来与自己的做对比，虽然自己右手上的凹痕很快就消失得差不多了，但还是很清晰地可以看出这两个半月形的痕迹，是几乎一模一样的。

“一把伞的凹痕而已，值得这么兴奋么？”白翎觉得浔可然有点大惊小怪了。

“不不不，”可可依旧很兴奋，“一开始我也觉得这个半月形的痕迹只是一个解释不清的压痕而已，但是当猜到是雨伞的伞柄留下的痕迹时，这事儿就变了。”可可转向大缯，“之前我和你就解释过，这个凹痕，不管是什么东西产生的，一定是在齐筝死前几分钟内，这件东西还握在手中，因为所有的压痕都会因为皮肤的弹性而迅速地自然消失，除非死亡。”

可可顿了一顿，像是自己在和自己确认一样，“所以，齐筝死之前，这把伞还在她手里，换句话说……”

她的话好像一颗无形的炸弹，所有人都震住，继而，目光看向了……

范毅。

05 揭穿谎言的时间

“换句话说，她一进家门刚放下伞，就被杀了。”大缯接着可可的话说。

白翎第一个回过神来，“那这菜是谁洗的？这电话又是谁……”

可可淡淡地看着范毅，“我们会一直认为凶手是在晚上八点多才杀死齐筝，是因为有人希望我们这样想。”

一时间大家的视线都随之看向了那个失去未婚妻的男人。

林振山虽然被薛阳带开，其实并没有带走，外面雨太大，薛阳也不敢直接放这个嫌疑人之一离开，所以就在范毅家门外呆着。刚才可可笔直冲进来的时候，他已经跟了进来。

可可悄悄将齐筝的手放回尸袋，大缯接着她的话继续说，“是你疑惑的表情让我怀疑林振山有所隐瞒，继而问出他和齐筝之间有暧昧关系，如果可可不问，你大概也会说出齐筝怀孕的事情，最后再借故和林振山发生冲突，演个戏，让大家觉得你又悲伤又愤怒。”

林振山此刻像是被大家射向范毅的视线给烫到一样，不自禁地退后了一步。他自己也不可置信地看着范毅的侧面，这个他认识了很多年的老同学，默默地坐在沙发上，眼神里强忍着浓烈的情绪，却暗沉得让人看不清。内心里，他不得不承认，自己的确和齐筝有过那么几次，齐筝上个月和自己说怀孕时，自己也确实有点吓到。但……但范毅呢，他知道些什么？他真的会因为齐筝出轨，就动手……做出这种事？

在众人怀疑的视线中，范毅缓缓地站了起来，他深沉的视线扫过众人的面前，最后落在浔可然身上。

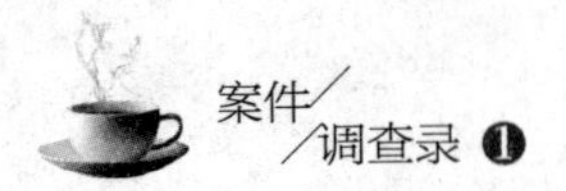

“你有什么证据？”他说，眼神紧紧盯住可可。

可可心中咯噔一下，这句话问出口，实在是让人难以捉摸，一般人对“凶手”这一顶帽子突然扣到自己头上大多都会很愤怒，喊叫着“你凭什么这么说，你怎么可以这样怀疑我，她是我最重要的人……”之类的话，但是范毅的脸上看不到愤怒，只有不加掩饰的阴沉。被警察怀疑自己是凶手的第一回应，像是一种带着挑衅的反问，你有什么证据？

“范毅，”大缯往右走了半步，挡住他盯牢可可的视线，“我们只是假设，为了抓住杀害你未婚妻的凶手，警方需要排除各种可能，所以请你配合我们调查。”范毅的视线又落回地面，身体站得笔直，但看在可可眼里，却觉得他好像在强忍着什么情绪。“假设范毅你是凶手！”大缯重重的语气伴随着嘴角一丝冷笑，“我们来推测一下这种可能性。”

可可接下话，“从齐筝的尸温上现在无法确定精确的死亡时间，所以齐筝死于 18 点 52 分进门时也是可能的，她刚进门就被范毅用窗帘绳勒住脖子窒息死亡，然后范毅打开空调，把温度调得很高，把齐筝拿在手里的雨伞放进浴室晾干，把她买回来的蔬菜在水槽洗干净，然后从卧室的座机上打电话到自己的手机，擦干净可能留下的指纹，锁好门离开。”

“他可能走楼梯下去，避免电梯里的摄像头照到自己的脸，因为下雨，也可能用雨衣尽量遮住自己的脸让门口的保安认不清是谁。”薛阳补充道，“这时候，应该是 19 点 20 分左右。”大缯转向林振山，“林振山，晚上 8 点一刻从饭店开车到这里时花了多少时间？”

站在范毅几步远的林振山还处于震惊之中，被刑警这样问道时大脑一片混乱，恍惚了一会才回答，“大概……大概二十多分钟吧，我也记不清了……”

“也就是说，就算下班高峰会稍微堵车一点，19 点 20 分从这里出发的范毅完全有可能在 20 点之前到达饭店。”白翎说。

“可是……”林振山语气很犹豫，但最后还是怀着一种期待的声音问，“可是我们几个都听见齐小姐的尖叫声，如果她已经死了，那怎么可能？”

大缯想了一会，“你确定你们听到的尖叫声是她的？或者说，你们只是在那一刻，从范毅的手机里听见一声女人的尖叫？”林振山愣住了，嘴巴一张一合好几下，才似乎战败一样喃喃地说，“我也……不肯定……”

感觉到范毅的视线慢慢地看向自己，林振山盯住脚下的地板一动不动，拜托你不要看我，不要看着我，我也不知道是该相信你还是该怀疑你，那个小时候和我一起踢球一起抄写别人作业的兄弟，现在近在咫尺，却感觉这样陌生……“啊！”一旁的白翎好像突然想到什么，“说起女人的尖叫！”他说着就冲进了卧室，过一会用白色手套捏着一张光盘出来，“这张恐怖片的碟片是从卧室的影碟机里拿出来的。”

那是一张画着女人扭曲的脸庞的碟片，旁边用血红色写着标题“尖叫鬼屋”，看起来内容是什么恐怖片吧。白翎将碟片重新放回影碟机里，打开电视，碟片读取了十几秒钟后，正式开始播放。

一声刺耳的女人尖叫声划破整个房间的空气。

白翎按下暂停键，几个人都看向林振山。

林振山的脸色都变了，“……很像……很像这声音。”

白翎低头研究了一会影碟机和遥控器，回头说道，“队长，这机子有设定时间自动播放碟片的功能。”

白翎取出盘看了看，是十分钟的短片类型，如果设置定时播放，就可以在8点一刻的时候清晰地传出尖叫声，而电视机就在电话旁边，这样保持通话状态的话，范毅的手机里自然而然会听到尖叫，如果他看准时间，先做出电话那边齐筝没有声音的样子，然后再让周围的人听见尖叫声，大家自然会联想到齐筝出事了。再之后范毅等人到家时光盘里的短片已经播完，影碟机自动进入待机状态，这样也就没人会注意到这件事。

大缯招招手，物证科开始采集碟片和影碟机上的指纹。

“那碟片上有我的指纹。”范毅突然开口说道，所有人都看向他。难道打算承认凶杀？“前几天我和齐筝一起看过这片子，那时候是我放进的碟片，有我的指纹是理所当然的。”范毅的脸色变得平静许多，语气也坚定起来。

作为有点资历的刑警，大缯每年都会审讯好几十个犯人，范毅这一刻脸上细微的差别看在他眼里，让他敏感地察觉到范毅心里已经做好顽抗到底的打算。

范毅声音低沉，但吐字清晰，“你们说到现在，的确所有的事情都说得通，但是第一你们没有证据，这些推论都是根据一个什么奇怪的痕迹而来，第二我没有动机，齐筝是我的未婚妻，我们决定今年夏天就要结婚，她的死对我来说没有任何好处，况且……”范毅停顿了一下，仿佛用尽力气才说道，“我是……我是真的爱她，我对感情，从来忠诚。”

一时之间大家都愣住了，范毅那神情好像说的不是假话。

大缯想了一会，对身边的薛阳嘀咕了两句，薛阳点点头就转身离开了。

“是为了齐筝的钱么？”可可突然说。

范毅的语气淡淡的，“我和她的钱都归她管，她只要没用光我也无所谓。”

大缯若有所思地看着范毅，这个男人一直坐在沙发上，仅有的两次暴怒，一次是因为林振山的话，另一次是因为……

我问到他狗的事情……可可和大缯在想着同一件事，比起齐筝的死，狗的死和林振山可能是孩子父亲这两件事，似乎更能触动他的愤怒。

可可将视线转回到墙上那一排范毅和狗的照片中，“我觉得比起你未婚妻，你更在乎那条狗啊。”范毅阴沉的视线瞪向可可，让大缯不觉一凛。

不撞墙不罢休的可可继续，“和未婚妻的合影只有一张，和狗的合影倒有一排都不止，哦对了，还好你的狗死了，不然等有了孩子，一定会被扔掉。”“养狗不会影响怀孕。”范毅的话像从牙缝里挤出来一般。

“我知道，但一般孕妇都不讲这个理。齐筝难道没和你提过？”

大缯看着范毅的表情，直觉到可可的话刺中敌人的心脏了！

不要命的可可继续刺激道，“或者说，比起肚子里的孩子，你更在乎一条狗？”可可微微仰着头，直视着范毅尖锐的视线挑了挑眉，用一种挑衅的目光面对眼前强忍着怒火的男人。

一瞬间的寂静之后，范毅猛地扬手一拳头冲向可可。

早已有所防范的大缯，反应极其迅速地从背后拉住可可的手臂一扯，范毅充斥着怒火的拳头扑了个空，当他想再次扑向面前的法医时，白翎和几个警员已经冲上前去，把挣扎的范毅猛力按住。

可可被大缯环在怀里，有点惊讶地看着范毅。她只是顺着自己的猜测想试试看范毅会不会露出什么马脚，没想到居然这么大的反应，如果刚才不是大缯反应快，这一拳打在脸上，恐怕要在医院里呆上几天的吧。

06　对错无谓

范毅猛力扑腾了一会，终究敌不过几个刑警的制压，双手被铐紧在餐桌和沙发上，渐渐安静了。

那一瞬间如野兽爆发一样的怒火，仿佛在空气中消失得无影无踪。

大缯不停地问可可，“有没有打到你？有没有哪里受伤？有么有？”

可可轻轻地摇着头。

白翎几个都密切关注着范毅的一举一动，唯恐他再次突然爆发。

林振山早已退到一边，惊恐中都不敢直视范毅。

大缯口袋里的手机震动起来，转身接起了电话，一阵轻声交谈，当他挂断电话回头时，发现可可居然不要命地又走了过去！

范毅安静地坐在沙发上，眼神恍惚地看着前方，突然眼前一片阴影，抬头看到那个穿着白大褂的女法医居然又站在自己面前。

“你们没有证据。”范毅的声音沙哑却带着一丝挑衅。

“对，我们还没有证据，但是我想我可以证明一件事。”可可低头看着他，“齐筝知道是谁杀了她。”范毅咬紧了嘴唇不出声。

可可走到尸袋前再一次打开，齐筝苍白的面容传递着死亡独特的绝望气息。

“她胸前的衣服上有一滴水滴过的痕迹，”可可说，“我一直觉得很奇怪为什么是一滴，如果是雨点的痕迹，不可能只有一滴，何况这件是毛衣，就算是雨点也会落在外套上。”

“这是一滴泪。”可可说。

范毅咬紧了嘴唇却挡不住拳头微微颤抖的事实。

“用绳子掐勒脖子平均需要 20–40 秒才能造成窒息昏迷甚至死亡，这半分钟里，齐筝明白了是谁，她看不见身后的人，但是她知道。”可可平淡的声音对范毅来说却像是来自地狱的索魂咒，“那个人和她朝夕相处，对她说情话唱情歌，陪她看电影逛街买结婚用品，此时此刻却站在自己身后，用代表甜蜜的粉色窗帘绳一心只想勒死自己，她知道……所以，才会有胸前的这滴泪，范毅，不要以为我是信口所说，给我两个小时，我就可以给你一张报告，证明这是齐筝的一滴泪，也是你杀了她的证据。”

“所以……”可可在范毅身前蹲下，“告诉我，为什么？”

所有的声音都静静等待着他的回应，范毅却选择沉默。

“……因为她杀了你的狗。”大缯走过来说。

“什么？”可可的语气带着疑惑，不会吧，真的是因为……她转头，看到范毅扭曲的脸色，说不下去。

“我喜欢她……我真的，喜欢她。”

“但是你更喜欢你的狗。”可可冷冷地说。

“它不止是一条狗！”范毅猛地站了起来，白翎几个一激灵，差点又扑上去按他。大缯摆摆手，示意不用。

“我知道你们都不懂，多多不止是一条狗，它是我爸去世前养的，这四年来它陪着我，不管从小没妈又失去爸的日子多难过，它都陪着我，直到……直到我遇见……小筝。”范毅失神般地跌落回沙发上，“她说多多是在马路上不知道吃了什么才被毒死的，我知道她在撒谎，我看到了她前两天在网上买的老鼠药，我们家从没老鼠，而且多多从来，从来不吃外面的东西！从来！”

“忠心耿耿伴着你，像家人一样等着你回家，你有工作有各种事要忙，但什么时候回头，它的眼里都只有你。”

“我是个废物，多多就是我的家人，被杀掉，我却什么都不能做，因为那个人是……我喜欢的女人，她杀了我的家人因为肚子里的孩子……”范毅把脑袋埋在双手中，语无伦次。

“但孩子不是你的。”白翎终于忍不住，帮他把话说了出来。

范毅已经不想再回忆起，那天他进门听见齐筝和闺蜜打电话说着自己是如何如何果断地毒死他的狗。

“就腿蹬了两下就死了，很爽的。”齐筝说。

“啊哟我真的不知道孩子是谁的啦，不过是林振山可能性大点，你不知道，老范有点，那啥，匆匆忙忙的。反正不管，等结了婚，如果孩子不是老范的，要离婚，我也要先拿一大笔青春损失费就好了，然后再拿孩子威胁林振山要钱呗。”齐筝又说。

范毅没有说话，那天他站在门口，听着齐筝打电话的声音整整二十分钟，一动不动，最后连东西都没有放下手，转身打算离开时，看到了门口放着的狗碗，一瞬间，泪如雨下。

再也不会有人等他回来，再也不会有人……真心对他。

“受不了可以不结婚，可以协商去把孩子打掉，可以一个人再好好地过下去。找那么多借口，杀人不过是你要泄愤罢了。”可可拉起尸袋，无不斜视地离开了。

范毅捂住自己的脸，愤怒冲昏了头脑，看到林振山频繁出现在自己面前，他更忍不了。一步一步，居然真的如计划的那样……范毅抬头，视线正巧落在书桌上两人欢笑的合影。

照片里齐筝背对着阳光，笑容却比身后万里无云的天空更灿烂，那个笑得那样开心的齐筝，那个每天烧饭等自己下班的齐筝，那个不敢一个人看恐怖片的齐筝，那个最喜欢挑粉红色布料装饰房间的齐筝……视线微微一偏，所有的所有，所有记忆中的未婚妻，都静止在眼前残无血色的尸体上。

范毅微微张开的唇不住地颤抖，照片上的笑容，和尸袋里的面容，在视线中不停地交替着。

她是自己的未婚妻，她是背叛自己的女人，她是为了肚子里的孩子杀了多多的人，她肚子里的孩子……

冰冷的勒痕刺激着眼球，让范毅心中最后的一道防线溃之千里。

窗外刷刷的雨声也覆盖不了，房间里男人嘶哑的哽咽。

可可站在公寓的大堂里，看着白翎和薛阳将行尸走肉一般的范毅带上警车。

大缯不知什么时候站在她身后，什么也没说，只是安静地看着她。

叮的一声响，电梯门打开，工作人员抬着蓝色的尸袋再一次走向运尸车。

大缯向他们点头致意道，“辛苦了。”

经过可可身边的时候，可可将那张两人欢笑的照片放在了齐筝的尸袋旁，最后看了一眼，拉上了拉链。

运尸车和几辆警车都已经开走，大缯挂断和队里联络的电话，发觉可可还愣愣地站在原地。

“可可……”大缯轻轻地叫她。

“你怎么知道……齐筝杀了他的狗？”可可抬头看着天，问道。

“王爱国查齐筝用钱的记录，发现她的信用卡买过一个狗墓碑，在那种宠物公墓里。王爱国打电话去确认这件事，公墓管理员说他记得齐筝这个女人，因为她让人在墓碑背面刻字写的是：来世别再遇上我。”

可可一阵沉默，究竟是错是对，已经不再重要……

大缯深吐一口气，听见旁边人咕哝了一句。“什么？”

“我说，雨停了。”可可又说了一遍。

抬起头才发现，一会不注意，雨真的停了，只剩下屋檐上积攒的雨水还叮叮当当地滴落下来，好像是这一夜大雨最后的回音。

“饿了么？”大缯用手轻抚着可可的小脑袋，雨后的天空已经渐渐露出微亮的颜色，已经快到清晨了吧。

可可看着黎明前的夜色，微微一笑。

“我想喝可可奶茶。”她说。

番外

火色日记本

01 土匪气的男人

8月16日。

昨天是七夕情人节，我笑着拒绝了室友一起唱歌的计划，等着他来约我，但是最后只收到短消息说抱歉，店里搞活动好多客人实在走不开……有点小小失落，但是我知道心底他一定很想和我共度这个有特殊意义的节日，只是他店里的生意在昨天似乎特别好，那些无处可去的老女人们都赖在那儿不肯走，我才不嫉妒呢！因为他悄悄给我发了消息说他很想我，作为一个好女人，我应该要支持他的事业，而不是为了自己撒娇去阻止他做生意，嗯！但是好讨厌哦，原来以为是他叫人送来的玫瑰，却其实是那五大三粗的暴发户送的，真叫人哭笑不得！不过等下我们就要见面啦，他说有一件对他生意有帮助的小事要我帮忙，对了，这一定是把我当自己家的人看待的信号哎，好开心，我一定要尽全力，拿出一个准妻子的风范来！

警车沿着热闹的街边停下，走下来的两位民警很快就发现了报警的美容院是哪一家，这个挂着欧式招牌的“洛贝拉”美容美发会所是一栋独立的小楼，此时门口正站着几个男青年，带头的男人吼声连隔着马路的民警都听得一清二楚。

“你不要推卸责任我告诉你！你们用什么药你们自己知道，你如果不解释清楚，看老子今天怎么拆了你骨头！哦……警察同志来了正好！这家黑店把我女人的脸都搞坏了！必须好好收拾他们！”

民警做了个稍安勿躁的手势，环顾了下四周，转而面对美容店长，“是你们报的警？说这里有人滋事斗殴？”店长尴尬地看向吼叫的男人，民警也顺势看去，“叫什么名字？为什么在这里吵闹？”

“老子金大壮，我女朋友上周在他们这里做那个什么全身思霸，结果回去身上发出很多小红疙瘩，现在都不敢出门，你是警察，你说说这事儿，老子能放过他们吗？还有……”

“行了行了，消费者维权要讲究方法，你可以去行业协会投诉或者取证状告这家店，但是不能在这里滋事，更不能在这大街上打架斗殴，我不管你多有理，一旦出手我们就得带你去派出所，听见没？”民警边说边看看金大壮身后三个男青年，每个看上去都浑身夹着一股土匪气，难怪只是叫嚣两声美容院都要报警。

一脸委屈的店长辩解道：“我们这里许多客户都做过相同的全身项目，从来没有过敏。”

“放屁！你大爷的……”金大壮怒吼着冲上前两步，挥舞的拳头几乎正砸在店长惨白的脸上，民警立即上前制止。在围观者热切的看好戏眼神中，金大壮被民警呵斥了几句，眯着眼，放下几句威胁的狠话，骂骂咧咧地带着兄弟离开了。等围观的群众渐渐散去之后，民警做了下记录，也离开了。

8月20日。

这是我这辈子第一次做这种偷偷摸摸的事情，每当看着那张粗俗的大脸谄媚的表情，心底就内疚地一抖，但是为了我们将来的幸福，对，为了将来的幸福，现在小小的不安必须要忍耐。而且他一定也和我一样有罪恶感吧，因为将东西交给他时，他在我耳边轻声说了一句对不起。

虽然他说这场计划绝对不能让任何人知道，但是我写在日记里应该没关系吧，这样也不会让别人知道，又能记录下我们所经历的这些重重辛苦。这简直就是爱的证明呢！好，为了帮助他走过这一次难关，也为了我们的将来，必须要更努力地把这场戏演好啊。

夹在这一页里的这张纸，是那一天我偷偷藏起来的，虽然好像有点怪怪的，但是这么有纪念价值的证据，我实在不舍得扔掉，好吧，就让我在这里保留那个重要的第一次吧。

02 烧焦的尸体

市局刑侦审讯室。

“你说你什么都不知道？金大壮，六天前你在那家美容店滋事我们还留有记录，现在装傻是不是当警察都是蠢货啊？”年轻的刑警冷笑着问道。

金大壮衣服微微凌乱，神情看来满不在乎，“我真什么都不知道，昨晚我很早就睡了，今天早上刚醒你们就把我从家里逮来了，我牙还没刷呢。”

坐在椅子上的刑警队长周大缯语调更沉稳，“着火的美容店离你家只有两条街，我们不妨直说，昨晚的大火围观人群有上千，金大壮你是明白人，你说什么都不知道，而前几天你就在那儿闹事，现在情形对你很不利，你明白吧？”

金大壮看来一脸迷茫，“我不知道，昨晚我睡得很熟，连我女人早上什么时候走的都不知道！更别说几条街外着火了，又没烧到我家。”

周大缯摇摇头，这个金大壮真不愧对自己的俗气名字，整个人都带着一股四肢发达头脑简单的气息，正在思考要怎样对他诱供时，审讯室的门突然被推开了，同事快步走到大缯身边对他耳语，“队长，薛阳他们在被烧的美容店收银台下发现一具烧焦的尸体，法医已经到现场去了。”

大缯微微抬眉，这下可从纵火事件升级了，回头看了眼打着大哈欠的金大壮，这家伙有这本事吗？大缯冷笑了一下。

浔可然正蹲在一个类似煤堆一样的东西面前，“全身四度烧伤，部分炭化，椭圆型骨盆，女人，从耻骨联合面看来年龄在……”浔可然的视线跟着手指在焦黑的尸体上移动，“20–24 岁，膝盖以下烧伤和其他部分有区别，应该生前穿着及膝的裙子，死亡原因要等回去解剖后才能判断。”

大缯拧着眉毛看看脚下一半不成人形的黑色人体，“上半身都烧熟了还不算烧死？”

浔可然转头去找消防队员，对刑警队长的疑问完全无视，大缯默念忍忍忍……

“浔可然！”大缯提高声音喊道，“这人，为啥会爬到收银台下面？”法医撇撇嘴，“你确定她是自己爬进去的？”说完抓住正好经过的消防队员问起火情况。

大缯觉得太阳穴跳动了两下，语塞……

“起火点在那边，看那些地上的碎片，从大门旁的玻璃里砸进来的燃烧瓶，应该是某个砸中了易燃的啫喱水，还有些不知道什么名字的美容液和染发剂，火焰猛地燃烧起来，还好啊这房子是独栋的二层水泥楼，否则连带到周围的居民楼就麻烦就大了，不过奇怪……”消防队员顿了顿继续说道，“发现尸体那个收银台周围，也有高度燃烧的痕迹，但是在周围没有找到助燃剂是从什么地方掉落的，不像这些周围，都是啫喱水瓶子的碎片，对了，你们知道这尸体是谁么？”

可可缓缓摇了摇头，周大缯凑过来，“那边美容店老板说他已经联系了所有店员暂时不用上班，并没有谁联系不上。”

消防队员提议，“要么让他来认尸？看能认出什么特征不？”

大缯回头看了一眼惨不忍睹的尸体，摇了摇头，“指望不上，所以说还得依靠你们鉴定的人……”话还没说完，就发现浔可然根本没在听，而是和蓝色运尸车上的工作人员说着话，“麻烦你们尸体要用加厚特型运尸袋，这些部分伤毁得很厉害，但是必须带回实验室解剖，确定死亡原因，分析毒理是不是被下药了，还有周围地板上的燃后残留物，可能是内脏的一部分，另外小心四周衣服的碎片，总之周围挖地三尺都要装进去，谢谢。”

浔可然看着工作人员小心翼翼的动作，耳旁继续传来周队长似乎自言自语的声音，“不管这人是谁，是谁向店内扔燃烧瓶是本案的第一重点。”

8 月 25 日。

他交给我的安眠药就在我的口袋里，等下我要按照要求放进那个粗人的牛奶里，然后我就可以神不知鬼不觉地离开这里，晚上偷偷和他会面啦，最近假装和这个粗人谈恋爱装得我好辛苦，但是为了梦想中的前景，这点辛苦我也就忍了。

对了，他在电话里笑着和我说，今晚会有个巨大的惊喜给我，嗯……这个……难道是求婚?

呀呀呀！我都在瞎猜什么呢！嘻嘻……我要穿上第一次和他约会的金粉色连衣裙！咦，原来这种偷偷见面的感觉也很刺激呢！好啦先不说啦，那个粗人应该马上就要洗好澡了，赶快把这本日记藏回去。

“烧伤引起的原发性休克导致死亡，由于气管吸入较多烟灰，呼吸道有灼伤表现，说明被烧伤的时候还有生命特征，周围地板上残留物包括丝质衣物碎片，美容液燃后物，还有些人体组织……”法医浔可然的声音平静而清晰，“死者身高在 150 至 170 间不确定，年龄 20 至 24 岁左右，性别女，左小腿大约在青少年期间曾有过骨折经历，事发时身穿丝质及膝连衣裙，羊皮制单鞋，整个人蜷缩在收银台下方，火灾引起高温烧伤导致休克与失血过多，然后因为心脏功能障碍而死亡。”

“就这些？”周大缯显然对她的解说不满，“关键是，我要知道这人是谁，你和我说的这些都没啥用。”

浔可然转身走到实验室另一端，往一个大型器皿里看了一眼。

“那是啥？”

“骨头。”

“在锅里？”

“头骨，头骨知道不？现在上半身都变形了无法辨认身份，指纹也采集不到，只能把头骨处理干净，取牙齿采集齿模，同时试着用头骨模拟来复原人脸模型。”不知是不是故意的，法医解说时突然面带微笑起来，周大缯感到脊梁骨一阵寒流。

“那啥……我先去审讯，有什么进展通知我。”大缯边说边往后退，噌噌

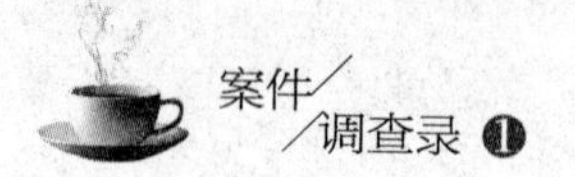

两步逃走了。法医看着他略显慌乱的步伐忍不住笑出了声，转身走到办公桌边，给杯子里冲上热水，一股淡淡的可可香味在空中缓缓散开。

“金大壮！”警员一拍桌子，“你的那些兄弟都已经认罪了，说你发手机短信组织他们袭击美容店，四人口供一致，你还抵赖？”

“我真没抵赖呀！”金大壮一双浓眉纠结在一起，“老子是真的不知道，你们说的我到现在还是一头雾水。”

“你兄弟说你是用手机短信的方式通知他们：8 月 25 日晚上 23 点，带着燃烧瓶砸了美容店的玻璃，还告诉他们看到这条短信之后要删掉，四个人口供一致，这是我们从移动通信里调出来的记录，你的手机的确在两天前给你兄弟四个的手机上发过这样一条短信，这是人证物证齐全，金大壮！”

大缯有理有据的话并没有让金大壮妥协，反而他脸上的表情越发显得无奈，“老兄，手机我三天前就找不到了，因为我还有另外一个联系工作的手机，所以根本没急着找，我想不是落在家里哪个旮旯，就是忘在车子里，三天前开始我就没用过这个号码，你说的短信，真不是我发的。”

“你说你兄弟几个他们合起来诬陷你？偷了你的手机，假装你发出的命令，然后自己去砸了美容店再来赖在你身上？”大缯站在审讯桌的另一边，平静地问道。

金大壮偏了一下脑袋，“不不不，老子的弟兄们都很爽气，说一不二，不是这种背后捅人的料，所以我才不明白这是什么事儿啊这！”

大缯露出一个冷笑，“这么说还都是仗义的人？”

“那当然！”金大壮不假思索地说。

大缯嘴角划出一个冷笑的弧度，正想说那给你们安排安排见面，你问问他们为啥这样说的时候，审讯室的门被敲开了，浔可然一袭白色大褂醒目地站在门口。

“根据颅骨的形状，考虑年龄等因素后做的模拟图，细节上可能有偏差，你们先试试有没有认得的人。”浔可然伸手拿出一张放大的画像展示给大缯看，还没等周大缯接过手仔细瞧，就见到噌的一下，金大壮从原本坐着的位子上弹了起来！

“你！你们拿我女人的照片干吗？我告诉你们，不管有啥事冲我来，和我女朋友没有关系！”

在场的人都一愣，大缯与浔可然对视一眼，“你看清楚一点金大壮，这个是你女朋友？”

金大壮狐疑地对着画像多看了几秒，“原来不是照片啊……诶这眼神有点不像，但这整个远看还真是一模一样，不对！你们画我女友的画像干什么？通缉她？”

周大缯考虑了几秒，“这是我们在美容店里发现被烧死的受害人模拟画像。”

金大壮凝滞了十几秒，低头又看了看放在桌上的画像，再看看大缯，嘴巴一张一合，许久才发出声音，“错了……你们弄错了，对，你们肯定是画错了才画成这样，那啥……反正不像，一点都不像。”

周大缯已经掏出记事本，“你女朋友叫什么名字？手机号码？”

“我说！你们弄错了！”金大壮几乎是在吼叫，从被抓进来到现在，这是他第一次如此激动。

大缯做了个稍安勿躁的手势，“你就告诉我们联系方式，我们带你女朋友来看望下你，也让你放心放心，怎样？”

“……好，好！”金大壮立刻报出一串手机号码，大缯示意同事看守好金大壮，然后转身和浔可然一起离开了审讯室。

03　夜入别墅

冬末的夜还挺阴冷，周大缯把车熄火，独自穿过无人的街道，绕着小别墅转了一圈，才走进院子中，这是一栋复式小楼，几天前金大壮还住在这里，现在因为主人身处看守所，所以空着。走到门口的时候大缯试了下，门果然锁着，于是摸出随身带的万能钥匙，使了巧劲，就打开了别墅大门。刑警队长夜闯嫌疑人住所，面不改色，悠然自得。

穿过前厅就是一个圆弧形的客厅，从窗外透进来的月光正好用于环视空无一人的客厅，大缯刚想开灯，就听到左手边房间里传来一声“哐当”……“啊哟！”

女人的声音？大缯右手惯性摸上枪，小心地走到左边门，猛然推开，“不许动……可可？”

“哦……啊……”浔可然手捂着头顶，眨眨眼。

“你在这里干吗！”大缯怒吼。

“没，我……唔，我当然是来搜集物证。”浔可然耸耸肩，揉了揉刚才撞到桌子的脑袋说。

大缯额头青筋跳动了一下，之前明明叫她早点回家休息，自己好偷偷单独行动……

可可正跪在大圆餐桌旁的地板上，手上的电筒在地板上不断扫视着，“金大壮说他最后一次见到女朋友就在火灾那晚 19 点左右，然后他一觉睡到天亮就被警察带走了，也不知道女友是什么时候离开的，我假设他说的都是事实，那他女友应该留下些什么东西在这里才对，我要找个能对比 DNA 的物证，比如头发，口红或者什么什么……”一边说着，可可又开始打量客厅的其他地方。

“你知道哪些东西是他女友的？”大缯观察了一下整个客厅，金大壮早年辍学做生意，三十不到已经拥有一家金属锻造厂和两家贸易公司，可谓白手起家的典范，所住的这个小楼也充满了他大俗大雅的气质，处处留着镶金边的装饰。

“很简单，看颜色。从进门开始所有的东西都是黑白色或者金色，顶多就是深蓝色，个别奇怪的颜色肯定不是他的选择，比如这个粉色的纸巾盒，还有门厅有个粉色的衣架，还有那个黑色真皮沙发上有个Kitty猫抱枕，这种东西不是他女友的，就是为了讨好他女友给准备的。”可可一边说，一边从客厅的这头走到那头，视线在一排排刀叉上划过，“那你来干吗？”

“他女朋友的手机早关机了，王爱国从通信商那里得到追踪消息说手机最后一次发出信号是火灾前几个小时，信号塔显示发出的地点就在这里，然后手机就关机了，再也没有成功发出或接收到信号。”大缯往客厅看了一眼，客厅的另一头是个螺旋楼梯通往楼上，“你有看到什么粉色的手机吗？”

“没有，我才刚到这儿，这么大的地方看来要找上一晚上。”可可突然凝神屏气，似乎在聆听什么动静，过了几秒又自己摇摇头，恢复了常态。

大缯在客厅转了一圈，也没看到什么，又走到餐厅，“你又自己一个人跑来取证，你知不知道这样可能会有危险？”

“不知道。”可可正在打量放餐具的橱柜。

“……下次不许这样！”

浔可然选择性失聪中。

“浔可然，你知不知道这是违纪啊？要是这房子里还有别人住着，你就是非法闯入！”大缯有点无奈地训道。

“你不是也进来了么？”

“我那是追查手机……不是！那啥！你怎么进来的啊你！”

可可终于失去了耐心，把橱柜的门一甩，“门又没锁！我爱怎么进来就怎么进来！”

“哼，进来倒知道锁上！”大缯撇撇嘴道。

法医屏息而立，缓缓地吐出一句话，“……我没锁过门。”

两人的视线在半昏暗的餐厅里交接了两秒，从彼此认真的眼神中都看到了同一条信息。

房子里还有别人！

大缯毫无声息地摸出了后腰的手枪，用手势示意可可把电筒关掉，然后放轻脚步，把餐厅所有角落都巡视了一遍，确定没有其他人后，让可可跟在后面，以餐厅为起点，几乎无声无息地穿过铺着羊毛地毯的客厅，走到了另一端的楼梯口，正当打头阵的大缯要跨上楼梯第一个台阶的时候，可可敏锐地发现脑袋侧后方有视线变化，仿佛一片静止之中看到了什么晃动了一下！她猛地拉了下大缯的衣服，指了指客厅巨大的沙发后那片阴影处。大缯的手电筒刚照过去，只见一个黑色的人影迅速从沙发后向门厅弹出去。

周大缯也以子弹一般的速度向门厅冲去，同时撂下一句吼声，“待在这！”

踩在真皮沙发上一个大跨步穿过客厅，冲到门厅时已经眼见门大敞着，冲出门口，速度已经飞快的周大缯依然只看到一个背影，穿过杂草的小院落，从别墅的侧门冲了出去，追到街上时，已失去了黑影逃跑的方向，只听到不知哪里回响着急促的脚步声，渐渐消失……咬牙切齿几秒，他喘着气掏出手机，开始呼叫自己的分队。

回到客厅时发现别墅的灯已经被浔可然开了一大半，整个房子都亮堂起来，而法医穿着一身运动装站在客厅中央，对着手机连珠炮一样发出命令：“没有尸体，我不知道我们要找什么，所以什么都要。对，整个物证科都给我来报到，告诉他们今晚狂欢夜，谁也别想睡觉啦啦哩啦啦……”

04 火红色的日记本

阳光从车窗前直射进来的时候，大缯忍住刺目的感觉逼迫自己清醒过来，在车子里睡了大半夜，不知不觉天已经大亮，做刑警多年，早就习惯了超人一样的工作强度。大缯下车，伸懒腰，随手买个煎饼，十步内吃完，然后就走回到了金大壮别墅院门口。

身着物证科制服的同事正抱着两个物证箱往院外走，“哦周队啊，我们先回去给这些东西做检验，谁？你说浔法医啊？还在楼上呢，她像打了鸡血一样，一夜都在翻箱倒柜的，我们先回了哈！”

可可跪坐在主卧室的大地毯中间，周围铺满了各种抽屉、文件和零碎杂物，她目光看向明亮的窗外，视线飘忽，不知在发什么呆。

“嘿！”大缯的声音让她回神过来，“你在找什么？这样折腾？”

可可甩甩头让自己保持清醒，“在找昨晚那贼想找的东西。”

大缯望着满地狼藉，“这下真是进贼的样子了……”

可可微微偏了下脑袋，“翻东西这种事情我最擅长了，”然后很愉快地补充道，“反正又不用我收拾。”

大缯感到脑袋上有两条黑线，“找到什么东西没？能确定那具尸体是这个人女朋友的？”

可可舒动了下颈骨，“DNA 对比实验室已经在加急做了，先假设说尸体是这个萧美清，也就是金大壮的女朋友，我们在书房里找到她的单肩包，包里有她的身份证、手机、化妆品等，看起来从失火那晚上离开之后，就再也没回来过这里。”

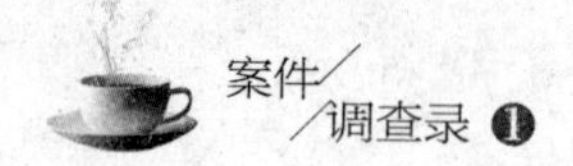

“你觉得萧美清那晚等金大壮睡着之后悄悄离开，手机什么都没带然后去了美容院？”“其实美容院不算很远，离这就两条街，步行不超过 10 分钟。”可可扶着脑袋说。“有没有可能是被绑架带走的？”

“不太像，门厅没有留下女式鞋，如果从家中绑架，应该不至于匆忙中还帮她换鞋。”“但是我们不知道为什么她去美容院……”大缯皱眉。

可可慢慢从地毯上起身，“也不难猜，一个年轻女孩，半夜等男友睡后着正装悄然出门，手机都没带说明她打算很快就回来，你说会是为了什么？”

大缯眯起眼，“会情人？这么说起来，萧美清的确有可能有个情人在美容店。”可可歪了下脑袋。大缯解释道，“你记得金大壮曾带人在美容店门口闹事吧？或许美容事故只是借口，他可能是发现了萧美清背着自己和美容店里的某人有地下情，所以闹事去。”

“那当晚萧美清去了美容店私会，于是金大壮尾随带人砸店？”

“不对，他的兄弟供述扔燃烧瓶是几天前金大壮就下达的命令。”

“那就这么巧？金大壮确定让人去砸店的当晚，萧美清正好去美容店约会，然后碰到燃烧瓶扔进来，慌不择路逃到收银台下方，最后烧伤致死？那她那个情人呢？美容店没有其他尸体了。”

两人沉默许久，可可揉着眼睛，“说实话，金大壮看到画像的第一反应不像是假装的。”大缯默许地点点头，从他的直觉来说也同样感触，金大壮虽然俗气不已，但是对女友的感情看来一点都不虚假，不过感情是把双刃剑，正因为如此真切，也可能因为对方移情别恋而产生偏激的杀意，正在思考推断里有什么地方不对时，可可发出一声轻笑，环视这一地狼藉。

“这情景让我想到小时候玩拼图，将所有可以成型的都放在一起，但永远会觉得少了那一片最关键的画面。”

“呵呵……”大缯靠在门框上，惯性点起烟，“我从来不玩拼图，反正不明白你们女孩子那些小玩具啊，那些稀奇古怪的心思。”可可嘟起嘴想反驳说拼图可不是女孩子的专属，但突然脑海里闪过什么念头。

女孩子、小心思、粉色、粉色、童心未泯的粉色、女孩子的小心思……

大缯奇怪地看着眼前的法医站在一堆杂物中间一边碎碎念一边原地打转，刚想开口问，只见可可僵立在那儿，看着自己的眼神突然一亮！

“我知道我想要找什么了！如果真的有地下情，一定会留下痕迹！我一直想找到隐藏起来的感情见证！”可可嘴角上扬，起步就跑过大缯身边，向着书房奔去。

大缯急忙跟在她身后，“有地下情也不必留下什么证据吧？那不是给人把柄么？”

“你不懂女孩子！”可可一路小跑出卧室，奔到书房萧美清的手提包面前，“那种喜欢一路粉红色的女孩子往往童心未泯，她们对于感情，就算是地下情，也会留下纪念品，留下照片，就好比你说一个青春期的女孩会害怕父母发现所以不写恋爱日记吗？不会！恰恰相反！那种女孩会挑个最喜欢的、最扎眼的漂亮日记本把每件事都写下来，然后到处找地方把日记本藏来藏去！”可可说完就摸出萧美清的手机，接上电源打开，大缯凑上脑袋去一起看，手机文件夹里的图片都是网上下载的卡通图。“看吧，没有……”大缯说。

“身为一个年轻女孩子手机里连自拍照都没有一张？这才是不正常！”可可把手机扔到一边，把手提包里的东西一件件拿出来摆在书桌上，钱包、防晒霜、纸巾、玩偶、创可贴……全部拿出来之后，皮质的包包变得轻了不少，依旧不见什么特别的东西。大缯刚想开口嘲弄，就看到可可盯着皮包的平底翻来覆去地看。“这个包包的底层平面有点重。”

“嗯……你不是那样打算的吧？这个萧美清万一不是受害人，我们可是要赔偿……喂喂！”他的话还没说完，手快的法医已经顺势拿起书桌上的剪刀从侧面线条上切开了包包的底层。

做好赔偿心理准备的大缯，惊讶地看着可可从底层的两张硬纸板中拿出一本薄薄的记事本，有着火焰一样红色的封面，“咦？”大缯伸手过去想拿记事本，可可却敏捷地跳开两步远，调皮地眨着眼，“我发现的！我先看！”

大缯无奈地抚额，自己堂堂一个刑警队长对眼前这个小丫头竟然无计可施……第一页，第五页，第十页……大缯瞪着眼前独自翻看毫无分享意思的法医，快要忍无可忍的时候，可可抬起头，明亮的眸子变得复杂而深邃。

“大缯，我好像发现了一块真相的拼图……”

05　地下恋人

“唐先生，你好，坐，别客气。”大缯在会议室做了个请的手势，男子在侧沙发上坐下。大缯身后三脚架上的摄像机发出极轻微的电子声。

“今天我们找你来是这么个情况，我们认为金大壮用手机短信组织人在24日晚上向你的美容店里砸燃烧瓶，导致了美容店烧毁，以及一名女子的身亡。这名女子经由法医查证名叫萧美清，也就是金大壮的女朋友，对，女朋友。关键就在这里，金大壮不肯说出究竟是什么原因……嗯……对，我们也怀疑是这样，萧美清也许与你店内的某位雇员有感情关系，被金大壮发现，所以嫉妒心发作将她谋害在你的美容店内。现在就是需要找到这位萧美清的地下恋人，他的证词能从动机上有效地打击金大壮的谎言……什么？等等，你是说，那个人是你？”唐裕缓缓坐直了身子，细白的脸上露出一丝悲戚，“我是说有可能，萧小姐来过我的美容店几次，做过一些特色美容项目，但算不上老客户，不过她一直想约我出去单独约会，我礼貌地拒绝过多次，她似乎对我有意，并不清楚这是不是让金先生误会了。”

“这还真让我意外，”大缯露出吃惊的表情，“那除了你之外呢？萧美清平时在店里做美容都是谁招待的？有指定美容师？”

“哦……有！”唐裕拿起桌上的玻璃杯喝了口水，“她做头发指定的叫小旗，做全身护肤或者按摩会指名小六，这两个年轻人都是我们店里很有潜力的招牌美容师。”

“这么说，她和其他人也有所接触。”大缯若有所思地点点头。正此时会议室的门被打开，浔可然戴着白色手套快步走进来，捏住唐裕刚喝水的玻璃杯转身就离开，整个过程好像一出简短的哑剧，唐裕等门再次被关上之后才反应过来，“那是？”

大缯摆摆手，脸上露出高深莫测的笑容，“不用在意，那只是走一下流程的事情，对了！我还想问下，你和萧美清都怎么联系？用手机还是见面？”

“呃……什么？”唐裕显得心不在焉，视线一直飘向已经关闭的门，“哦，萧小姐，对……之前一直是用手机，后来我拒绝了几次她的邀请之后就不怎么联系了，她之后还有过在本店做美容，抱歉我打断一下，刚才拿走我喝水的杯子是因为什么？”大缯嘴角浮出了意味深长的弧度，“我们在萧美清的手提包夹层里，发现了一本日记本。”

唐裕整个人停滞了三秒后，不由自主地摸了下自己的鼻子，“然后呢？”

“在这本日记本里我们发现了很多萧美清不为人知的秘密，以及很多证明她的秘密情人是谁的证据。然后我们找到了这些物证，这几件萧美清用过的东西上都有同一个人的指纹。”大缯饶有兴趣地观察着对面人的反应。

唐裕寂静的脸庞上整整一分钟都没有纹丝变化，好似突然凝固的蜡像。

然后又很轻松地变幻出难以揣测的笑容，“周警官，你是在暗示我涉案吗？你不觉得这太假了吗？我雇人烧了我自己的店？坏了自己的生意？还在里面弄出一具客人的尸体？我这店以后算是彻底报废了，会有傻子做这种事情吗？”

大缯饶有兴趣地笑，“唐先生，你的问题不少，我们可以慢慢讨论，不如先说说看……你和萧小姐第一次开房是什么时候的事儿？”

唐裕脸色一沉，语速却不急不缓：“周警官，说话要有证据，即使你是警察，我也可以控诉你诬赖。”

周大缯微笑不变，拿起手边茶几上一个遥控器，打开了沙发右侧的电视机，屏幕上出现一个宾馆的前台摄像头拍下的画面，“这是上个月底一家不知名的小宾馆的前台录像，尽管你们俩用的都不是真名，你甚至用了假身份证，但是你瞧，监控摄像头和前台小妹，都记挂着你呢。”

唐裕瞳孔一瞬间放大，然后立刻恢复了阴沉不语的神情，瞪了几秒电视机，回头平静地望着刑警队长。

周大缯依旧笑得深邃，“很疑惑？为什么我们连这种事情都能找到？那得感谢萧美清小姐念旧的福，她的日记本里，夹着这天宾馆开房的收据条。”

大缯从文件夹里拿出一张照片，拍摄的是日记里贴着收据的那一页。看到对面人微微张嘴，大缯伸出手做出阻止的手势，“我知道唐先生你要说什么，就算有开房，不代表你和萧美清的死有关系对吧？这个问题嘛……”

大缯深邃地一笑，正恰逢时，会议室的门被推开，浔可然一袭白大褂，带着白手套，一手拿着几页报告纸，一手拿着一本火红色的日记本，悄无声息地走了进来。她将白色报告纸放在唐裕面前的茶几上，而唐裕的眼神却死死地盯着那本小小的，火焰一样颜色的本子。

大缯用询问的眼神看向可可。浔可然微微点头，然后微笑地俯视着唐裕，“是不是很好奇日记本上写了些什么？”不等他回答，可可翻开日记本。

“2011 年 7 月 16 日，今天是他第二次约我出来喝咖啡，我们谈了许多，原来他以前也是我一个大学的，那我该叫他学长了，我们……”

“2011 年 7 月 23 日，好开心，嗯，虽然我没有说出口，但是好开心好开心，他亲吻我的那一下，我毕生都不会忘记……”

“2011 年 7 月 28 日，他和我说了许多，工作上的辛苦，笑脸相迎，还要隐瞒我们之间的关系，怕有些客人不高兴，这样无奈的他我第一次见到，这样无奈，我却什么忙也帮不到……”

“2011 年 8 月 5 日，有没有什么是我可以帮到他的呢？就算牺牲自己什么，也没有关系……”

“2011 年 8 月 16 日，作为一个好女人，我应该要支持他的事业，而不是为了自己撒娇去阻止他做生意……他说有一件对他生意有帮助的小事要我帮忙，对了，这一定是把我当自己家的人看待的信号哎，好开心，我一定要尽全力……”

“够了。”唐裕平静的声音仿佛一记尖锐的终止音。

可可合上日记本，从日记本里抽出的一打照片一张张摆在唐裕面前。

“日记本里夹了许多纸张，你们一起看的电影票根……你用过的纸巾……你给她买发夹时商店的小收银条……每一件上都有同一个指纹，你的。”

“蠢货……”唐裕合上眼，身子向后靠在沙发上。大缯脸上的微笑变成了冷笑，“和唐先生的高智商比起来，的确不聪明。你利用她，让她假装去和金大壮谈恋爱，让她诱骗金大壮去你店门口闹事，让她偷金大壮的手机交给你，然后利用手机调动金大壮那些不动脑子的兄弟去烧店，和她说烧了店之后，所有人都会怀疑到金大壮身上，然后像他这么有钱的暴发户，肯定花钱赔偿要求私了，比起这家正在亏损的美容店，这些赔偿、加上你开店之初投的大额保险，这下你的生意可以彻底翻身了。其实你没有告诉她，你的计划里，萧美清是这场大火中必要的棋子，也是必须除掉的最后一步，因为她知道的太多了。"

唐裕缓缓站起身，"周警官，我承认我和萧美清有这么一段感情，但是后来我就提出分手了，但是她不同意，一直纠缠不止，这些日记上的事并不全是事实，你们看到的一部分是萧美清的妄想，你为什么不认为这是一个故意的陷阱？萧美清想要报复我，所以导演了这一出，烧了我的店，最后还让我被怀疑？"

大缯一时凝噎，这是一道局中局？是萧美清隐藏太深，或者是唐裕混淆视听？可可笔直地盯着唐裕的眼睛，"萧美清血液里、金大壮留在床头的水杯里，发现了同一种安眠药，你让她给金大壮下药，然后等她来到你这里，你又给她下药，把她放在收银台下，周围撒上易燃的啫喱水，等待燃烧瓶砸进来，趁机点燃萧美清身边的易燃物，然后逃离，假装刚从家里奔出来。"

唐裕似乎更不慌不忙了，"换句话说，相同的安眠药，证明萧美清自导自演了这一出，不是也很合理吗？"大缯微微眯起眼，盯着唐裕："唐先生有证据？"

唐裕缓缓站起身，整了整衣领，"那周警官有证据？别和我说那本日记本就是所有你的证据，你我都是明白人，在法庭上，那本日记只能作证我和萧美清曾有过一段，至于日记上所写的那些计划，是我指使还是她自己的妄想，谁又知道呢？"唐裕嘴角那一丝轻松的笑意，让大缯有股冲他脸一拳揍上去的冲动。"如果没有其他事，你们可以尽情跟着这本日记瞎猜，恕我无暇奉陪。"

唐裕整整衣领向会议室门口走去，和可可擦身而过的那一刹那，发出一声几不可闻的冷笑声。

可可背对着已经走到门口的唐裕，"在我看来，你才是那个真的蠢货……那一场大火之后，这一生再也不会有人，像她那样爱着你，无所保留。"

唐裕跨到门口的脚步只停滞了几秒，一言不发地继续向前走，直到消失在走廊尽头。

06 爱与仇恨的结尾

三个月后，法院大门外，唐裕和他的律师一走出大门的阶梯，就被各路小报记者围堵住。

不远处看着一脸轻松回答记者问题的唐裕，大缯一双浓眉紧绷着，“真的没有其他证据了？……嘿！浔可然，我和你说话呢，你看什么这么出神？”

可可回过神，淡淡地摇着头，“没什么……抱歉，没有发生电视剧里的奇迹，所有现场的物证，遗体上的每一寸没被烧毁的皮肤，日记本的每一页，我都已经检查过，火灾现场只要是属于美容院的东西，上面有唐裕的指纹都情有可原，他是那里的老板。这家伙计划好了每一件事，不论是手机还是短信，所有物证都被谨慎处理掉了。”

“即使动机和作案过程都一清二楚，我们还是无法给他有力的一击。”大缯无奈地点点头，还在说着，唐裕已经在众多记者的拥簇中走到了可可的不远处，他停顿了一下脚步，视线转向可可，“我始终相信我们的法律是公正的，不会随便判定谁有罪。”他对着十几只录音笔说道，眼神却与可可四目相接，双目闪烁着一丝狡黠的笑意。

几步之远，可可嘴角划开一道微笑的弧度，她微微抬高头颅，用所有人听得见的声音道：“我不这么认为。”

霎时间，录音笔们犹豫地回头看向可可，又观察着与她对视的唐裕的反应。

“唐先生，不管你信不信，即使我身为一名法医，我却一直相信，有些故事，并不会以看似公正的法律判决作为结尾。”可可以深邃莫名的淡淡笑容回视着面色开始僵硬的唐裕，“待到你明白的那一刻，希望你不会后悔，曾经的那些所作所为。”

转身，在所有人反应过来之前，可可悠然离去，大缯随行其后。

太阳落山，又升起。大缯快步跨进办公室，浔可然正坐在他的位子上，手中拿着暖暖的奶茶杯，淡淡的可可香味飘散在晨间的空气中，大缯把晨报扔在可可面前。

斗大的标题写着“唐裕深夜被袭生死叵测”。

“你知道什么？”大缯瞪着可可。

抬眉，可可微笑眨眼，“需要提供不在场证明吗？昨晚我在师傅家下棋。”

“别打岔，你知道是谁做的？”

可可放下马克杯，坐在刑警队长椅子上转了半个圈，“你我心中都很清楚是谁。”

四目对视许久，大缯长长叹了一口气，“……金大壮。”

可可转身走到窗边，晨间的雾气还未散去，初起的阳光正散落在大地上，“那天在法院门口，你问我为什么出神，我看到了金大壮，不远处停着他的黑色宝马，他就站在车前，盯着被记者包围的唐裕……我在那双眼睛里，看见唯一的情绪，是仇恨的烈焰……”

因爱而烧的火焰。